SÜREYA KUAFÖR SALONU

Süreya Kuaför Salonu

Yazan: Şebnem Burcuoğlu

Editör: Işıl Karahanoğlu
Yayına hazırlayan: Senem Kale
Kapak fotoğrafı: Fethi Karaduman
Yazar fotoğrafı: Mustafa Çetin
Kapak tasarımı: Serkan Yolcu
Grafik uygulama: Havva Alp

Her 2.000 adet, bir baskı olarak kabul edilmektedir.

1. Baskı / İstanbul 2018
ISBN: 978-605-09-5469-2
Sertifika no: 11940

Doğan Egmont Yayıncılık ve Yapımcılık Tic. A.Ş.
19 Mayıs Cad. Golden Plaza No:1 Kat:10 Şişli 34360 İSTANBUL
Tel: (0212) 373 77 00 / Faks: (0212) 246 66 66
www.dexkitap.com / satis@dogankitap.com.tr

Basım yeri: Yıkılmazlar Basın Yayın Prom. ve Kağıt San. Tic. Ltd. Şti.
Adres: Yalçın Koreş Cad. Basın Sanayi Sit. No:13-14 Yenibosna-İstanbul
Tel: (0212) 515 49 47
Sertifika no: 11965

Toplu sipariş için tel: (0212) 373 77 44 **E-posta:** satis@de.com.tr

SÜREYA KUAFÖR SALONU

ŞEBNEM BURCUOĞLU

DEX PLUS

Hayat kısa
Kuşlar uçuyor

Cemal Süreya

I. Bölüm

Feza

Süre süre süre Süreyya...

Yan yana evlerde doğup beraber büyüdüğüm, mahalleden en yakın arkadaşım Süreyya...

Sakin yaradılışıyla, iyi niyetiyle bir karıncayı bile incitmekten çekinen Süreyya...

Şimdi şu köşeyi dönüp ansızın çıkıverse karşınıza, *görecesiz* güzelliğin ne demek olduğunu anlardınız. Hani güneşe; *Ya sen doğ, ya ben* dedirten cinsten bir güzellikten söz ediyorum. Beline kadar uzanan açık kumral ipeksi saçları, yay gibi kaşları, hafif çekik gözleri, fındık burnu, biçimli bedeniyle bir kar tanesi kadar kusursuzdu Süreyya. Tek bakışıyla hem ümit verir hem titretirdi. Biri bize normal ilgi gösterse hoşumuza gider ya, Süreyya'ya gösterilen ilgi normal değil, olağanüstüydü ve doğduğu günden beri bu böyleydi. Bir de inanır mısınız, asla şımarık değildi. Ne zaman onu kıskanmaya kalksam, bir Allah korkusu gelirdi bana. Süreyya kadar güzel birini kıskanamazdın, günahtı bu. Ancak varlığını kabullenebilir ve senin arkadaşın olduğu için şükredebilirdin.

Üstelik Süreyya'nın hem içi hem dışı güzeldi. Nedir bu iç güzellik dediğimiz şey? Kalben temiz olmak. Valla, *Ben çok iyi bir insanım* şeklinde açıklama yapan birisi, kusura bakmayın da ruh hastasının önde gidenidir bence. Kime göre, neye göre iyisin? İyilik Fakültesi vardı da onu mu bitirdin, altı haftalık hızlandırılmış iyilik kursuna mı gittin? Anan mı söyledi, *Benim yavrum diye demiyorum, çok melektir* diye? Mesela ben ne kadar iyi bir insan olduğumu, kaç kişi tarafından sevildiğimi, kaçının arkamdan atıp tuttuğunu bilmiyorum. Ama, *Hayatında tanıdığın en iyi insan kim?* diye sorsanız, iki numarada Süreyya'yı sayardım.

Bir numarada ise, Süreyya'nın annesi vardır. Evet, gönül bağım sadece Süreyya'yla değildi. Annemi yıllar önce kaybettiğim günden beri, Süreyya'nın annesi Gülfem Anne bana annelik yapmıştı. Tam bir boğa kadınıdır; güçlü, dayanıklı, tutkulu, sabırlı, ha bir de mütemadiyen aç. Önce yemeğini yer, yapılacak ne varsa sonra yapar. Neyse ki metabolizması hızlı çalışıyor da yediğini yakıyor. Hatırlar mısınız, kaç yıl önce *Eşinin Çeyizini Yedi* diye bir haber çıkmıştı gazetelerde. Bizim mahalledendi, tanıyorduk eşinin çeyizini yiyen amcayı. Yün, orlon, kadife, dantel, ne varsa yiyormuş. Doktorlar her ne kadar *Psikolojik rahatsızlık* demiş olsalar bile, ben biliyordum, amca boğa burcuydu. Açgöz Boğa Sendromu.

Gülfem Anne her şeyimle ilgilenirdi, Süreyya ba-

basız olduğundan, hani diyeceğim benim babam da ona babalık yaptı ama adam bu dünyaya baba olmak için gelmemiş. Var öyle erkekler. Sen kıçını yırtsan da ı-ıh, hamurunda yok. Bunu ben dâhil cümle âlem kabullendiğimizden, küçük bir kızın ihtiyacı olan her şeyi, sağ olsun, Gülfem Anne halletti. Okul formam, saçımın örgüsü, her gün önüme konan bir çeşit sebze yemeği, ödevlerim, ilk âdet şokum... Hani derler ya; o olmasa ben bir hiçim, Süreyya'nın annesi olmasa, kesin evden kaçardım, o kadarını diyeyim size.

Kız kardeşiniz veya en yakın arkadaşınızla karşılaştırılırsınız ya; biri uzun, biri kısa; biri zeki, biri aptal; biri hanım hanımcık, biri zıpçıktı ve tabii, biri güzel, biri çirkin diye. Süreyya ve benim için de mutlaka yapılmıştır böyle kıyaslamalar, mahalledeki lakaplarımızdan belli değil mi? *Güzel Süreyya, Zehir Feza.* Onun lakabının çıkış noktası barizdi, benimkini ise hem pozitife hem de negatife çekebilirsiniz; *Feza zehir gibi kızdır* veya *Zehir içtim, sıçamam* gibisinden.

Süreyya'yla karşılaştırılmak umurumda bile olmadı. Açık konuşmak gerekirse, öyle zargana gibi zayıf bir tip değilim ben. Tıp literatüründe adına göğüs ve kalça denen, iki bariz çıkıntı var vücudumda. Bir Esenboğa Havalimanı değilim ama üzerimde hafiften bir Kardaşyangil esintisi var. *Hafif etine dolgunum* diyor, kilo konusunu kapıyorum. Beyaz tenliyim, hani eskilerin *Akça pakça zararsızca* dediklerinden. Yazın yansam yıkılabilirdim de aksi gibi güneş alerjim var. Maazallah, güneşin altında elli faktör korumasız bir saat geçirsem arı sokmuşa dönerim, ağzım yüzüme karışır. Koyu kestaneye çalan saçlarım eskiden dümdüzdü fakat son birkaç yıldır düzle dalgalı arası, asla şekle girmeyen bir hal aldı. Sonra, ayak numaram ne güzel otuz altıydı, şimdi otuz yedi giymeye başladım. Hah, bakın gözlerim, halk arasında eşek gözü şeklinde tanımlanan kategoride ve henüz bir değişiklik yok. Hafif kemikli burnumu da seviyorum. Bir ara kafayı benim burnumla bozmuştu babam, *Yaptır da yaptır* diye. Evladına özgüven aşılayan baba modeli. Ben sana ısrar ediyor muyum, *Babalık nakli yaptır* diye?

Beni ilk güzel bulan Süreyya'dır; *Eski zaman tablolarındaki duru beyaz tenli, anlamlı bakışlara sahip güzel kadınlara benziyorsun,* demişti. Diğer yandan, Süreyya sessiz sakin durduğu için herkes onun hakkında yanılırdı. Küçükken annemin, *Bilmemne Teyzen seni özel olarak çağırdı, çok özlemiş* yalanıyla kandırılarak zorla bayram ziyaretine götürülürdüm. Giderdik *Bilmemne Teyze*'nin evine, daha ben kapıdan girer girmez teyze tip tip bakıp *Kim bu?* derdi. Kim olduğumu öğrendikten sonra da, *Anaaam, kızın mı olduydu senin?* naralarıyla her yerimi cimcirerek şapır şupur öperdi. Bir, üç, beşten sonra, bu hiç tanımadığım teyzeler ve az tanıdığım akrabalarımız, beni sanki bir yiyecekmişim gibi öpmesin diye rahmetli babaannemden arakladığım hacıyağını, akrabasavar bir silaha dönüştürüp üzerime boca etmeye başladım, kimse de bana yaklaşamadı. Tabii bayram bilançom: *sıfır harçlık, sıfır şeker.* Süreyya ise, herkesin görmek için birbiriyle yarıştığı o dillere destan güzelliğini, o boynu bükük tatlılığını ve nazını kullanarak kendini tek bir akrabaya öptürmeden torba torba şeker ve harçlık toplar, sonra da bölüşmek için bana gelirdi. Bir gün, "Süreyya, millet seni güzel ama boş zannediyor, arkadaşım olduğun için söylemiyorum ama acayip zeki bir kızsın" dediğimde boynuma atlayıp sıkı sıkı sarıldı. Bir iltifatı çok görmezdik yani birbirimize.

O, üniversite okuduktan sonra evlenecek ve iş hayatına atılacaktı; bense sırtıma çantamı takıp dünyayı keşfedecektim. Ve tabii ki hayallerimizi gerçekleştirip yeniden buluşacaktık. Çünkü bizim kaderimizde beraber olmak vardı.

Kendi küçük dünyamızda yaşayıp gidiyorduk işte, ta ki o güne kadar. Bundan on bir yıl önce, liseyi bitirdiğimiz gün, Süreyya karşıma dikildi ve "Ben evleniyorum," dedi. Şaşırdım; Cemal ile eninde sonunda bir gün evleneceğini biliyordum ama bu kadar erken olacağını düşünmemiştim.

Onlarınki mahalle aşkıydı, bilmeyen yoktu. Cemal ve Süreyya'nın hikâyesi, bizim alt sokaktaki Arma Pastanesi'nde, tezgâhta son kalan acıbadem kurabiyesini paylaştıkları gün başladı. Önce Cemal, *biz centilmen adamız evelallah* havalarında Süreyya'ya ikram etti kurabiyeyi. Süreyya ise, utangaç bir bakışla gözlerini yere indirerek kurabiyeyi tezgâhtan aldı ve tam ortadan ikiye böldü. Biliyorum, çünkü ben de oradaydım. Hayır, pastanenin içinde değil, dışında, *diğerleri* kadrosunda. Hani hayatta bir *kahramanlar* vardır, bir de *diğerleri* ya, aynen o hesap.

Böylece, Süreyya ile Cemal, hastalıkta ve sağlıkta, ölüm onları ayırıncaya kadar yaşayacakları ömrü paylaşmaya, bir acıbadem kurabiyesini yerken yemin ettiler.

Bizim mahallenin bir delisi var, Fıttır Hıdır. Elinde bir fotoğraf makinesi milleti çeker durur. Düğünler, bayramlar, sünnetler, okulun ilk günleri; sen çağırmasan da gelir. Makinesinin içinde çoğu zaman film bile yoktur. Parayı peşin alır, sonra bekler durursun fotoğrafını. İşini şansa bırakmayan mahalleli gerçek bir fotoğrafçı ayarlar ama Fıttır beğenmez tabii onların çektiklerini. Çamaşır ipiyle boynuna astığı fotoğraf makinesi ile yalınayak başı kabak, deli deli dolanır durur, kimseye zararı dokunmaz. Yolda gördüklerine saati sorar bir tek. Kim bilir hangi düğüne yetişecek? Hıdır'a, *Dörde çeyrek var* de, geç git.

Daha kısa pantolonluyuz, Fıttır Hıdır geldi yanımıza bir gün.

"Pişşşt! Cüceler! Bakın hele ne diyeceğim?"

Yüzünde her zamanki anlamsız gülümsemesi, işaret parmağını hararetle Cemal'e sallayıp Süreyya'yı göstererek, "Süreyya'ya sahip çıkacaksın!" diye hiddetlendi.

Baktım, bir anda neye uğradığını şaşıran Cemal, küçücük boyuna aldırmadan olduğu yerde hindi gibi kabarıp kollarını iki yana açarak Fıttır'a efeleniyor, *Senden mi öğreneceğim len?* gibisinden, hemen araya girdim.

"Hıdır Abi, saat dörde çeyrek var. Hadi bekletme gelini, yolun açık olsun."

"Dur kız, anlattırın iki dakika! Sonra başınızı taşa vurursunuz, Hıdır'ı dinlemedik diye. Bakın şimdi, Cemal Süreya'yı duydunuz mu?"

Cemal ve Süreyya derin bir nefes çekip birbirlerine baktılar, *Hey Allah'ım, ne güzel misket oynuyorduk şuracıkta, geldi buldu bizi deli* gibisinden.

Fıttır devam etti, "Duydunuz mu he? Nerdeeen duyacaksınız cahiller? Şiir mi okuyorsunuz ki şair bileceksiniz."

Başımızı ellerimizin arasına aldık. Nasıl sıkılıyoruz belli değil. Cemal ve Süreyya diye iki şair mi varmış? Büyük tesadüf de bize ne? Bu da elinde fotoğraf makinesi, oturdu kaldırıma, gitmiyor.

"Cemal Süreyya, bir gün bir iddiaya girmiş adamın tekiyle. Demiş ki, *Kaybedersem iddiayı, soyadımdaki ikinci Y'yi silerim*! Bak bak... Evini kaybet, barkını kaybet ama insan soyadındaki ikinci Y'yi kaybeder mi hiç? Kaybetmiş! Olmuş mu size Cemal Süreya! Yani kimse demesin Süreyya'nın başına bir şey gelmez diye. Sahip çıkacaksın Süreyya'nın Y'sine!"

O gün Fıttır'ın anlattıklarından hiçbir şey anlamayıp, pek de sallamayıp, *He Hıdır He* deyip geçmiştik. Süreyya ve Cemal adında iki şair iddiaya girmiş, biri kaybetmiş. E girmeseymiş keşke.

Sonra Gülfem Anne'yi evde yakaladığımız bir vakit saf saf sorduk delinin anlattıklarını. Bizim mahalleli, sokak tabelasını, ambalaj etiketini, gazeteyi falan okuyordu ama Gülfem Anne kitap okuyordu. Bakın öyle böyle değil, evinde biriktirdiği kitapları bağışlasa, orta ölçekli bir kütüphane açabilirdi. Onun anlattığı, biri birine benzemez masallarla büyüdük biz. O gün, Gülfem Anne'nin eteğine yapışıp *Cemal ve Süreyya kim?* diye sorduğumuzda, elimize bir Cemal Süreya kitabı tutuşturup *Boşu boşuna okula gidiyorsunuz vallahi, derslerde uyuyor musunuz siz? Hadi şiirlerini bilmiyorsunuz, adını da mı hiç duymadınız?* diye söylendi durdu ve bizi o günden sonra her hafta bir Cemal Süreya şiirinden imtihan etti.

Neyse, sonuçta Fıttır'ın anlattıklarını hiç unutmadık ve sayesinde, tek *Y*'sini kaybeden şair Cemal Süreya'nın bütün şiirlerini öğrendik. Zaman içinde, *Leyla ile Mecnun*, *Ferhat ile Şirin* gibi bir ikili oldu mahallede bizim Cemal ve Süreyya. Cemal sevdiğine her daim sahip çıktığından, Süreyya'nın ikinci *Y*'si hep yerli yerinde durdu.

E doğal olarak, üniversiteden önce ya da sonra, bütün mahalle bekliyorduk bu ikisinin evlenmesini. İşte ben de Süreyya'nın *Evleniyorum* lafını takiben tam arkadaşımın boynuna sarılacaktım ki konuşmaya devam etti, "Bu mahalleden içime fenalık geldi. Yıllardır aynı insanlar, aynı sohbetler, aynı boş işler. Çok daha fazlasını istiyorum, hak ettiğime de inanıyorum... Cemal ile olmuyor. Bir başkasıyla evleneceğim. Sen tanımıyorsun, buralardan değil..."

Bir süre sessizlik oldu. Dilim tutuldu. Sanki bunlar Süreyya'nın lafları değildi, o yüzden de ne diyeceğimi bilemiyordum. Süreyya arkadaşımdı, kız kardeşimdi. Bencil olamazdım; o hangi yolda giderse gitsin, desteklemek zorundaydım. Tam elini tutup kalbimden geçenleri söyleyecektim ki, bana fırsat vermeden devam etti; "Hayatımı oturtana kadar zaman ver, bir süre görüşmeyelim... Ben seni ararım."

Bunu bana söylediği an, Gülfem Anne'nin biricik kızının adını verdiği *Süreyya Kuaför Salonu*'nun önündeydik. Benim gözler hafiften kararınca ıslak havluların asılı durduğu çapraz bacaklı cılız çamaşırlığa tüm gücümle tutundum ve çotonk! Havlularla birlikte yerde buldum kendimi. En son böyle gördü beni Süreyya, düşerken.

Hemen ardından ona tek kelime etmeden ılgıt ılgıt kilim deseni mozaikle döşenmiş apartmanımıza koşuşum, merdivenlerde tökezleyerek ikinci kez düşüşüm ve fermuar gibi açılan diz kapağımdan oluk oluk boşalan kanı seyredişim daha dün gibi aklımda.

Giriş katında babamla yaşadığımız evin penceresinden, Süreyya'nın o lüks arabaya binip gidişini gizlice seyrettikten kısa bir süre sonra, New York'taki nikâh fotoğrafları tüm dergilerde boy boy çıktı. Bana attığı kazık, dünyanın en güzel gelini olduğu gerçeğini değiştirmiyordu. Bense bunu ona söyleyememiştim. Önce bunun için ağladım. Koyun can derdinde, kasap et! Sonra da, bunca yıl kendimi zeki sandığım için ağladım. *Feza, iki basamaklı sayıları kafadan çarpabiliyor...* Peh! İki basamaklı zekâm olsa, ben de çoktaaan bu mahalleden gidip dünya turuma çıkardım.

Bu arada Süreyya, en yakın arkadaşım diye bildiğim insan, vefasızlıkta bir dünya markası oldu. Son sözleri beynime kazındı: *Hayatımı oturtana kadar zaman ver, bir süre görüşmeyelim.* On bir yıldır ne oturtulamaz bir hayatmış ki bu, beni hiç aramadı. Neyse ya, beni istemeyeni, ben hiç istemem!

Her şeyin bir sebebi olmalı diyorlar. Ya da kendimizi böyle avutuyoruz, bilemiyorum. Tüm bu yaşananlara mantıklı bir açıklama bulabilmek için çok uğraştım. En sonunda, mevcut yolunu değiştirip başka bir yola giren insanların arkalarında bıraktıkları şahitleri tek tek yok etmek istediklerine karar verdim. Züğürt bir hayattan zengin bir hayata geçtiğinde, bir zamanlar yüzük parmağına teneke parçası takan nişanlından kurtulmak, en yakın arkadaşım dediğin o yurdum kızından uzaklaşmak gibi.

Aldatıldım. Hem de alenen değil; böyle yengeç gibi yandan yandan. Aşk kazığı fena, fakat hiçbir kazık, dost kazığının yerini tutmuyormuş. Evet, her elini sıktığına dost demeyeceksin de el ele doğduysan ne yapman lazım?

Süreyya bir soğan olsaydı, kısık ateşte pembeleşene kadar bekleyip, "Heh, rengini belli etti" diyebilirdim. Ama bir insan olduğu için anlayamadım rengini. Tam bir ikizler burcu kadını; hayatı boyunca etrafındakileri sömüren tatlı dilli yılan. Az buçuk kontrol altında tutabilmek için düzenli olarak soracaksın, *Bugün hangi kişiliğini giydin canım üstüne?* diye. *Uğurlu günü: kıyamet günü, Uğurlu çiçeği: siyah çelenk.* Kocasını sekiz yerinden bıçaklayıp, "Haydar'ım nasıl?" diye soran cinsten.

Süreyya'yı kafamda havale ettikten sonra kendimi toparlamam hayli zaman aldı. Sanki kolumun teki kopmuş gibi dolandım bir süre. Bir ağırlık çöktü üzerime. Kanepe gibi gömüldüm hayata. *Yetişmem gereken bir şey yok nasıl olsa,* diye diye yıllar geçti gitti.

Derken Gülfem Anne'de bir tuhaflıklar olmaya başladı. Beni *Süreyya* diye çağırıyor, her şeyi karıştırıyor, salondaki divanda saatlerce kıpırdamadan uyuklayıp duruyordu. Doktor, "Demans" dedi, "Yapacak bir şey yok." Hâlbuki ben biliyordum; yaşlılıktan falan değildi, kadın unutmak istedi. Unutan üzülmez. Süreyya, gününü gün ederken, ben bizzat baktım Gülfem Anne'ye. Zamanla eve kapandı kaldı. Onun kuaför salonu da benim başıma kaldı. O günden beri on kaplan gücünde çekip çeviriyorum dükkânı. Bu arada artık *Süreyya Kuaför Salonu* değil ismi. Tabelasını değiştirip *SüreYa Kuaför Salonu* yaptım. Çünkü Süreyya hem bir *Y*'sini, hem de bizi kaybetti. Zehirden şifa, soysuzdan vefa beklersen âlemden şeklini, nüfustan ismini işte böyle düşürürler.

Süreyya'nın da çok umurundaydı sanki.

Filler tepinirken çimenler ezilir diye bir laf var ya... Hah, aynı ben işte.

"Ben ne zamana çıkarım Feza?"

Mahallemizin seksen beşlik çınarı Sinekli Safiye ile tanıştırayım sizi. Tipik başak. Uğurlu günü, neolitik çağın başlangıcı; uğurlu taşı, böbrek taşı. Düzen, intizam hastası. Dükkâna girdiği anda istisnasız yaptığı ilk şey, kasanın arkasındaki duvarda asılı duran vergi levhasını düzeltmektir. Ardından fırçaları hizaya sokar, çantasından çıkardığı küçük kolonya şişesinin içine doldurduğu *cep çamaşır suyuyla* önündeki tezgâhı yirmi kere siler, silerken de sayar. Eve hırsız girer de çalar korkusuyla buğday renkli tombik vücuduna ne var ne yoksa takıp takıştırır; yirmi iki ayar Trabzon hasır burmalar, şişik parmaklarından ancak kuyumcuda kestirterek çıkartabileceği taşlı yüzükler, sıra sıra altın zincirler. Pötikareli tayyörünün altına yaz kış ince çorap giyer. Gözünden kalemini, dudağından rujunu eksik etmez. Safiye Teyze iki haftada bir gelir bizim kuaföre. Saçlarını sararım, makineye sokarım, sprey kutusunun tamamını kafasına boşaltırım ve iki hafta sonra görüşürüz. Bu süre boyunca saçını yıkamaz. Ondan olacak, küçük küçük sinekler uçuşur kafasında. Ben küçük sineklerini de Safiye Teyze'yi de severim. Ses etmeyiz hiç, herhâlde belli bir yaştan sonra banyo yapmak spor gibi yoruyor.

Safiye Teyze'nin torunu Alev'deki kudurukluk kimsede yok. Lakabı Şehvetengiz de buradan geliyor. Şehvetengiz Alev, tam bir balıktır. Akıl hastanesine koy, sırıtmaz. İçindeki çocuk asla büyümez, bir de başınıza kalır. Son nefesini verene kadar *Uğurlu günüm ve uğurlu taşım ne olmalı?* diye ömür boyu düşünür ve karar veremeden ölür. Sözde evlenecek düzgün adam istiyordu bu, hatta saçını her yaptırmaya gelişinde anlatıp dururdu; *Bir erkekte güven, şefkat, vicdan, istikrar, sevgi, saygı arıyorum* diye. Allah gördüğünden de geri bırakmamalıydı elbette. Sonra bir gün karşısına o düzgün çocuk çıktı, bunu sevdi, bir dediğini iki etmedi. Gül suyusuz güllaç olmaz dedi, yedi; romantik komedi sevmezdi, izledi; tek maç kaçırmazdı, futbolu sildi. Peki sonunda ne oldu? Torun dehşetengiz sıkıldı. Aynen Süreyya'nın Cemal'den sıkılması gibi. "Eli ekmek tutan düzgün çocuk" teorisi gerçek olsaydı, ODTÜ'nün üzerine nur yağardı zaten.

Temcit pilavı gibi aynı hikâye; kadınlar bir süre sonra, o göl başında prensesler gibi oturmaktan fenalık geçirip dört bir yanından su alan gemiye atlayarak okyanusta buzdağına doğru bile bile ilerlemeyi seçiyor. Şehvetengiz de gitti bal porsuğunun tekiyle görüşmeye başladı. Bal porsuğunu bilir misiniz? Hani ilk bakışta şirinlik abidesi gibi görünmesine rağmen hayvanlar âleminde "manyağın oğlu" şeklinde tanınan, günde seksen kilometre yürüyerek önüne çıkan her bir haltı yiyen, karşı cinsle sadece çiftleşmek için bir araya gelen, tek tabanca takılan, yeri yuvası olmayan, binlerce arının vızıldadığı kovana bir parmak bal yemek uğruna kafasını sokmaktan çekinmeyen, tilkiden akrebe, ayıdan kobraya her mahlukata saldıran psikopat. Bal porsuğunu buldu ya, sonra geldi bana sordu, "Feza, sence bu çocukla çıkayım mı?". "Çıkma" dedim, sizce dinledi mi? Bir süre sonra, adamın başka kıza attığı mesajları yakaladı. "Tam dört ayımı yedi hayvan!" diyerek feryat figan sinir krizi geçirdi bizim kuaför dükkânının ortasında. E söylemiştik, bal porsuğu bu, hayvan yani. "Zararın neresinden dönsen kârdır" dedim, sizce dinledi mi? Bir hafta geçti, "Evlenmeye karar verdik biz Baran'la" dedi.

İyi bok yediniz.

* * *

Tipe bakarak evlenmek. Evet, böyle bir evlenme şekli var ve bunu en sık yapanlar da balık burçları. Şehvetengiz Alev'in o boş gezenin boş kalfasıyla sırf esmer ve yakışıklı diye evlendiğine eminim. Sinekli'nin evlerinden birine kurulup yerleştiler ama esmer yakışıklının cebinde yarım kilo domates alacak parası yoktu, orası ayrı. Yüzde yüz orijinal bir iç güveysiydi. Baran, domates elden su gölden, evin içinde güve gibi yaşayıp giderken bir gün, Alev bizim mahalleden uzak bir yerde oturan arkadaşını ziyarete gidiyor. Bütün kadınlar camın önünde toplanmış kıymalı poğaçalarını kemirirken, Alev bir de bakıyor ki, kocası giriyor apartmana. "Ayyy kızlar otobüslerde sürünmeyeyim diye sürpriz yapıp beni almaya gelmiiiş. Nereden de öğrenmiş buraya geldiğimiii?" diye bir sevinç yaşayarak beyini karşılamaya sokak kapısının önüne çıkıyor ama o da ne? Beyi bir üst kata çıkmasın mı?

Velhasılıkelam, esmer yakışıklının bizim torun dışında bir de yedeği varmış. Zaten içgüveysigillerin ortak özelliklerinden biridir aldatmak. Yediğin önünde yemediğin arkanda, yapman gereken tek şey evine koca, çocuğuna baba olmak ama yok, kıpır kıpır kıpırdanırlar. Rahat batar kıçlarına.

Şehvetengiz'in boşanması evliliğinden daha uzun sürecek gibi duruyor. Neyse ki, Sinekli Safiye torununu kolundan tuttuğu gibi Beşi Bir Yerde Adalet'in kapısını çaldı hemen. Adalet, bizim mahallede ikamet eden boşanma avukatıdır. Tiftik saçlı Adalet'i görseniz belki bir halta benzetemezsiniz ama peşinde olduğunuz ilk beşi söke söke alır. Nedir bu ilk beş? Çocuğunuzun velayeti, evinizin tapusu, bankanızdaki sıfırlar, takı keseniz ve hepsinden önemlisi kırılan gururunuz. Eskiden saçma gelirdi bir avukatın onca branş arasından boşanmayı seçmesi; sonuçta kim ister ki sevenleri ayırmayı? Ama şimdi, boşanmalar artınca, Adalet'in kendine küçük bir servet edinmiş olması kuvvetle muhtemel. Kadın oğlak, bu yetmezmiş gibi yükseleni de oğlak. *Mühim işlerin* burcu. Ben şahsen oğlak burcu olmayan bir avukata boşanma davamı katiyen vermezdim. O başarmasın da kim başarsın? Önüne bir hedef koy ve yolundan çekil. Ulaşana kadar pes etmez. Çatık kaşlıdır, temkinlidir, detaycıdır, kuşkucudur, gerçekçidir ve on iki burcun en çalışkanıdır. Dışarıdan zor gözükür, içerden ise daha zordur. Herkesle öyle vıcık vıcık arkadaş olamaz, işi dışında kimseyle sosyalleşmez, ki Adalet'i de bu özelliği yüzünden eleştirir mahalleli. Bilirsiniz, millet olarak arkadaşlık ilişkilerimizi bir anda el ense tokat kıvamında aşırı samimiyetle başlatıp, selam ver borçlu çık tadında hüsranla bitiririz.

Bence en büyük hata, olaya sadece *evlenmek* olarak bakmak. Evleneyim de ne olursa olsun kafası. Tırnağına sürdüreceği ojenin rengine karar verirken, *Ay bi de şu tonu mu denesek?*, *Havalar ısındı, bu şimdi koyu mu kalır?*, *Dur bi de elbisemin üzerinde bakayım* diye kılı kırk yarıp, çocuğuna baba olacak adamı seçerken oldubittiye getirmek nedir? Hadi eski topraklar ses etmeyip dayanıyormuş ama artık kadınların da gözü açıldı. Bir ömür geçirmek için yeminler ediliyor ama o yemini ederken kafanın bir tarafından da alt yazı geçiyor: "Olmazsa boşanırım!"

Sosyal medyanın yarattığı *seç beğen al* durumları mı, *bir tane hayatım var* afraları mı, *babana bile güvenme* şüphesi mi, *her koyun kendi bacağından asılır* bencilliği mi... mi, mü, mu? Aklım ermiyor. Boşanmalar hep vardı da özellikle bu aralar zinciri kopmuş bisiklet gibi gidiyor konu. Okuyoruz her gün gazetelerde, ünlüler adeta boşanma yarışına girmiş durumda. Sırf geçen hafta üç ünlü çift boşandı yeminlen. Magazinciler eskinden düğünlere giderdi, şimdi Adalet Sarayı'nın ön kapısında çadır kuruyorlar.

Geçenlerde şu sehpanın üzerine biri dergi bırakmış, içinde de her beş evlilikten birinin boşanma ile bittiğini anlatan bir yazı. Kaldırdım hemen ortadan. Konu böylesine gündemdeyken bir de Sinekli Safiye'yi galeyana getirmenin âlemi yok. Ortamda *damat* lafı geçtiği anda büyük tansiyonu yirmiye fırlıyor. On altılı hap kutusundaki hangi hapın neye yaradığını torunundan iyi biliyorum. Hemen pembe hapını yutturuyorum. Bir de üzerine *haçimeto* verdim mi tamam. *Haçimeto*yu da kıçımdan uydurdum; hamur, çikolata falan demek.

Bu kuaförlük yüzünden evlilik müessesine karşı oldum çıktım. Mesela manavlık mesleğini icra etseydim, bir kilo çilek, bir kilo tüysüz şeftali tartarken mutlu mesut yaşayıp gidecek ve belki evliliğe toz pembe bakacaktım ama kuafördeki kadınları dinleye dinleye bir yastıkta kocayan çiftlere inancım kalmadı. Çoğunluk birbirini bir yastıkla boğmanın peşinde. Annemle babamın da böyle kâbus bir evliliği vardı.

Nüfus Müdürlüğü'ne sorsanız, babam, annemin kocasıydı. Lakin, kocalık yapamıyordu. Sorsan var, arasan yok. Annem hastalandığında doktorlar türlü nedenler saydılar ama bence babamın bir türlü *koca* olamamasından yataklara düştü kadıncağız. Keder var ya keder, bu dünyadaki en illet hastalık.

Sonuç, annem göçüp gitti. Babam hâlâ nur topu gibi ayakta.

Açık konuşayım, kadınların evlenme olayını neden bu kadar sahiplendiklerini anlayamıyorum. Hepsi evliliğinden mutsuz, ha boşandı ha boşanacak halde. Bir tane mi istisna çıkmaz? Hele şu son dönemde, kuaföre adım atan her kadında aynı durumu gözlemliyorum. Biri de demez ki, *Ay benim kocam bir tanedir.*

Ne diyordum ben? Heh, evlilik esas erkeklere yarıyor, yani mantıklı olan onların istemesi aslında. Fakat bizim taraf öylesine büyük bir coşkuyla sarılmış ki müesseseye, öbür taraf, yavrum sinmiş, köşede görevini bekliyor. Aslında kadınlar zaten yaradılıştan planlı, programlı, ince eleyip sık dokuyan, birkaç işi aynı anda çekip çevirebilen bir cins. Saçını boyarken bir yandan bacağına ağda yapıyor, diğer yandan telefonda mesaj yazıyor ve öte yandan sigarasını tüttürerek alt komşusunu hunharca şikâyet ediyor. Erkekler bizimle aşık atabilir mi, Allah aşkına? Arabayı geri geri park ederken konsantrasyonları bozulmasın diye radyoyu kapattıklarını ben bizzat kaç kere gördüm.

Pilavı bırak, yumurta kırmayı beceremeyen, üşüyeceksin hayatım diye uyarmazsan üşüyen, vücudundaki kılların hangilerinin kesilmesi, hangilerinin uzatılması gerektiğini kestiremeyen, çoraplarını kirliye atmaya üşenen erkekler mi yalnız yaşayabilir, sorarım size? Sinekli Safiye anlatıyordu, geçenlerde kocasının kulağına işitme cihazı taktırmışlar, adam Safiye'ye sormuş *Hanım, şimdi duyabiliyor muyum?* diye. He amcam, karın onay verdi, şimdi gönül rahatlığıyla duyabilirsin.

Safiye Teyze'nin torunu bu hıyarla niçin evlendi?

Hangi sebeple boşanma davası açtı?

Tüm bunları en ince detayına kadar nasıl biliyorsun Feza? gibi deli sorular olabilir kafanızda.

Şimdi, bu noktada bir parantez açmak istiyorum. Arkadaşlar, burası *SüreYa Kuaför Salonu*, buradan çıkış yok. İşin başına geçmeden önce aklıma hayalime gelmezdi günün birinde *Dertten ve Tasadan Sorumlu Devlet Bakanı* olacağım. Hatta Gülfem Anne unutmaya ilk başladığı zamanlar, Allah affetsin, içimden demiştim, *Acaba kuafördeki kadınlardan illet oldu da numara mı yapıyor?* diye. Kuaför çalıştırmak, tam bir *Dertleri tesbih yaptım, çekiyorum* durumuymuş. Zaten, *Nasılsın?* sorusuna verdiğimiz milli cevabımız *Ay hiç iyi değilim*'ken, bir de o hiç iyi olmayanların tek bir çatı altında toplandığını düşünün. Siz de Gulyabani gibi tepelerinde dikilip bunların saçlarını yapıyorsunuz. Mümkün mü Allah aşkına kadın milletini memnun etmek? Esmer sarışın olmak ister, düz kıvırcık ister, çay ister, kahve ister, fal ister, derdini anlatıp içini boşaltmak ister, akıl ister, iltifat ister, ister de ister! Şu kadınlara verdiğin dikkatin yarısını bilime versen atomu parçalarsın, o derece. Kendimi bazen bir tutam yeşil çay gibi hissediyorum. Depresyona mı iyi geleceğim, ödem mi attıracağım, hangi derde yetişeceğim belli değil.

İçiniz şişti, değil mi? Benim de. Yıllardır şişen içimin sönmesi için şu dükkânın kapısına kilit vurup dünya turuna çıkmam lazım da hangi parayla? Of be... Nasıl içimde ukdedir şu seyahat etme meselesi. Hani hep okuyoruz ya, az bir parayla sırt çantasını takıp bilinmeyen coğrafyaları gezenleri, gittikleri yerlerde çalışarak bir sonraki seyahat için para biriktirenleri; ben de onlardan biri olmak istemiştim. Hele ki yolda düz yürümeyi beceremeyenlerin Japonyalara ayak basıp oralardan attığı *Instagram* hikâyelerini gördükçe bana iyice bir geliyorlar. Sırf gittim demek için gidiyorlar, o kadar belli ki. Hep aynı yerlerde çekilen fotoğraflar, aynı yerlerde yenen yemekler, aynı pozlar, aynı heştegler.

Sinekli Safiye'nin hemen yanındaki koltukta oturan, elinde tuttuğu makasla beş yaşındaki çocuk gibi dergiden resim kesmeye çalışan kaymak yüzlü, dudağı benli tip de demin bahsettiğim torunu Şehvetengiz Alev işte. Yok, henüz delirmedi, bu akşamki Hıdırellez şenliğine hazırlık yapıyor sadece. Ancak akıllanmamış olacak; hâlâ gelin-damat resimlerini kırpıyor. Aman kesip kırp onları. Kırpıklarını da özenle katlayıp iple bağla ve gül ağacının altına göm. Kesin göm, kesin. Az önce sürdüğüm ojeni bozma yeter.

"Feza ya... Ojeyi bozdum, bi baksana soona!"

Ben biliyorum malımı. En patates gibi oturanına

bile yeni oje sürdükten sonra bir hareketlenme geliyor. Ve ille ki bozuluyor o oje.

"Sen kırpacağını kırp, en son süreyim ojeyi."

"Naz nerede? O sürse..."

Dükkândaki sağ kolumdan söz ediyor, "Bugün izin günü."

"Ayy... Dergini de mahvettim."

"Hiç önemli değil, çıkışta hesabına yazarım."

"Ah... Yeni birini sevebilecek miyim, yeniden evlenebilecek miyim sence babaneee? Bunları yaşadıktan sonra nasıl hayatta kalacağım ben?"

Neyse ki Sinekli Safiye az duyuyor veya belki de kadıncağız artık duymamayı seçip kendi işitme cihazını kocasına taktırdı.

Artık tutamıyorum kendimi.

"Kışın beynini küçülterek hayatta kalan kır faresini bilir misin sen?"

Şehvetengiz yüzüme aval aval bakıyor. Ojeyi geçtim, parmağını kesecek diye korkuyorum. Sinekli Safiye'ye de sinir geldi, belli ki torununun daha boşanmadan evlilik konuştuğunu duymuş, tek gözü seğiriyor.

"Erkek milleti değil mi, hepsi aynı! Mümkün olsa uzayda bile aldatacaklar. Söyler misin Feza, bir insan uzayda neden aldatır?"

Allah'ım sabır ver bana, "Boşluktadır belki."

İsmimin anlamı *uzay* olduğu için mi soru bana geliyor? Zekâmı, enerjimi bu ve bunun gibi konularla harcamaktan ben döndüm kır faresine.

"Aaa! Bak, kestiğim gelinle damat kimmiş Feza!"

Sinekli Safiye'nin kafasına boşalttığım sprey kutusunu tezgâha bırakırken torunun elinde tuttuğu resme odaklanıyorum. Beyaz gelinlik içinde su perisi gibi duran bir gelin... Süreyya bu. Yanındaki de kocası, meşhur iş insanı Haluk Vehbizade. Nedense öyle yazıyorlar artık hep, iş adamı değil de iş insanı.

Bakın adı batsın, boyu devrilsin ama şimdiye kadar tanıdığım bu kadar kadın arasından iyi evlilik yapmış tek kişidir Süreyya. Nereden mi biliyorum? Dergilerden.

Alın, *Cemiyet Hayatındaki Mutlu Evlilikler* diye eşek kadar başlık atıp altına da tam sayfa Süreyya'yla Haluk'un fotosunu koymuşlar.

Mutlular işte. Herkes mutsuz, bir tek onlar mutlu.

Denizlerin ermişi İlyas ile karaların ermişi Hızır, her yıl, beş mayısı altısına bağlayan gece buluşurmuş. Buluştukları yerde kış biter, bahar gelirmiş. Tomurcuk gibi patlarmış yaşam. Çiçekler daha büyük açar, gökyüzü daha mavi olurmuş. İnekler bol süt verir, insanlar ölmez; kurt, kuş ölmezmiş.

Gülfem Anne anlatırdı bunu bize çocukken. Her Hıdırellez'de gün doğmadan kalkar, karşılıklı sokak kapılarımızı ardına kadar açar, çıplak ayaklarımız, uykulu gözlerimizle Hızır'ı beklerdik Süreyya'yla. O, şafak vakti evleri dolaşırken, biz de ondan nasiplenmek isterdik. Sonra alelacele giyinip Gülfem Teyze'nin ellerine yapışır, güneşten önce deniz kenarına varırdık. Bir gece önce gül ağacının altına gömdüğümüz dileklerimizi suya bırakır ve hayallerimizin süzülerek gidişini izlerdik.

Evet... Hayallerimizin süzülerek gitme gibi bir huyu var ne yazık ki. Onlar biz *ebebe* deyip de iki lafı bir araya getirene kadar gözden kaybolurlar. Madem böyle, neden gecenin bu saatinde şu gül ağacının altındaki toprağı kunduz gibi kazarak dilek gömmeye çalıştığımı sormayın bana. Bunca yıldır kabullenemedim her şeyin sadece bu kadar olduğunu. Yani sadece bu mahalle kadar bir hayatım var benim. Bu kadarım.

Kurtuluşluyum ben. İsmi bir zamanlar *Tatavla* olan, kızgın kumlar üzerinde plaj voleybolu turnuvası bile düzenlenen bir semt burası. Yanlış anlaşılmasın, deniz meniz yok. Öylesine çılgın bir semt yani. Büyük mağazaların sıralandığı Rumeli Caddesi'yle, fanfirikli Nişantaşı kafelerinin hemen üstündeyiz. Bir liracı, çiğ köfteci, turşucu, yufkacı, yorgancı, overlokçu, son ütücü, vitrininde pembe ve beyaz kremalı pastaların durduğu pastane, yalnızca pantolon diken terzi, *Aaa böyle bir banka mı vardı?* dediğiniz banka, Çin işi uyduruk mallar satan Koreli, şarküteri... Ne ararsanız var. Ramazan'da pide, Noel'de kurabiye, Paskalya'da çörek pişer burada. Herkes birbirine *Günaydın Komşu* der. Sıra gecesi gibi yan yana kuaför dükkânları açılır ama herkes bana gelir, o ayrı. Zaten bizim milletin huyudur kuaförün yanına kuaför, bakkalın yanına bakkal açmak. Dükkân isimlerimizse son derece orijinaldir, *Kurtuluş Kuaför*, *Kurtuluş*

Bakkal, Kurtuluş Taksi... Bir sonraki çember de Öz Kurtuluş olarak devam eder. Tahmin edeceğiniz üzere Kurtuluş İlköğretim Okulu'nda okuyup Kurtuluş Lisesi'ne gittim. *Kurtuluş Lisesi Şişli'nin incisi, Kurtuluş Lisesi bilginin bahçesi* diye marşımız vardı. Liseye geçeceğim zaman babam aynen şöyle demişti, *Seni Kurtuluş Lisesi'ne vereceğime tornacıya veririm daha iyi.* Tövbe estağfurullah... Neyse ki Gülfem Anne müdahale etti de en azından liseyi bitirebildim.

Arka sokaktan davulla zurna sesi geliyor. Başlamış Hıdırellez eğlencesi. Küçükken gerçekten eğlenceliydi de artık bir tat vermiyor. Dileklerimizi nasıl coşkulu bir heyecanla gömdüğümüzü hatırlıyorum Süreyya'yla. Onunkilerin hepsi gerçekleşti. Bense yerimde sayıyorum.

Ne mi yazdım şu kâğıda? Dilekler söylenirse gerçekleşmez derler ama benimkiler zaten gerçekleşmediği için söylememde bir sakınca yok. İlkini biliyorsunuz, dünyayı gezmek. İkinci dileğimse... Hiç âşık olmadım ben. Ben de istemez miyim o malum kişiyi gördüğümde iç organlarım yer değiştirsin, bir ateş bassın, efendime söyleyeyim sağa sola çarpıp bir şeyleri kırayım, dalıp dalıp gideyim, salak salak güleyim, yemek yemeyi unutup bir iki kilo vereyim? Okuyoruz gazetelerde, yapay zekâ mı ne, ona takmış bilim dünyası kafayı. Ne istiyor bu bilim dünyası bizden? Elektrikli süpürgeyle aşk yaşamamızı mı? Aldığınız parayı hak edin ve insanların aşkına merhem olun bir zahmet. Arıyoruz, bulamıyoruz!

"Feza?"

"AHHH!"

Arkamdan sinsice fısıldayan şahsiyet! Senin yüzünden gül ağacının dikeni boydan boya çizdi kolumu.

Dirsek içimden bileğime doğru incecik akan kırmızı çizgiyi yok sayarak arkamı döndüğümde karanlıkta parlayan iki kahverengi gözle bakışıyoruz.

Cemal bu.

Kurtuluş İlköğretim Okulu'nun üçüncü yılı, bisikletlerimizle iki ileri bir geri kudururken benim üzerime kâbus gibi çökmüştü bu. Toprak mı yedirmedi, saçımı mı yakmadı, baldırlarıma iğneler mi saplamadı, hayatımı resmen kâbusa çevirdi. Akrep burcu işte, taktı mı takar; hayatı burnunuzdan getirir. Hiç unutmam, yine bir Hıdırellez, Cemal gözüme kuaförden aşırdığı saç spreyini sıkmış ben kör olmuşum, ağlaya ağlaya el yordamıyla Cemallerin evini bulup kapıyı çaldım. Kararlıyım, annesine şikâyet edeceğim, düşsün yakamdan diye. Annesi kapıyı açıp salya sümük halde anlattıklarımı dinledikten sonra başımı okşayıp *Seviyor kızım, seviyor* diyerek elime bir kâğıt tutuşturdu. Ne yani, Cemal beni mi seviyordu? Oha, böyle sevmek mi olurdu be? Delireceğim, gözüme perde indiğinden okuyamıyorum da kâğıdı. Avucum sımsıkı kapalı, eve gittim. Annemin son zamanları, o hasta haliyle yüzümü yıkadı, beni yatırdı ve avucumda kâğıtla uykuya daldım. Gözümü açtığımda bir de baktım, ertesi sabah olmuş. Bir gece önceki eğlenceyi kaçırmamı bırakın, dileğimi bile gömememişim gül ağacının altına. Panikle kalktım yataktan. Annem de evde yok, elimdeki not da. Bakındım odamın her tarafına ama bulamadım kahrolası kâğıdı. Beni uyandırmadığı için anneme söylenerek giyindim, kahvaltımı bile etmeden sokağa fırladım. Vahşi bir hayvan gibi havayı koklayarak Cemal'i arıyorum. Yakasına yapışınca ne söyleyeceğimi düşünüyorum; Türk filmlerindeki gibi, *Nayır, biz arkadaşız!* Ah, o bana yazdığı aşk notu elimde olsaydı, suratına da bir güzel fırlatırdım. Arma Pastanesi'nin önünden geçerken içeride Cemal ve Süreyya'yı fark ettim. Hah, işte tam o sırada acıbadem kurabiyesini paylaşıyorlardı. Pastanenin camında durdum onları izledim. Acıbadem kurabiyesini bilir misiniz? Üzerindeki çatlaklarıyla taş gibi görünür ama bir tadına bakan, hemen anlar ne kadar yumuşak olduğunu. Aynı ben! Nedense biraz kırılmıştım işte. Kendimi dışarıda kalmış gibi hissettim, çocukluk. Hâlbuki tam tersi, o günden sonra Cemal hep iyi davrandı bana. Abi-kardeş olduk, dost, sırdaş olduk.

"Ödümü patlattın be!"

"Ne diledin?"

"Sana ne!"

Cemal yanıma yaklaşınca yüzü biraz daha belirginleşiyor. Tek tek bakınca böyle ağzı burnu kalemle çizilmiş bir tip değil, ki bence erkeğin yakışıklısı olmaz, delikanlısı olur zaten. Uzun boyuyla, güçlü fiziğiyle, siyah gür saçlarıyla, kirli sakalı ve hafif eğri burnuyla hoş adamdır. Tipiyle asla hava atmaz, ortalıkta horoz gibi dolanmaz. Allah sahibine bağışlasın ayrı da, mahallede herkes Cemal'in hastasıdır. Hatta kimse Cemal'in korkusundan yüzüne söyleyemez ama lakabı *Hastasınım Cemal*'dir. Aslında lakabı koyan benim ama keskelalaka bir sebepten. Anlatayım; lisede Tokaç Hüseyin isminde gereksiz biri vardı ve her zil çaldığında zebella gibi masamın başında biterdi, *Hastasınım kız senin* diye. Hem dilimizi konuşamıyor hem de oto teyp hırsızlığı yapıyordu, öylesine parlak bir çocuktu yani. *Oğlum, bak git* diyordum, tınmıyordu bile. Sonunda Cemal'e tak etti, Tokaç'ın omzuna dokunup, *Birader, uza* diye ayarı verdi. Tokaç Hüseyin, *Sana ne lan! Hastasınım işte!* diye yükselerek Cemal'e bir kafa attı; Cemal de Tokaç'ı Acile yolladı. Yani Cemal'in burnundaki o hafif eğriliğin sebebi dolaylı yoldan benim. Bu olaydan sonra, *Hastasınım Cemaaal* diye bununla çokça kafa buldum; lakap tuttu, yapıştı kaldı. Velhasıl, Kurtuluş'un Kızları Hastasınım Cemal'in hastası. Diğer yandan, alnındaki belli belirsiz yarığın sebebi de benim. Yine beni kızdırdığı bir gün bunun kafasını cama ittirmiştim; sen bir çık bu camdan diğer tarafa... Vallahi şimdi kendimi kötü hissettim, *Yedi Bela Hüsnü* gibi çökmüşüm çocuğun başına. İnşallah beni iyi hatırladığı şeyler de vardır.

İlkokuldan lise sona kadar Kriko Necdet'in oto tamircisinde çalıştı Cemal. Necdet Amca akıllı adam, baktı ki Cemal'in bu tamir işlerine, hele ki arabalara müzik sistemi döşenmesine falan kafası basıyor, ona yönlendirdi çocuğu. Şimdi İstanbul'un bütün lüks arabaları bunun dükkânının kapısında sırada. Sana

Etiler'de şube açalım dediler, *McDonald's mıyım ben?* diye atarlanıp burada kalmayı seçti. Daha yeni ev aldı annesiyle babasına. Üç oda bir salon. Hayvan gibi balkonu var. Hem de Savaş Sokak'ta. Güzeldir o sokak.

Geçen bizim kuaförde konuşuyorlardı; Cemal'in annesi ve kız kardeşi Zülal buna kız bakmaktan vazgeçmiş, çünkü Cemal evlenmek istemiyormuş. Akıllı çocuk. Büyük emekle kazandığı paraları Beşi Bir Yerde Adalet'e gömmeyecek en azından.

"Feza, bir şey demem gerek sana."

Bir yandan çizilen kolumu ovuştururken, bir yandan da gül ağacının toprağına yumuşakça bastırıyorum ayağımla.

"De."

"Biz evlensek mi?"

II. Bölüm

Cemal

Bir Arap efsanesine göre aslında en başında güllerin hepsi beyazmış. Ta ki bir gece, bülbül beyaz gülü görüp âşık olana değin. O zamanlar bülbüller böyle şakımazmış. Bülbül, güle ansızın âşık olduğunda duyguları öylesine şiddetlenmiş ki, içinden ilk defa şarkı söylemek gelmiş. Nihayet aşkını ifade eden bülbül, kendini gülün kolları arasına bırakmış ve gülün dikenleri minik yüreğini delip geçmiş. Güller de sonsuza dek kırmızı renge boyanmış.

Bir Hıdırellez gecesi, Süreyya ve Feza dileklerini gül ağacının altına gömmeden hemen önce bu hikâyeyi anlatmıştı bize Gülfem Anne. Ortaokulun son yılıydı. Kızlar ellerini göğe açıp dua ederken ben de ellerim cebimde, birkaç adım geride ses etmeden duruyordum.

Dua ederken gözlerini sımsıkı yummuş olan Süreyya'yı seyrettiğimi hatırlıyorum. *Ne diliyordu acaba? Beni mi?* Aklımda bu soruları evirip çevirirken küçük pembe dudaklarını bir umut okumaya çalıştım.

İnsan her şeyi yaşayarak öğreniyor. O kafa ille ki beton duvara bodoslama girecek. Dinlerken kolay da, başımıza gelmeden hangimiz anlıyoruz, aşkın, gülü dikeniyle avuçlamaya benzediğini? Ellerin kan içinde kaldığında, dikenlerin hesabını gülden soramadığını? İnsanı aşk kadar mutlu eden ve aşk kadar da yıkan başka bir şeyin olmadığını? Çok dürüst olacağım, biz erkekleri bitiren, hep şu *benim başıma gelmez* inancı. İstisnasız aynı yerden golü yeriz, *Ben o kızın ciğerini bilirim, bizde olmaz öyle yamuk.* Kadının dışına bakıp, içini anladığımızı sanırız. Hâlbuki, kadın dediğin, sadakati naz diye bilir. Tabiatı gereği biraz ağırdan alır ama sonunda cebinde paran varsa, senindir!

Herkes bir kere aldatılır şu hayatta, bunu yaz kafana.

Mahallelinin sandığı kadar taş değilim aslında. Ama erkeğiz anasını satayım. Güçlü olmak lazım. Biraz eğildin mi, korkak derler, zavallı derler. *Sevdiği için böyle oldu* demez kimse. Yok öyle ağlamak, sızlanmak, yakınmak. Betona çaktın kafanı, önünde iki seçenek var. Bazıları aynen devam eder ve iyice belasını bulur. Benim yolumsa tevazudan geçti; *kadınları tanırım* diye ahkâm kesmeyi bıraktım. Sustum. Mert, cömert, dürüst yaşamaya yemin ettim.

Diyorlar ya erkekler kadınlardan daha geç büyüyor diye... Geç büyür tabii. Vaktinden önce büyütmeye çalıştığın her şey geç büyür. Düşünsene annen bir gece önce yorganını yaprak dolma sarar gibi altına kıvırmış, seni masallarla uyutmuş, sabahına elinde şokellalı ekmeğin televizyonun önüne kurulup çizgi film izliyorsun, derken herifin teki bir anda elinde neşterle içeriye giriyor. Tanıştırayım, fennî sünnetçin. Artık çocuk değil, erkeksin koçum. Yetmez; hem erkek, hem adam olacaksın. Adamsan, sana inananı yarı yolda bırakmaz, yarı yolda bırakanı da adam yerine koymazsın. Adamsan rahat uyumaz, sevdiklerini rahat uyutursun. Yamuk ağaçtan düz baston çıkmaz. Her şeyden önce sözlerinin arkasında dik durmayı öğreneceksin. Savaşman, tehlikeye atılman, soğukkanlı olman gerek. Batan gemiyi en son sen terk etmelisin, yeri geldiğinde ceketini alıp gitmelisin.

Ya, kolay mı sandın adam olmayı?

Son zamanlarda herkesin dilinde bir *adamlık*tır dolanıp duruyor da işin gerçeği, ortamda adam kılığıyla gezen yavşakların çoğalmış olduğu. Kaç erkek güçlü kollarını *kodu mu oturtmak* için değil de sevdiğini sarıp sarmalamak için kullanıyor? Kaçı kalın sesiyle bağırmak yerine şefkatle konuşuyor? Kaçı skor peşinde koşmak yerine tek bir kadına ait olmayı seçiyor? Kaçı ulaşamadığı kadına *kaşar* demek yerine, *bu kadın beni aşar* diyor? Bakın, erkekliğin en zor yanı, sen daha el kadarken etrafındakilerin erkeklikle ilgili söylediği şeyleri beyninde doğru bir yere koyabilmendir. Burada baba giriyor işte devreye. Çünkü bir babanın faziletleri, çocukların servetidir.

Babalar oğullarının ilk kahramanı, kızlarının ise ilk aşkıdır derler. Kalıbımı basarım ki doğru. Zülal doğduktan sonra anladım babamın benden sonra neden kız çocuğu olsun diye yanıp tutuştuğunu. Kız çocuk, bir ailenin geleceğe yatırımıdır. Erkek evlenir gider ama kız, hep o ailenin küçük çocuğu olarak kalır. Boyumuz bacak kadarken, babamın eve gelişini nasıl karşıladığımızı hatırlıyorum, ben uzaktan bir *Hoş geldin baba* derdim, Zülal ise koşarak babamın bacaklarına sarılırdı, *Babacığıııım gelmiiişş!* İnsan erimez de ne yapar? Hele şimdi gelinlik çağına geldi, onu nasıl evlendireceğiz bakın hayal bile edemiyorum. Arada bir uyarıyorum, *Erkeklere güvenme sakın!* diye ama hiç ses etmiyor. Umarım kardeşimin karşısına helal süt emmiş, vicdanlı, çalışkan bir adam çıkar.

Küçükken ipte kazıkta durmaz haytanın tekiydim. Zülal doğduğunda babamdan, *Hanım, bunca yıldır evde çocuk besliyoruz sandıydım ama hayvan besliyormuşuz* sözünü duyduğumdan beri iyi bir insan, iyi bir evlat olmaya ant içtim. Kim derdi ki iyi bir insanın yapması gerekenleri harfi harfine yerine getiren Cemal, elini değmeden gözüyle sevdiği Süreyya'sından, *Çok iyi bir insansın ama...* diye başlayan bir cümle duyacak? Madem çok iyi bir insandım, neden gittin? İyilikten başka bir şey *veremedik* Süreyya'ya. O zamanlar yoktu ki vereyim. Bir yandan ona lanet okudum, bir yandan da kış uykusundan uyandım sanki. Terk edilmek kamçıladı beni. Çalıştım, hem de gece gündüz demeden. Bugün kendi paramı kazanıyorsam, bunda Süreyya'nın payı var.

Allah için Süreyya'nın tek bir saç teline zarar gelsin istemedim, onun yeri başımın üzeriydi. Ama saçının her teli ayrı ışık saçan bir kadınla ne yapacağımı bilemediğim, ona yetememekten korktuğum bir an oldu. Tamam, elim yüzüm düzgün de Cemal'im işte ben. Ne yapar Cemal? Oto tamircisinde çalışıp arabalara müzik sistemi döşer. Yani Cemal'in avucunun ortasına konan beyaz güvercini korkutup kaçırması muhtemeldi.

Kaçırdı da.

Bir şey, tek bir şey içimi kemirip duruyor yıllardır. Tek bir hatam. Şimdi anlıyorum bir insanı hayatta sevdiği iki şey arasında bırakmanın ne fena olduğunu. *Annenle baban uçurumun kenarında, birisi ölecek. Hangisini kurtarırsın?* diye sormak gibi, ben de bir gün Süreyya'ya şunu sordum, *Üniversite mi, ben mi?*

O, üniversiteye gitmek istiyordu, bense onunla evlenmek. İstesek ikisi bir arada gidebilirdi ama çocukluk deyin, hıyarlık deyin, kendi yolunu seçip o yolda benden daha iyi birini bulabilme ihtimali beni yiyip bitiriyordu. Hep aynı kâbusla kan ter içinde fırlıyordum yattığım yerden. Süreyya üniversite mezuniyet töreninde ibiş gibi kepli bir herifin kolunda bana doğru yürüyor. Benim üzerimdeyse dükkânda giydiğim mavi iş önlüğüm var, elim yüzüm makine yağı içinde. *Evleniyorum Cemal,* diyor. Ve o sırada sadece benim ayaklarımın altındaki yer çatırdamaya başlıyor. Onlar farkında bile değil. Rüyalarda hep olur ya, anasını satayım, bağırmaya çalışıyorum ama sesim çıkmıyor. Yer delinip de yedi kat dibe düşecekken uyanıyorum.

Sen, dedi Süreyya. Bunu dediğinin akşamına bizim evin orada, Kurtuluş Son Durak'ın hemen başında demirleyen otobüslerin arkasındaki çalılıkta üniversite hazırlık kitaplarını yakıyordu. Soğukça bir Nisan sonuydu. Kendisi hiç kıpırdamıyor, neredeyse beline değen saçları rüzgâr estikçe dalgalanıyordu. Süreyya'dan gözlerimi alamıyordum. Kollarını önünde kavuşturup havaya yükselen alevleri izlerken neler geçiyordu aklından kim bilir.

İyi bir insan mıydım şimdi ben? Neye göre, kime göre iyiydim? Ve bu olay ahirete nasıl intikal edecekti, merak içindeydim.

Süreyya'nın *Sen* cevabının ardından derin bir sessizliğe gömüldük beraber. Üniversiteden vazgeçmesine vazgeçmişti ama bana öfkeliydi. Ayaklarına kapanmayı denediğim her an engelledi beni, bir türlü konuşturmadı, hep kaçtı gitti. Gerçi imkân verse, ne diyecektim, onu da bilmiyorum. Dışarıdan bakınca Cemal-Süreyya efsanesiydik ama içeride çatırdamaya başlamıştık. Bilemezsiniz. Kimse bilemez iki kişi arasında tam olarak neler yaşandığını...

Bence hareket planını o zamandan kafasında kurmaya başlamıştı. Başlamış ki, en sonunda Haluk mu ne boksa gidip o herifle evlendi. Geç karşıma, bağır çağır, konuşalım, ortak bir yol bulalım. Yaptığı kalleşlikti. Evlenmek yerine basıp üniversiteye gitse daha hayırlı olurdu ama belli ki canımı acıtmak istedi.

Hem sorarım size, gerçekten seven, sevdiğini tek bir hata için harcar mı?

Biz hiç konuşmadan ayrıldık. Her şey bir kalemde silindi gitti. Önce telefonlarım açılmadı. Gülfem Anne'nin kuaförünün önünde karargâh kurdum, Süreyya çıkmıyor evden. Birkaç gün sonra Kılçık Mustafa kara haberi verdi, *Süreyya evleniyor.* O an, aynen gördüğüm o rüyadaki gibi bir tek benim ayağımı bastığım yer çatladı. İçimden diyorum, *Düşme Cemal, düşme aslanım...* Ama yok, yerin yedi kat dibini boyladım. O akşam aldılar beni Madam Despina'nın yerine götürdüler, korktular bir şey yaparım diye. Masada uzun bir sessizlik oldu, sonra biraz neşem yerine gelsin diye, *Mecnun bilseydi rakı sevgisini, sever miydi Leyla zillisini* dediler. İçtim, içtim, içtim... Ve yatıp zıbardım. Sabahına bir baktım aynaya, simsiyah saçımın ön tarafında bir tutam beyazlık. Aynadaki Cemal'e bakarken bana bir tiksinti geldi, ağzıma da ekşi bir rakı tadı... Oracıkta tövbe ettim içkiye.

Kaç zaman sonra içimdeki suların durulduğunu sanan Kılçık söyledi; o zibidi gelip Süreyya'yı Ferrari'siyle almış. Mutfaktan kaçmaya çalışan fare gibi sessizce çekip gitmişler mahalleden.

Ben ondan çok istediği bir şeyi almıştım, o da benden.

Bu kadar mıydı yani? Ödeşmiş mi sayıldık Süreyya? Peki. Öyle olsun.

Büyük bir dikkatle dileğini gül ağacının altına gömmeye çalışan Feza, yüzüme bakmadan soruyor,

"Ne dedin bana az önce Cemal?"

"Evlenelim dedim."

"Ne alaka?"

Biraz da Feza'yı gıcık etmek istediğimden tüm ciddiyetimi takınıp konuşuyorum, "Kılçık Mustafa geçende demişti, *Ya evlilik toptan kaldırılsın ya da herkes evine yakın olanla evlensin* diye?"

Hafiften bozuluyor bizimki, "Ha ondan bana evlenme teklifi ediyorsun, size yakın oturduğumdan. Sağ ol be!"

Kendimi tutamayıp gülümsüyorum, "Sebep hoşuna gitse, tamamsın yani?"

İyice damarına bastığımdan kıpkırmızı oluyor yanakları.

"Ne tamam olacağım be! Git başkasıyla kafa bul!"

O, toprağı daha bir gergin eşelemeye başlarken ciddileşiyorum.

"Hayatımda hiç olmadığım kadar ciddiyim Feza!"

Hani adamdın lan sen? İnsan eski kız arkadaşının en yakın arkadaşıyla evlenmek ister mi? diye soruyorsunuz şimdi.

Az sabır, anlatıyorum.

Anam başımın etini yiyip duruyor *evlen de evlen* diye. Bakmadığı kız kalmadı. *Bu da mı olmaz Cemal?* dediğinde, artık verecek bahane bulamıyordum kadıncağıza. İş güç derken, kapatmıştım o defterleri. Keyfim de yerindeydi. Aslında hakikaten de istemiyordum evlenmek ama geçen hafta çok tuhaf bir şey geldi başıma.

Öğle arasında benim dükkândan çıkıp Sinemköy Börekçisi'nde pide yedim, ardından bastırsın diye sade bir Türk Kahvesi içmek için Doktor'un Yeri'ne uğradım. Küçük çay ocağının tentesinden sarkan asmaların altında duran hasır tabureye iliştim, kahvemi içiyorum, allı güllü etekli, annem yaşlarında bir çingene çıkageldi. Tanıdık değil, buralarda ilk defa görüyorum kadını. İçi lavanta dolu sepetini yere bırakıp geçti oturdu karşımdaki tabureye, orta şekerli bir kahve söyledi. İlk seferinde pek de dikkat etmediğim kadının yüzüne bir baktım, dondum kaldım. Kına yaktığı saçının ön kısmında, aynen benimki gibi, bembeyaz bir tutam sallanıyor.

Durdum, durdum, dayanamayıp sordum en sonunda, "Selamünaleyküm ablacım... Yanlış anlama da, kendi beyazımın sebebini ben bilirim, seninki neden çıktı?"

Önüne konan kahvesini içerken, çakır gözleriyle uzun uzun baktı bana, *Sana güveneyim mi?* der gibisinden. Saçımın beyazından mı yoksa hafif kirli sakallı yüzümün şirinliğinden mi bilinmez, güvenmiş olacak, başladı anlatmaya: "Bir gecede bıraktı gitti beni gapçık ağazlı kocam. Na şu kadardan beri de beraberdik ha... Anası turp, babası şalgamdı bunun ama ben evimin erkeği dedim, başıma koydum. Herif kahvelerde sürterken çalıştım, evimi geçindirdim. Sonra da üç şoparla kalıverdim ortada." Bir nefes alıp son yudumunu içti ve fincanını ters çevirdi. Ardından, hiç bana sormadan benimkini de ters çevirip konuşmaya devam etti. "Sabahına na böyleydi saçım.

Ne boya tutuyo, ne kına... Yıllardır ne arıyo ne soruyo... Feys'ten gördüm, Şanzelize güzelinin tekiyle evlenmiş. Ben o karının saçını yolar kıçına doldururdum, donunu çeker başından bağlardım da..." Sustu. Kafasını *boş geç* gibisinden salladı. Beline bağladığı fermuarlı çantasından iki demir lira çıkardı, şangır şungur bıraktı masaya. Sepetini koluna takmadan önce fincanımı açtı, "Sevdiğin uzaklarda sanırsın... Hâlbuki yanı başında ama haberin yok!" dedi ve kalkmak için hareketlendi. "Senin falın ne olacak?" diye sorduğumdaysa, "Benim falım fallanmış" diye cevap verdi ve boştaki elini sallayarak arkasını dönüp gitti.

Sonra...

Feza düştü aklıma. Öyle hemen vermedim kararımı. Gece gündüz çingenenin söylediklerini düşündüm. Feza hep yanımda olandı, durandı, kalandı. Hem de bunca sene! Her gün on dakika da olsa mutlaka birbirimizi görürüz. Onun canı yansa benimki yanar. Harbi kızdır. Sözünü sakınmaz. İyi dosttur. Merhametlidir. Bugüne kadar bana tek bir yamuğu olmadı. Annesiz büyümesine, babasına rağmen güçlüdür. Hatta belki de sırf bu yüzden güçlüdür.

Tamam, ne o evlenmek istiyor ne de ben ama artık otuzumuza geldik. Yuva kurmak, çoluk çocuğa karışmak bizim de hakkımız değil mi?

Bu bir intikam diyenler olabilir aranızdan. Ancak intikamı intikam yapan şey, intikam aldığın kişinin bunu bizzat görüp o acıyı yaşamasıdır. Ortada bir Süreyya olmadığına göre intikam da yok. Süreyya ne artık benim sevdiğim kız ne de Feza'nın en yakın arkadaşı. O bizi tek kalemde silmişken, bizim de onu silme vaktimiz gelmedi mi? On bir yıllık yas yetmedi mi?

"Bir şey söylemeyecek misin?"

"Bazı anlar çok özel Cemal."

"Hangi anlar?"

"Bir susarsan o anı yaşayacağım. Dileğimi gömüyorum."

Kendimi tutamıyorum, bildiğin kaşınıyorum. "Dileğin karşında duruyor kızım."

Feza'dan ses yok. İşini bitirip ayağa dikildiğinde siyah eşofmanının diz yerlerine yapışan toprakları temizliyor. Bağcıklı siyah botlarını giymiş yine. Üzerindeki beyaz kapüşonlu eşofmanın ortasındaki cep kısmına tek elini yerleştiriyor, tekini beni dövecekmiş gibi havaya kaldırdığı an göz göze geliyoruz.

"Yürü git!"

Havadaki elini yavaşça tutup avucumun içine almaya çalıştığımda, can havliyle geri çekiyor.

"Evlenemez miyiz yani biz?"

"Evlenmek için âşık olmamız gerek."

"Şart mı?"

"Değil mi?"

Kısa bir an düşünüyorum. Bence şart değil. Herkes âşık olarak mı evleniyor? Öyle evlendiğinde bir ömür mü sürüyor? Hiç sanmam. Belki Feza'ya âşık değilim ama onu çok seviyorum. Belki zaman içinde âşık olurum. Olmasam ne yazar? Ben mutlu olacağımıza inanıyorum.

Büyük ve ağır adımlarla ilerlemeye başlıyor Feza. Ben de aynı tempoda peşi sıra yürüyorum. Yürürken siyaha çalan sımsıkı topladığı at kuyruğu bir o yana bir bu yana sallanıyor. Küçüklüğünden beri böyle toplar saçlarını. Her an yaramazlık yapmaya hazır bir çocuk gibi.

Duruyor ve bana doğru dönüyor. Kahverengi gözleri kocaman açık. Gür kaşları yukarı kalkmış.

"Sana üç harfliler gelmiş yeminlen."

"Cin mi?"

"Yok, Rus."

"Saçma saçma konuşma..."

Genişçe alnını avucunun içiyle ovalamaya başlıyor. Kafası karıştığında böyle yapar. Var ya... Aslında güzel kızdır. Güzel ve akıllı. Fakat diğerleri gibi ruj sürmez, gözlerini boyamaz, saçlarını yapmaz. Hem de kuaför olmasına rağmen. Kılçık Mustafa mesela, makyaj yapmayan kadınlarla ilgili hep şunu der: *Bu kadınlar ya afettir ya da doğal afet.* Bense öyle düşünmüyorum. Feza'nın boya badanaya bulanmayışının nedeni, milletin kendisi hakkında ne düşündüğünü sallamaması bence. Bir de uyumayı çok sever. Yani bizim Feza uykusundan yarım saat vazgeçecek de sabahın köründe kalkıp saçını falan saracak... Yok. Hiç ona göre değil.

Süreyya ise her zaman tepeden tırnağa bakımlıydı. Rujunu sürmeden bakkala gitmezdi. Etrafındaki tüm gözlerin onun üzerinde olması hoşuna giderdi. Bazen kıskançlıktan delirirdim ama demezdim bir şey. Zaten birini kıskanıyorsan âşıksın demektir. *Ben sevdiğimi kıskanmam*'lar falan trişka da... Yoruyor böylesi de. Harbiden yoruyor.

Feza'nın alnını ovaladığı o küçücük elini tutmak için gene hamle yaptığımda kaçırmıyor bu sefer. Elini sakince öpüyor ve avuçlarımın arasına yerleştiriyorum.

Bence oluruz biz. Çok da iyi oluruz. İster mi acaba o da beni?

Laf kalabalığına gerek yok. Anlamanın tek bir yolu var.

Eğilip sıcacık yanaklarından kavradığımda istemsizce ayak parmaklarının üzerine yükseliyor. Dudaklarımı dudaklarına değdiriyor ve kaçamak bir bakış atıp gözlerinin açık olup olmadığına bakıyorum.

Kapalı. Ne demişti Kılçık? Öpüşürken gözlerini kapatan kadın seviyordur. Gözler açıksa, var bir problem.

Dudaklarına biraz daha sokulup içime çekiyorum arkadaşımı. Bundan sonra arkadaşım değil de, sevdiğim kadın olsun diye.

Gözlerimi kapatmamın ardından geçen o ilk üç saniyede bir his dolmaya başlıyor içime. Bu hissi tam keşfedecekken, suratımda patlayan tokatla kendime geliyorum. Şaşırıyor muyum? Hayır. Ama gene de beklenmedik bir hamle, yanağım hafif hafif zonkluyor. Komik de geliyor durumumuz. Sırıtmamak için kendimi zor tutuyorum.

"Ne bu tokat şimdi?"

"İkimizi de kendimize getirsin diye attım. Arkadaşız biz! Anladın mı? Aramızda böyle bir şey olamaz!"

"Evleneceğim kızım seninle."

"İki dünya bir araya gelse de evlenmem! EV-LEN-MEM!"

"Oğlum sen ne işle meşgulsün bu aralar?"

"PES oynuyorum Halil Amca."

"Başka?"

"İssegram'da takılıyorum, arkadaşlarla maç falan seyrediyoruz."

"Aslen nereliydin?"

"Kilis."

"Neresinden?"

"Ne fark eder?"

"Tövbe estağfurullah... Feza'yı istemeye gelmediniz mi oğlum? Gerçi anan baban yok, bu nasıl istemeyse..."

"Ben istemiyorum, n'apıcam o manyağı? Cemal istiyor. Ayrıca esas kız isteme değil bu, ön kız isteme."

Tüm Kurtuluş'un bildiği malum geçmişimizden ötürü beklenmedik bir tepkiyle karşılaşmayalım diye annemlere haber vermeden önce kalktık, rızasını almak üzere Feza'nın babası Halil Amca'nın evine Mustafa'yla birlikte geldik de keşke gelmez olaydık. Herif ipte kazıkta durmuyor. Halil Amca'nın önce Kılçık'ı sonra da beni dövmesi an meselesi, lakin boyu ancak belimize geldiğinden en fazla bel altı vurabilir.

Feza'yı benim istediğimi öğrendiğinde tek kaşı havaya kalkıyor Halil Amca'nın. Marsık Sokak'ın yola bakan köşe apartmanının köşe dairesinin küçük salonundaki tahta orta sehpaya yerleştiriyor ince belli çayını. Yeşil kadife kumaş döşemeli iki kişilik koltukta geriye doğru yaslanıyor. Adam tam bir şey diyecekken Kılçık giriveriyor lafa.

"Bize çay yok mu Halil Amca?"

"Yok."

Bir süre, gergin bir sessizlikte Halil Amca'nın konuşmasını bekliyoruz ve nihayet açıyor ağzını.

"Feza da istiyor mu seni?"

Kıçımı zar zor yerleştirdiğim tekli dar koltukta dikleşiyorum.

"İstiyor."

Tam bu sırada içerdeki odadan Feza'nın sesi geliyor.

"İS-TE-Mİ-YO-RUM!"

Fezalara getirdiğimiz koca turşu kavanozunu oturduğumuzdan beri kucağında sımsıkı tutan Kılçık, kendi kendine, "Al işte. Manyak," deyip kavanozu açarak içinden bir acur turşusu alıyor. Herif dünyaları yiyor ama kılçık gibi zayıf. Bir de ille her ortamda bir kılçıklık yapacak.

"Getire getire turşu mu getirdiniz?"

Hemen gerekli açıklamayı yapıyorum Halil Amca'ya.

"Feza çok sever ya..."

Kılçık destek vereyim derken yine batırıyor, "Pelit Turşu'dan aldık. Hayvan gibi para verdi Cemal."

Ben Kılçık'a *Sus!* diye kaş göz yaparken parmaklarıyla pos bıyığını düzelten Halil Amca, hemen ardından orta boy karpuz büyüklüğündeki göbeğini zar zor kapatan kareli gömleğini hizaya getiriyor.

"Oğlum, kafanız mı güzel sizin?"

Mustafa atlıyor yandan, "Yok Halil Amca, tövbeliyiz biz!"

Kılçık'ın elinden turşu kavanozunu alıp sehpaya koyarken Halil Amca'ya dönüyorum.

"Çok ciddiyim. Evlenmek istiyorum Feza'yla."

"Kısa dönem mi, uzun dönem mi?"

"Anlamadım?"

"Ben de anlamadım. Evlenip de ne yapacaksınız oğlum? Boşanacaksınız. Çocuk ne olacak sonra? Hava atışı yapıp kimde kalacağına mı karar vereceksiniz?"

Küçücük evde konuştuklarımızı harfi harfine duyan Feza'nın buna tepkisiz kalmayacağını biliyorum. Nitekim haksız da çıkmıyorum. Bas bas bağırıyor içeriden.

"El insaf be! Annem ters dönecek mezarında!"

Uzanıp çayından bir yudum alan Halil Amca sesini alçaltarak devam ediyor.

"Allah rahmet eylesin, anası iyi kadındı. Ama hiç istememiştim evlenmek. Oldu-bittiye getirdiler. Hep öyle yaparlar. Hele çocuk olduktan sonra her şey değişir."

Feza naklen yayına devam, "Sanki çok baktın o çocuğa da!"

Halil Amca istifini bozmadan devam ediyor, "Evlenmeyin oğlum. Sakın evlenmeyin."

Sert bir kapı çarpmasının ardından salona fırtına gibi girip oturduğum koltuğun önünde dikilen Feza'yla birlikte, babası dâhil olmak üzere hepimiz sus pus oluyoruz. Bir zarar gelmesin diye sehpanın üzerinde duran turşu kavanozunu kapan Kılçık söyleniyor yine yandan, "Ahanda geldi manyak."

Kocaman gözleriyle gözlerimin içine bakıyor Feza. Üstüme saldıra da bilir, kafayı çaka da bilir. Her şeye hazırım, ben zaten onun bu hallerini seviyorum.

"Hakikaten evlenmek istiyor musun benimle?"

Gözlerimi hiç kaçırmıyorum, "Evet."

Ellerini beline yerleştirip *istikbal göklerdedir* dercesine çenesini havaya dikiyor.

"İsteyin beni o zaman. İsteyin de el âlem evlilik görsün!"

Sabahki Halil Amca ziyaretimiz ne kadar saçma bir ön kız isteme olsa da, Feza'dan yanıt almak beni mutlu etti. Kılçık, gene kılçıklık yapıp, *Babasına inat seninle evlenecek bu manyak* dedi. İçim bir sıkıldı ama herkes kendine göre bir sebepten evlenmiyor mu zaten? Feza'nın beni çok mutlu edeceğini biliyorum.

Söz veriyorum, ben de onu mutlu edeceğim.

Kız isteme konusunda ilk etabı tamamladığıma ve hava kararmak üzere olduğuna göre, şimdi ikinci etaba geçebilirim.

Nazar Pastanesi'nden bir paket profiterol alıp çıktığımda dükkân önünde bizim mahallenin veletleri top oynuyor. Elimdeki paketi bırakmadan oyunlarına giriyorum. Tam ayrılmama yakın, arkamdan gelen *Cemal!?* sesiyle gayriihtiyari dönüyorum ve mavi plastik topu kafama yiyorum.

Ebru bu. Beş, altı yaş küçüktür benden. Alçakdam Ebru. Neden mi böyle sesleniyoruz? Fezaların bir üstündeki Alçakdam Sokak'ta yaşıyor ailesiyle. Sokak onların, Ebru Alçakdam.

Böyle söyleyince biraz abuk olacak ama Süreyya toz bulutu olup havaya karıştığından beri benimle evlenmek istiyor Ebru. Bize defalarca geldi gitti annesi. Son teklifleri Alçakdam'ın en güzel apartmanını benim üzerime yapmaktı. Oha. Anneme zorla, "Bizim oğlanın Ebru'yla değil, kimseyle evlenmeye niyeti yok" dedirtip gönderttim de... Ebru durumu pek anlamadı. Hâlbuki dünya ahiret kardeşimdir.

Neden bacım değil de kardeşimdir sorusunun cevabını Ebru'ya bakarak anlayabilirsiniz. Aynalı gözlüklerini takmış, karşı kaldırımın elektrik direğine yaslanıp ellerini kotunun cebine sokmuş, sanki "Halı, kilim, tıravıl!" diye seslenecek gibi bir bekleyişte kendisi. Nasıl desem, az buçuk erkeksi bir tip.

"Cemal? N'aber toprağım?"

Kabul. Bayağı erkeksi bir tip.

"İyidir Ebru, sen?"

Sol elini yumruk yapıp *Eyvallah* niyetine pat pat vuruyor kalbine. Koluna da bir tespih tak, al sana Kurtuluş'un hanım ağası.

"Nereye Cemal?"

"Gülfem Anne'ye uğrayacağım."

"Hayırdır?"

"Feza'yı isteyeceğiz de."

Hay anasını ya, bir anda çıkıveriyor öyle ağzımdan. Tam da hiç söylenmeyecek adama, yani kadına.

Başımı mahcubiyetle yere indirip tekrar kaldırıyorum, Ebru yok. Kilime binip uçtu mu bu?

Neyse... Ben gideyim Gülfem Anne'ye. Bana ne Ebru'dan.

Güzelce, bir kralın dünyalar güzeli kızıymış. O kadar güzelmiş ki, yüzünü bir gören yıldırım çarpmışa döner, bir daha da kendine gelemezmiş. Genç kız bu yüzden hep peçeli gezer, yüzünü kimselere göstermezmiş. Artık evlenme zamanı gelmiştir diye düşünen kral, ülkenin dört bir yanına haber salmış: Her kim ki kızın peçesini açıp yüzüne bakabilirse, kız onunla evlenecekmiş. Yedi iklim, dört bucaktan şehzadeler, vezir çocukları, bilginler gelmiş şehre. Meydanın ortasına kurulan tahta oturan Güzelce'ye peçesini açmak için yaklaşan her el çarpılmış, parça parça olmuş. En sonunda fakir ama yiğit bir delikanlı cesaret etmiş Güzelce'ye dokunmaya. Delikanlı gözlerini kıza dikmiş, sabırla beklemiş. Ne zaman Güzelce'nin gözleri vermiş onayı, delikanlı peçeyi kaldırmış. Ve o anda bir alev topu sarmış ikisinin etrafını. Korkudan yere kapanmış herkes. Sonra bir de bakmışlar, iki genç el ele cansız yatıyor. Karşılıklı âşk böyleymiş meğerse, bir anda alevlenirmiş ve iki âşık da yanıp kül olurmuş.

Dün akşam bu hikâyeyi anlattı Gülfem Anne. Sonra sustu; ikinci kattaki evinde, pencereye bitişik divanda sessizce oturdu. Küçükken Feza ve Süreyya'yla az yatmadık onun ayaklarının dibinde. Az dinlemedik hikâyelerini. Bunca yıl, biri diğerine benzemez mi? Yok, her seferinde şaşırtırdı bizi. Fırından yeni çıkmış fındıklı kurabiyelerini yerken ağzımız açık bakakalırdık Gülfem Anne'ye.

Tanımadı bile beni. Kime anlattığını düşündü acaba hikâyesini?

Ben Feza'yla evlenmeye niyet ettim annem deyince, *Süreyya nerde?* diye sordu, *Bakkala gitti* dedim.

Gülfem Anne'nin ev anahtarının bir yedeği bende, biri de Feza'da durur. Hiç yalnız bırakmayız diyeceğim de, kadıncağız farkında değil kimin gidip kimin geldiğinin. Hafızası giderek yok oluyor. Bir tek Süreyya orada ve hep onunla kalacak. Biz de bozmuyoruz hiç. Bari hatıralarında yaşasın hayırsız evladı.

Hadi beni, Feza'yı terk edip gitti de insan öz annesine bunu nasıl yapar, akıl sır ermez. Aralarında ezelden beri bir gerginlik, bir didişme vardı ama her ana-kız yaşamaz mı bunu? Bana yaptığını geçtim, Gülfem Anne'yi terk etmesini hiç affedemiyorum.

Uzun zaman sonra ilk defa yarının iyi bir gün olabileceğini düşünüyorum. Ön duruşmayı atlattık, esas isteme kısmında da Feza bir *He* dese tamam bu iş. Hemen düğün dernek.

Yeter ki caymasın.

SüreYa Kuaför Salonu'nun önünde çınar ağacı gibi duruyorum. Kulaklarımdan dallar çıkacak birazdan.

Sabırsızlıkla camı tıklattığımda, bir elinde fön makinesi, diğer elinde fırçayla Çalı Fatoş'un saçını taramaya çalışan Feza bana dönüp başıyla *Bitsin, geliyorum* yapıyor. Yahu Çalı'nın kafasında altı kilo saç var. Akşama kadar tarasan bitmez!

Kollarımı önümde kavuşturup sokağa doğru dönmemden beş dakika kadar sonra fönü ve tarağıyla Feza düşüyor yanıma.

"Bitti mi?"

"Yok be... Daha saçını topuz yapıp kaşını alacağım. Kaşları da maşallah, dördüncü köprüye aday."

Konuya bodoslama giriyorum.

"Feza gün ver bana! Anneme söyleyeceğim. Kılçık ağzından kaçıracak diye korkuyorum. Bilirsin, bir ömür bunu bekledi kadıncağız. Benden duysun haberi."

Düşüyor suratı bizimkinin. Konuşmak için kıvranıyor.

"N'oldu?"

"Ya Cemal... Diyelim ki *Evet* dedim."

"İnşallah..."

"Ben düşündüm de... Ya bu kız isteme işleri beni çok geriyor."

Başkası olsa, kızı isterken getirdiğin çikolatanın gümüş tepsisine kadar sipariş eder. Hatta bundan dört ay önce bizim mahalleden bir delikanlının sevdiği kızı istemeye gittik, daha *Bismillah* diyemeden kız girdi lafa, *Şirket sahibi değilsen, ayda en az beş bin lira kazanmanı isterim. Ayrıca yılda üç tatil, sunroof'lu araba, yemekli kır düğünü isterim.* 0,25 kuruş farkla üzerine çikolata sosu ve fıstık da ister misin? Bir de canımız vardı, onu saymadın bacım?

Ben hayatımda Feza kadar sade kız görmedim. Böyle ol, canımı ye. Var ya, *Sana ne alayım düğün hediyesi*? diye sorsam, en sevdiği şeyleri saymaya başlar, *kangal sucuk, pastırma ve bir kavanoz da turşu.* Ve konuyu kapatır. Gerçi o istediği kadar kıvransın, kafama koydum; her şeyi layığıyla yapıp telli duvaklı, davullu zurnalı gelin edeceğim Feza'yı.

"Öyle davuldu zurnaydı falan... Aman diyeyim."

Tamam, davulla zurnayı çıkartırız.

"Kına gecesiydi, nişandı, gelin bohçasıydı, konu komşuydu, uzak akrabaydı, asla yani..."

Bence ben de gelmeyeyim düğüne, bu kendi başına evlensin.

"Zaten boşanmaların temeli hep o düğün hazırlıklarında çıkan seviyesiz tartışmalarda atılıyor."

Ne boşanması? *Bizi ölüm ayırır kızım* diye gireceğim söze ama Feza ile konuyu uzatmaya gelmez, korkup vazgeçebilir. Daha geçen gün dehşet içinde anlatıyordu Safiye Teyze'nin torununun boşanma sürecini. Nasıl istiyorsa, öyle evleniriz. Evdekiler biraz üzülecek ama... Annem ve kız kardeşimi bu şartlara ikna etmenin yollarını düşünüp Feza'ya kafa sallamakla yetinirken, "Beşi Bir Yerde Adalet'in kapısını bir de biz çalmayalım sonra..." diye saçma sapan konuşmaya devam ediyor. Sussun artık diye, en netinden *Tamamdır,* diyorum. Bitti mi? Yoook! Bu kadınlara evlenme teklifi ettiğin an çeneleri mi düşüyor nedir? "Cemal ben..." diyerek tekrar lafa girmesiyle arkamızdaki kuaför vitrininin şangır şungur aşağı inmesi bir oluyor. Can havliyle ceketimi açıp Feza'yı kolumun altına alıyorum ve birlikte yere yuvarlanıyoruz. İçerideki kadınlar çığlık kıyamet. Çalı Fatoş, saçının yarısı düz, yarısı iri marul yaprağı gibi fırlıyor dışarı.

Yerde boylu boyunca yatarken kafamızı bir kaldırıyoruz, elinde irice bir taşla Alçakdam Ebru delirmiş gibi bize bakıyor.

"Hele bir evlen Cemal... Evlen de bu dükkânı başınıza yıkayım!"

Ben daha, *Sana ne oluyor kızım?* diyemeden, Feza koltuğumun altından fırlayıp Alçakdam'ın tepesine biniyor. Kuafördeki kadınlar, sokaktan geçenler derken, çarşı pazar karışıyor.

Aralarına girip bunları ayırmaya çalışıyorum. O sırada, az ötemizde Kılçık Mustafa'yı görüyorum. Peynirli pide mi yiyor o? Boğazında kalsın boğazında!

"Gelsene lan yardıma!"

Yerinden kıpırdamadan sesleniyor şerefsiz, "Yok abi. Hayatta girmem bu iki manyağın arasına."

Ne Alçakdam'a ne de Feza'ya yanlışlıkla elim kolum çarpmasın istiyorum da, 1.85 boyumla ortalarında durmama rağmen bana mısın demiyorlar.

Alçakdam, "Ben evleneceğim lan Cemal'le!" diye haykırarak çıldırmış tavuk gibi atağa kalkınca, dimdik gözlerinin içine bakıp, "Ebru sakin... Biz Feza ile konuştuk, aramızda anlaştık," diyorum. Öbür yandan, küçücük boyuna bakmayan Feza sincap gibi sıçrayarak haykırıyor, "Cemal'le daha anlaşmadık da sen kimsin benim camımı taşlıyorsun alçak!" Kolumun altından Alçakdam'a yumruk sallayan Feza'ya bakıyorum ters ters, *Anlaşmadık mı?* gibisinden. Tınmıyor bile.

Yok, olmayacak böyle. Gür sesimle bir *DAĞILIN!!!* komutu çekmemle herkes hizaya geçiyor bir anda.

Alçakdam'ı alıp az öteye sürüklüyor kadınlar. Kuaförün kırık camından elimi uzatıp bir havlu alıyorum ve çekinerek Feza'nın yanağını, boynunu siliyorum. Bakışlarımız karşılaşıyor bir süre için. Sonra, Feza'nın yüzü değişiyor, şaşkınlık içinde işaret parmağıyla bir noktayı gösteriyor.

"Cemal... Cemal, Gülfem Anne değil mi bu?"

Sokak sus pus olmuş. İnanılır şey değil, onca yıl sonra Gülfem Anne ilk defa dışarı çıkmış. Saçı başı dağınık, hem de yalınayak.

Koşarak gidiyoruz yanına. Kadın nefes nefese. Kesin bir şey geldi başına. Kim cesaret eder lan Gülfem Anne'ye bulaşmaya?

Kuaförden getirdikleri bir bardak suyu tek seferde kafasına dikiyor Gülfem Anne. Koluma yapışıyor sımsıkı, "Geldi," diyor.

Eliyle Gülfem Anne'nin dağılmış saçlarını geriye doğru tarayan Feza soruyor:

"Kim geldi annem?"

"O... Süreyya."

III. Bölüm

Süreyya

Sonunda üç şey önemlidir; ne kadar sevdiğin, ne kadar nazik yaşadığın ve senin yazgında olmayan şeylerden nasıl zarafetle vazgeçebildiğin.

En yakın arkadaşım Varlık, geçen gün, *Instagram*'da paylaştı bunu. Hindistan'a yaptığı son arınma seyahatinde, Buddha'nın öğretilerini dinlerken not etmiş bu sözü bir kenara. Altına şükürler, rengârenk kalpler, alkışlar, gülen suratlar, dört yapraklı yoncalar, uç uç böcekleri, gökkuşakları koyarak hemen *repost* ettim. Bunu, XXI. yüzyılın görgü kurallarından biri olarak düşünebilirsiniz; nasıl eskiden akşam ondan sonra kimse telefonla aranmazsa, bugün de dostlarımızın sosyal medya paylaşımlarını usturuplu bir şekilde takdir etmemiz gerekir. Hele ki Varlık ve benim gibiler, yani cemiyet hayatının göz önünde bulunan insanları, içinde bulunduğumuz ayrıcalıklı konumumuz gereği görgü kurallarına ekstra dikkat ederiz.

Tam bir *Instagram* bağımlısıdır Varlık. Hele bu *Insta-story*'ler çıktığından beri aynı gün içerisinde hem canlı yayın yapıp hem de elli tane *story* atacak kadar sever hayatı. Düzenli olarak onun *story*'lerini izlerseniz, *Yahu hayat hakikaten bu kadar güzel mi?* der ve siz de seversiniz hayatı. Herkes Varlık'ı takip eder, taklit eder. Bakın, kırk yedi yaşında bir kadından söz ediyorum. Günümüzde artık kırk yedi, yeni otuz yedi ama Varlık'ı görseniz, yirmi yedi! Dolguydu, botoks'tu, lipo'ydu yaptırdı mı bilmiyorum, hiç hoşlanmaz böyle laubali konuşmalardan. Fakat varsa bile, bravo, hepsi dozunda. Doktorların dediği gibi, *ilerisi için önlem alma amaçlı* yaptırmıştır.

Varlık'ın hızına yetişemezsiniz. Bir gece önce Paris'te Hermes, ertesi sabah Boğaz'da La Kermes, öğlen ortancanın okul etkinliği, akşamüstü *pilates*, akşam ise evde itinayla hazırlanmış bir sofra. Zaten evinde verdiği davetler meşhurdur. Mesela aylar önce, kış bahçesinde düzenlediği üç numarayı sütten kesme partisi günlerce konuşuldu. Her şey tabii ki süt temasına göre organize edilmişti. *Dresscode* elbette beyazdı. İçinde badem sütü bulunan cam mini şişeler. Yağsız, unsuz, şekersiz hazırlanmış sadece beyaz renkte yiyecekler. Derken, pasta olarak masaya ne geldi dersiniz? İki meme! Bembeyaz kremayla kaplı iki yuvarlak pastanın tam üzerlerine kondurulan pembe *macaron*'lar. Bakın bu kadar da eğlenceli biridir. Tüm kadınlar, bitişik nizam yaşadıkları telefonlarını kahkahalarla ellerine aldılar ve *Ay âlemsin Varlık'cığım!* nidaları eşliğinde çektikleri pasta fotoğraflarıyla o günün *Instag-*

ram fenomeni oldular. Hiç unutmam, davetin sonunda kulağıma eğilip, *Şu yemeği sadece yirmi bin liraya mal ettim, inanabiliyor musun Süreyya?* dediğinde, tam bir şok yaşamıştım. Böyle muhteşem sofraları bu kadar makul bütçelerle gerçekleştirmesini bilen kadın sayısı bir elin parmaklarını geçmez.

Yan villamızda, eşi Faruk ve çocuklarıyla yaşıyor Varlık. Büyükten küçüğe sayacak olursam; Alara, Melisa ve Hanzade isimli dünyalar güzeli üç prensesi var. Her kızı farklı kocadan, sonuncu Hanzade ise Faruk'tan. Ondan önceki iki kocası da en az Faruk kadar zenginmiş. İlki ünlü bir inşaatçı, ikincisi *private equity*'ci, Faruk da borsacı.

Varlık kendini çok geliştirmiş bir kadın. Belki üniversiteye gitmedi ama kocalarından finansal anlamda çok şey aldı. İstanbul'un elit semtlerinde edindiği lüks dairelerden topladığı çılgın gibi kiralar, yurt içi ve yurt dışında sahip olduğu yazlık evler, banka kasasındaki mücevherler, değerli tablolar ve tabii *cash* para. İsminin hakkını sonuna kadar veriyor yani.

Yavuz Sultan Selim Köprüsü'ne on dakika, Seyran Şehir Olimpiyat Stadı ve metro istasyonuna beş, Kuzey Marmara Otoyolu ve TEM'e dört, Bursa feribotuna sadece yirmi dakika mesafede bulunan, İstanbul'un kalbindeki o lüks sitede oturmamın en büyük ayrıcalığı Varlık'tır. On yıl önce siteye ilk taşındığım, beni kanatlarının altına aldığı gün; *Geçmişini sil. Yepyeni bir hayata başladın. Ve ben de hep yanında olacağım* nasihatini dinlerken, gözlerimi kulaklarında sallanan zümrüt küpelerden, sıfır-hata makyajından ve zarif topuzundan alamamıştım. O gün Varlık'ın *mentor*'um olmasına karar verdim. Öğrenmem gereken fazlasıyla şey vardı ama Varlık bende bir ışık görmüştü. Onun rehberliği ve desteğiyle harikulade bir eş olmayı başardım.

Eski Modalıyız biz. Moda sahilinde, denizin hemen önünde bulunan tarihi bir köşkte dünyaya geldim. Bahçemizdeki dut ağacının altında bebeklerimle evcilik oynadığım, köpeğim Karamel ile koşturduğum mutlu bir çocukluktu benimki. Ta ki annem ve babamı elem bir trafik kazasında kaybedene kadar. Ardından babamın akrabalarının yanında geçen, kendimi yalnız ve talihsiz hissettiğim karamsar günlerde derslerim ve kitaplar tek tesellim oldu. İşte bu yüzden, Haluk'un hakkını ödeyemem, canım eşim bana hem sevgili, hem de aile oldu. Çok sevdiğim şair Cemal Süreyya'nın da buna benzer bir sözü vardı; *Ben senin sevgilin, eşin, baban, ağabeyin, arkadaşınım. Biri bitse biri kalır. Seni hiç bırakmayacağım.*

Eşim Haluk, Faruk'un en yakın arkadaşı. Benimle evlenmeden önce de bizim sitede, bizim villada, Varlıklara komşu oturuyormuş. Ve o zamanın en gözde bekârıymış. Sırf Varlık belki on beş kişiyle tanıştırmış ama Haluk beğenmemiş kimseleri. Sonra bir gün, *by chance* benimle tanışıyor ve hemen aynı akşam Varlık'a gidip anlatıyor, *Hayatımın aşkını buldum*!

Ah, bir de tanışma hikâyemizi dinleyin.

Lise bitmiş; hedefim, Boğaziçi Üniversitesi İşletme Bölümü. Kazanmama kesin gözüyle bakıyorum. Sonuçları beklerken, uzak bir aile dostumuza ait önemli bir holdingde yönetici asistanlığı yapmaya başlıyorum. Gece gündüz yoğun bir tempoda çalışırken bir gün, kapıdan içeri Haluk giriyor, yani Haluk Bey. Bizim patronla toplantı yapmaya gelmiş. Ben karşılıyorum, hatta toplantıda eşlik ediyorum onlara. Haluk ondan sonra bir bahane uydurup artık neredeyse her gün uğruyor holdinge. Her gelişinde işle ilgili fikirlerimi soruyor, çekinmeden söylüyorum. Verdiğim cevapların ardından, Haluk'un hayranlıkla parıldayan gözleri hoşuma gitmeye başlıyor.

Hiç unutmam, yine bir toplantı sonrası, kapıdan çıkarken durup gözlerimin içine bakıp şöyle demişti, "*Muhabirler benimle ne zaman röportaj yapmaya gelse, konu dönüp dolaşıp neden hâlâ bekâr olduğuma gelir, ben de onlara bir sapyoseksüel olduğumu söylerim. Süreyya... bir kadının beni ilk defa senin kadar etkilediğini itiraf ediyorum.*" O gün, hiç cevap vermeden mağrur bir gülümsemeyle onu uğurladım. Güzelliğime değil, zekâma aldığım ilk iltifattı bu. Bilirsiniz, zekâyı en önemli tahrik edici unsur olarak görenlere denir *sapyoseksüel*. Daha basit anlamıyla bir *Aklını seveyim* durumudur.

Boğaziçi Üniversitesi'ni kazandığım gün, aklım sevinçten beş karış havadayken pat diye soruyor Haluk: "Benimle çalışmak ister misin?" Şaşırıyorum ve nazikçe, "Teşekkürler ama şu an mümkün değil, okuluma odaklanacağım," diyorum. "Peki, şu an ne mümkün olur Süreyya?" diye başladığı cümlesini sürpriz bir şekilde bağlıyor, "Şu an benimle evlenir misin mesela?"

Üniversiteyi bitirip üzerine bir de yüksek lisans yapma hayalleri kurarken, bir hafta sonra, kendimi

New York Türk Başkonsolosluğu'nda buluyorum; üzerimde beyaz tayyörüm, elimde beyaz şakayıklardan oluşan gelin buketim. Haluk'un üzerindeyse jilet gibi bir takım elbise. Hollywood yıldızları misali belediyeden içeri adım atıyoruz. Yalnızca iki kişiyiz, Haluk kimseyi istemiyor. Zaten ailesiyle ipleri koparmış yıllar önce. Sebebini sormuyorum, çünkü benim de en son istediğim şey geçmişimi konuşmak. *Bir ömür sürecek birlikteliğimize beraber adım atalım* diyor. Ne romantik! Ve yarım saat önce Süreyya Seylan olarak girdiğim konsolosluktan Süreyya Vehbizade olarak çıkıyorum. Haluk bir hafta boyunca New York'u bana büyük bir hevesle gezdirdikten sonra, balayımıza devam etmek için Barbados'a gidiyoruz.

Nasıl, peri masalı gibi değil mi?

Geçen nerede okudum? Ah, evet sosyal medyada paylaşmışlardı, hatırladığım kadarıyla şöyleydi:

İyi erkekler çirkindir.

Yakışıklı erkekler iyi değildir.

İyi ve yakışıklı erkekler evlidir.

İyi, yakışıklı ve bekâr erkekler fakirdir.

İyi, yakışıklı, bekâr ve zengin erkekler sizi beğenmez.

İyi, yakışıklı, bekâr, zengin ve sizi beğenen erkekler çapkındır, aldatır.

İyi, yakışıklı bekâr, zengin, sizi beğenen ve sadık erkekler, kadınlardan hoşlanmaz.

İyi, yakışıklı, bekâr, zengin, sizi beğenen ve kadınlardan hoşlanan erkekler de ölmüştür.

İyi, yakışıklı, bekâr ve zengin erkekler sizi beğenmezmiş... Saçmalık, hem de öyle bir beğenir ki... Her şey kendinize duyduğunuz güvenle alakalı. Bu hayatta neyi hak ettiğinize inanırsanız, onu yaşarsınız. Önce kendimizi seversek, neye layık olduğumuzu da biliriz. Yani, ben işte bu yüzden *beni* çok seviyorum, anlatabildim mi? Her sabah kalkar kalmaz yüz sekiz kere muhakkak şu mantrayı tekrarlıyorum: *Ong Namo Gurudav Namo Ananda Hum.* Ay Türkçesi de dilimin ucundaydı. Bakar, söylerim size sonra.

Sanmayın ki şimdi size tutup, *Güzellik hiç önemli değildir* diye başlayan uzun bir *lecture* vereceğim. Tam tersine, hiç tevazu gösteremem, dış görünüşümün insanlar üzerinde yarattığı etkiyi fark ettiğim andan beri, en büyük silahım güzelliğim oldu. Beş yaşında, mahallede benimle Yumiyum'unu paylaşmak istemeyen tek bir erkek çocuk kalmamıştı. Güzelliğimin yanında zekâmı da tescil ettirmek istediğim için kurmuştum üniversite hayalini. Tabii evlenince önceliklerim, hedeflerim, hayallerim değişti. Evliliğime konsantre olacağıma bir işte falan çalışmaya başlasaydım ne Haluk bugünkü Haluk olurdu ne de böylesine mutlu bir aile hayatı yaşayabilirdik. Bu bir tercih meselesiyse, ben eşimi seçtim.

Evlendikten sonra farklı uzmanlık alanlarım oluştu: Kırışıklık yaratmasın diye Drakula gibi sırt üstü uyumak, ayaklarımı iç içe çapraz koyarak dimdik oturmak, mum gibi yürümek, sesimi belli bir tatlılıkta tutarak konuşmak gibi. Bu sayede hiç yalnız kalmadım, kapı açmadım, torba taşımadım. Şimdi de olağanüstü bir hayatım var ve bunun için kimseden özür falan dilemeyeceğim.

Bu da kendini nimetten sanıyor diye düşünüyorsunuz muhtemelen. Ne diyeyim, haklısınız. Ancak, *Fazla tevazunun sonu vasat insanlardan nasihat dinlemektir,* diye bir söz var, hatırlatırım. Bir de şöyle düşünün; misal, Harvard'ı kazandınız, üzerinde kocaman harflerle HARVARD yazan eşofman üstünü göğsünüzü gere gere giymekten gurur duymaz mısınız? Peki, o zaman birisi size, *Ne kadar güzelsin* dediğinde, neden salyangoz gibi kabuğunuza çekilip utanıp sıkılıp, *Makyaj yaptım ondandır... Üzerimdeki kaç yıllık elbise... Son zamanlarda çok kilo aldım, sana öyle geliyor...* gibisinden cevaplar veriyorsunuz? Veya birini güzel bulduğunuzda neden ardından, *Botoks'u baya abartmış... E tabii, çocuk doğurmazsa böyle incecik kalır... Midesini küçültmüştü bu...* gibisinden konuşuyorsunuz? Çünkü, insanlık hem güzelliğin peşinde hem de güzellikten ölesiye nefret ediyor!

Bu hayatta ya konuşursun ya da konuşulursun. Milletin gözü kendi tabağında değil ki. Yanındakinin *ne yediğine* bakıyor. Hepsine verecek cevabım var da onlara laf yetiştirmeye harcayacağım eforla koşu bandında on kilometre yapmayı tercih ederim. Gıpta edilen biri olduğum için cemiyetteki fitne fücurların arkamdan konuştuğunu biliyorum.

Haluk Vehbizade bunda ne buldu?

Sende hiçbir zaman bulamayacağı şeyleri tatlım.

Haluk'la evlendikten sonra güzelleşti.
Instagram'a boşu boşuna koymuyorum bebeklik fotoğraflarımı.

Kimin nesi ki bu?
Haluk Vehbizade'nin karısı. Kapiş?

Davetten davete koşmaktan başka ne yapar?
İyi ki bir kere *jeep*'imde kıyafet değiştirirken yakaladı gazeteciler. Aynı gün içinde peş peşe iki sosyal sorumluluk yemeğine katılmam gerekiyordu. Ya ne yapsaydım, aynı kıyafeti mi giyseydim? Üstüne üstlük gelen davetlerin ancak yüzde onuna yetişebiliyorum.

Uzun lafın kısası, elimi attığım her şeye değer katan bir kadınım. Kıskanılmam normal.

Haluk'unki gibi rafine bir yaşam gustosu olan bir eşe sahipseniz, hiçbir detayı atlayamazsınız. Koca evi çekip çevirmeyi kolay mı sanıyorsunuz? Bilen bilir; kocanla kısa bir tatil yapmaya kalk, evi biraz boşta bırak, çalışanlarda hemen bir gevşeme olur, aralarında hır gür çıkar, her şey aksar, düzen bozulur. Gömlekler düzgün ütülenmez, gümüşler parlatılmaz, siyez unundan tam buğday ekmeği yapılmaz, yoğurt mayalanmaz. Tabii bizde hiç yaşanmayan şeyler bunlar. Hatta Haluk her ortamda benimle övünür, *bizim ev tıkır tıkır işler* diye. Evet, kocam evine bağlı bir adam ama bunun yaratıcısı kim? *Moi.* Hizmetlimiz

Nergis başta olmak üzere üç ev personeli, bir şoför her şeyi sorunsuz hallediyorum. Sadece bir ara büyük evde sesimi duyurmaya çalışmaktan, ses tellerim zarar gördü. Zil kullanmaya başladım, çok rahat ettim.

Haluk, simetriye aşırı önem veren, detaycı ve titiz bir adam. Tam bir antika tutkunu, evimizin her köşesinde çok özel bir parçaya rastlarsınız. Girişte sizi karşılayan üç yüz yıllık Samuray zırhı, salonda pırıl pırıl simsiyah bir Steinway&Sons kuyruklu piyano, çalışma odasında ceviz kaplama masanın üzerine yerleştirdiğimiz bir zamanlar Sultan Abdülmecid'in kullandığı tuğralı hokka ve ibrikten oluşan yazı takımı, dökme demir banka kasası ve Sultan II. Mahmud'a ait, ipek üzerine altın mürekkeple *Başarım ancak Allah'tandır* yazılmış hat, terasta XVII. yüzyıldan kalma teleskop bir çırpıda aklıma gelenler. Diğer yandan, Devrim Erbil, Mehmet Güleryüz, Ergin İnan, Nuri İyem resim koleksiyonumuzdan sadece birkaç isim. Elbette ki *Contemporary art*'a gönül vermiş bir sanatsever kendisi. Mesela, yemek odamızın duvarını kaplayan devasa Adnan Çoker tablosuna siz baksanız iç içe geçmiş, simsiyah iki daire görürsünüz, fakat o iki daire, iki daireden daha fazlasını anlatıyor aslında. İnsanların içindeki boşluğu ve bu boşluğu aşmak için tek yapması gerekenin ortak bir paydada buluşmak olduğunu tasvir etmek isteyen sanatçı aynı zamanda çok samimi dostumuz olur. *Contemporary art* böyle bir şey işte.

Evimiz dört katlı ve bize küçük geliyor. Kapalı yüzme havuzuna açılan alt katı, Haluk bekârken oyun odası konseptinde dekore etmiş; bilardo masası, atari makineleri, kâğıt oyunlarında kullanılan yuvarlak bir masa, küçük bir bar ve yemek sonrası beylerin puro içmeleri için rahat koltuklar var içinde. Giriş katı; salon, yemek odası ve mutfaktan oluşuyor. Mutfaktan bahçeye, kameriyeye ve açık havuza geçiş yapılabiliyor. Ayrıca yandan servis girişi ve hizmetlilerin bölümü de bu kata bağlı. Birinci katta; yatak odaları, banyolar, *gym* ve saunamız mevcut. Terasımızın bulunduğu en üst kat ise, Haluk'un çalışma odasına ayrılmış durumda.

Dömi-klasik tarzda mobilya seven Haluk'un göz zevkini rahatsız etmeden dekore etmeye özen gösterdiğim evimizin stilini seneler içinde mükemmelleştirdim. Davetten davete koşuyormuşum... Ah tatlım nerde o vakit? İnanın, *full-time* bir iş bu. Dekorasyon konusuna değme mimarlardan daha hâkim olduğumu gönül rahatlığıyla söyleyebilirim artık. Bir sabah, on altı kişilik, mermer yemek masamızda tek başıma kahvaltı ederken, o masanın eşimle beni pek yansıtmadığını fark ettim. *No worries,* hemen mermeri atıp malzemesi gül ağacı olan, on altı kişilik başka bir masa sipariş ettim. Yeni masamız, salonumuzu ve yemek odamızı birbirinden ayıran sürgülü kapının rüstik detayına bir öncekinden daha iyi uyum sağladı. Haluk'un İran'dan getirttiği el dokuması ipek halıyla da pek hoş durdu açıkçası. XVI. Louis stili uçuk mavi kumaş kaplı yemek sandalyelerini de işin içine katıp masaya şöyle bir bütün olarak bakınca, "Tamam" dedim, "İşte şimdi oldu."

Uzun yıllardır göz önünde bir figür olduğum ve üstüne üstlük başarılı bir evlilik sürdürdüğüm için, insanlar merak ediyor mutlu evliliğimin sırrını. O kadar çok karşılaştım ki bu soruyla, inanamazsınız. Seviyeli bir evliliği bir türlü beceremeyenlere biraz olsun yardım etmek adına, bir cemiyet dergisine verdiğim son röportajımda tek tek anlattım olmazsa olmazlarımı. Nereye koymuştum dergiyi? Ah, evet, başlıyorum, dikkatle dinleyiniz:

Eşlerin birbiriyle kaliteli zaman geçirebilmesinin ilk kuralı, akşam eve geldikten sonra cep telefonlarını ortadan kaldırmak. Hiçbir şey, sizin ikinizin arasındaki iletişimden daha önemli değildir.

Karı-koca best friend olacaksınız.

Kız kıza Paris, Milano, Roma seyahati OK. İbiza ve Mikonos no.

Özellikle yeni evlilerde görüyorum, en ufak bir tartışmada eşyaları toplayıp bir hışım gidiyorlar evden. Bakın, yan oda olabilir, salon olabilir, country house olabilir. Ama evi terk etmek no no no!

Sabır, sabır, sabır... On bir yıllık evliliğimizin sırrı esas budur işte.

Bu listeyi buzdolabına mı asarsınız, PVC kaplatıp çantanızda mı taşırsınız bilemem ama bence kulağınıza küpe olsun. Bir de eşinizle aranızda en az on beş yaş fark olmalı. Erkekler geç olgunlaşıyor ve hiçbir kadının ergen bir erkekle uğraşacak tahammülü yok. Zaten bizim cemiyetten, Saint-Tropez'ydi, Courchevel'di dibine kadar jet-set gezen gözde bir bekârın durulması ancak kırkını bulur. Gerçi biz evlendiğimizde Haluk otuz altı yaşındaydı ama benim eşim, tamamen bir istisna. Herkes benim kadar şanslı olmuyor.

Varlıklar çoluk çocuk ve iki Filipinli bakıcıyla birlikte tatile gittiler. O döner dönmez de sıkı bir *bootcamp*'e gireceğiz. Yaz gelmeden form tutmam şart, çünkü *personal trainer*'ımla yolları ayırdık. Yanımda çalışan insanların hep yaptığı bir hata, benim sıcak kanlılığımı yanlış anlayarak fazla samimiyet kurmaları. Misal, bahsettiğim *PT*'im geçen gün, çıkışta bir kahve içelim mi? dedi. Ben tabii şok. Çalışanların özel hayatlarını anlatmalarından, baş ağrılarından, çocuklarının dertlerinden bazen fenalık geçiriyorum, gerçekten. Varlık, çok iyi kalplisin, mesafeni koymuyorsun diye beni hep uyarıyor. Ne dese haklı. Ah tatlım, öğrenmenin sonu yok...

Varlık'la her anımız beraber geçtiğinden, o gidince biraz yalnızlık çöküyor içime. Eğer katılmamız gereken bir açılış, defile, *fund raiser* falan yoksa, muhakkak Lucca'da veya Papermoon'da öğle yemeği için buluşuyoruz, sonra da kafa dağıtmak için biraz *shopping*. Her kadın gibi ben de saatlerce moda hakkında konuşabilirim, en sevdiğim *topic*. Yakıştırmayı, birleştirmeyi, tamamlamayı çok iyi biliyorum. Bazı şeyler doğuştan ya vardır ya da yoktur. Tarzımı kısaca söyleyecek olursam, *Less is more.* Giyim odama girseniz jean ve gömlekten geçilmediğini görürsünüz. Kıyafetlerime çok para harcadığım dedikodular arasında; fakat aslında her kadın gibi ben de *high-street* ve *high-end fashion*'ı kombinliyorum. Sentetik kumaş asla kullanmıyorum ve her hafta vitrinini değiştiren seri üretim moda anlayışına karşıyım. *Stella McCartney* gibi doğa dostu tasarımcıları takip ediyorum. Kışın siyah, yazın beyaz bir elbise ve *YSL* smokin ceketim gardırobumun demirbaşlarından. Artık bunları, birkaç aksesuarla süslemek de yaratıcılığıma kalmış. Ucuz tişört giyerim, ancak ucuz ayakkabı ve çanta? Asla. Klasik *Hermes*'lerim *must-have*'imdir. Haluk kadın gibi kadın sever. Babet falan hiç hoşuna gitmez. Topuklu ayakkabı üzerinde yürüyemiyorum diyen kadınları doğrusu pek anlayamıyorum. Ben her işimi *Louboutin*'lerimle yapıyorum.

Çok şanslıyım ki Haluk'un hediye etmeyi en sevdiği şey, mücevher. Bileğimdeki *Cartier Love* bilezik, eşimin bana ilk hediyesidir. Vallahi saatte de *vintage Cartier* diyorum. Yalnız size küçük bir sır, arada kız kıza Hindistan'dı, Kamboçya'ydı gezdiğimizde, sahte *Cartier*'mi takıyorum. Eh, oralarda hırsızlık kaçınılmaz. Haluk'çuğumun sayesinde hatırı sayılır bir mücevher koleksiyonum oluştu. Hepsi Haluk'un çalışma odasındaki kasada duruyor.

Ne diyordum? Varlık dönünce, sağlam bir yaz alışverişi yapmalıyız çünkü Haziran'ın on beşinde katamaranımızla Göcek'ten iki haftalık mavi yolculuğa çıkacağız. Su hakikaten sakinleştiriyor insanı. Bir de şimdi herkes Göcek'te. Yazları bizi görseniz, şu sitedeki evlerimiz gibi, teknelerimizi yan yana demirleyip komşuculuk oynuyoruz. Ay, bizim efsane bir kaptanımız var, muazzam yemek yapıyor.

Bakmayın, aslında bir parça da canım sıkkın. Bu yılki tatil programımıza Varlıkların dışında siteden bir çift arkadaşımız daha katılacaktı. Geçen hafta hepimizi akşam yemeğine davet ettiler, hazırlandık, pembe *Moët* şampanyamızı alıp gittik. Yemekti, sohbetti derken, bu ikisi bir anda ayağa kalktı, el ele tutuştu ve *Biz boşanmaya karar verdik* dedi. Biz şok tabii! Yirmi yıllık evlilik, iki çocuk, *Ağzınızdan çıkanı kulağınız duyuyor mu?* diye sorduğumuzda aralarındaki aşkın *fade out* olduğunu, sevgiyi ve saygıyı yıpratmak istemediklerini anlattılar. Nafakaya kadar anlaşmışlar. Ben hayatımda bu kadar medeni boşanan çift görmedim. Hele ki şu dönemde boşanmalar bulaşıcı hastalık gibi yayılmışken, zor yani kavgasız gürültüsüz boşanabilmek. Tabii, sosyal statüyle de alakası var, herkes böyle seviyeli olamaz. Ne yapalım? *Kararınıza saygı duyuyoruz* dedik ve konuyu kapattık.

Bu arada, Haluk da iş için beş günlüğüne Kazakistan'a gitti. Ben de, tüm bu koş koş öncesi biraz *recharge* olmak istiyorum, bir hafta Avusturya'daki güzellik kliniğine mi kaçsam acaba? Aslında bir parça da yorgun hissediyorum kendimi. Şu an ihtiyacım olan tek şey, huzurlu, sakin, iki dakikalık bir *beauty sleep* sadece...

* * *

Villamızın üst katındaki geniş yatak odamızdayım. Yerden yüksekteki yatağımızın, kenarlarında *H* ve *S* harfleri işli nevresim takımını koklayarak içime çekiyorum. Gözlerimi açmadan Nergis'e sesleniyorum, *Detox suyum hazır mı?* Ses yok. Biliyorsun ki o suyu içmeden güne başlamam im-kân-sız! Bu kadar yıldır bizimle çalışıyorsun, bir kere de kendiliğinden hazırla şu suyu, bir kere de söyletme. Aklı bir karış havada. Varlık'ın yaptığı gibi getirtecektik mis gibi diplomalı bir Filipinli, kökten çözecektik sorunu.

Ne kadar yorgunum... Ellerimle gözlerimi ovuşturuyorum. Ne yapacaktım bugün ben? Ah, tamam, Varlık'ın eş başkan olduğu sosyal sorumluluk derneğinin yardım yemeği vardı öğleden sonra. Burada değil ya, çok rica etmişti katılmamı. Ah Nergis ah... Bu saate kadar uyumuşum, insan kaldırır. Bihaber benim ajandamdan. Söz konusu Haluk oldu mu önünden arkasından koşar ama. Hep o yüz veriyor buna zaten. Gözlerim hâlâ boğum boğum, keşke akşam uyku maskemi takıp yatsaydım...

Kollarımı havaya doğru kaldırıp esnerken, tiz bir cam kırılması sesiyle korku içinde açılıyor gözlerim.

Neredeyim ben? Kendi evimde değilim! Kendi yatağımda değilim! Eski püskü bir divanın üzerinde kıvrılmış kalmışım. Doğrulup panik içinde etrafıma bakınıyorum. Sakin ol Süreyya, hatırlamaya çalış! Nefes nefese pembe-beyaz çizgili ipek gömleğimin iki düğmesini koparırcasına açıyor ve elimi, az sonra yerinden çıkmak üzere olan kalbimin üzerine koyuyorum. Bakışlarım odanın içinde dolaşıyor. Ne işim var benim bu kötü dekore edilmiş evde? Tanıyamadın mı Süreyya, annenin evini? Bırak artık yalanı dolanı! Moda'daki köşk, öksüz geçen çocukluk, bilmediğin lisanların kelimelerini sokuşturmak, Boğaziçi... Kendine sahte bir geçmiş yazan zavallı Kurtuluşlu Süreyya! Artık kime anlatacaksın bu yalanları?!

Feryat eden gözyaşlarım gelişine akmakta. Dizlerimi kendime doğru çekip küçücük oluyorum ve her şeyi yavaş yavaş hatırlatıyor beynim; villada tam beş gündür perdelerin kapalı vaziyette oturuyordun Süreyya. Beş gün önce Haluk eve geldiğinde, *Seninle konuşmam gereken önemli bir konu var* dedi. Sen kendini yatak odanızdaki beyaz *Ralph Lauren* kanepene bırakırken ne düşündün önce? Tatil rotanızın değiştiğini. Sonra, yanına oturup ellerini avuçlarının arasına aldığında, *Nihayet daha büyük bir eve taşınacağız* diye geçirdin içinden. Ama hiç beklemediğin bir çıkış yaptı Haluk.

Senden boşanmak istedi!

Dondun kaldın, ardından hemen çözülüp şen bir kahkaha patlattın, *Hahahahaha! Aşkım, yapacak başka şaka bulamadın mı?* Oysaki sen gülerken o gayet ciddiydi. Galiba, *Artık yürümüyor, uzatmanın anlamı yok* gibi bir laf etti ama çok da emin değilsin, gözlerin kararınca kendini kaybedip kanepeye yığıldın çünkü. Uyandığında ne duruyordu yanı başındaki sehpanın üzerinde?

Boşanma belgeleri.

Haluk seni terk ediyor. Adam beş gündür ortada yok. Beş! Beş!.. Ve sen beş gündür geri gelir diye onu bekledin. Evdeki çalışanlara Haluk'un Kazakistan'da olduğu yalanını söyledin. Her gün yaptığın gibi bu sabah da eşinin numarasını çevirdin çılgın gibi, *Aradığınız eşe şu anda ulaşılamıyor!* Ardından *jeep*'ine atlayıp bastın Silivri'deki çiftlik evinize gittin, Haluk ara ara kaçar ya oraya çünkü, *Biraz kendimle kalmak istiyorum* diyerek. Çiftlik kapı duvar. Dönüşte benzinciye uğradın, benzinci elindeki slibi gösterdi, İşlem başarısızdır. Saçmalık ötesi! Bankadaki hesabınız dipsiz kuyuydu sizin. Hemen aradın bankayı, tüm kredi kartların iptal edilmiş; ne hesabında tek bir kuruş ne de üzerinde yeterli nakit var. Eve geldin, can havliyle Haluk'un çalışma odasına girip o Allah'ın belası antika kasayı açmaya çalıştın, beceremeyince tekmeledin, kasaya tokat bile attın deli Süreyya. Sonra da terasa çıkıp bas bas bağırdın, *Hırsız arıyorum! Yok mu eşimin kasasını açabilecek bir hırsız?!* Neredeydi bu hırsızlar ihtiyacın olduğunda? Yok! Kuş uçmaz, kervan geçmez, dağ başındaki şu sitede bir Allah'ın kulu yoktu işte! Cebindeki son parayla atladın o leş gibi ter kokan taksiye ve kendini Kurtuluş'ta buldun.

Kabul et artık; ayvayı yedin Süreyya. Esas şimdi *enjoy* tatlım!

Çıplak ayağımı halıya değdirmemle geri çekmem bir oluyor. Topuğuma irice bir cam parçası saplanmış. Hiç ses etmeden o saydam şeyi ayağımdan çıkarıp orta sehpanın üzerine koyuyorum. Canım zaten delicesine yandığından, başka bir acıyı hissetmiyorum bile.

Elimle çarpıp düşürdüğüm çerçevenin camı bu. İçinde bir fotoğraf duruyor. Siyah önlüklü iki kız çocuğu, asker arkadaşı gibi sarılmış birbirine, otuz iki diş sırıtıyor. Bu ikisinden biri benim, diğeri de... Kimdi diğeri? Önce ve şu an yaşadığın hayatlar birbirine karıştı. Geçmişinle ilgili kurguladığın film koptu Süreyya.

Fotoğrafı kendime doğru iyice yaklaştırıp omuzlarıma şal gibi bıraktığım upuzun saçlarıma bakıyorum. Sırf Haluk istiyor diye bunları on yıldır topuz yapmaktan ensem pişik oldu. Gerekçesi de beynimde zonklar durur, *Bak etrafındaki kadınlara, hangisinin bu kadar uzun saçı var? Herkes derli toplu geziyor. Varlık'ı örnek al.*

Fotoğrafı sehpaya bırakıp saati öğrenmek için telefonumun ekranını aydınlattığımda, teknemizin güvertesinde Haluk'la yan yana çekildiğimiz fotoğraf beliriveriyor. O, tek eliyle beni kavramış, bense zafer işareti yapıyorum. Yanımızda da Varlık ve Faruk. İki çift, Yunan Adaları'ndaydık. Üç yaz önceydi. Özel hayatımız kalmadı ki, her yerde çekiyor gazeteciler. Cemiyet dergilerinden birinin kapağında çıkmıştı bu pozumuz, *Sosyeteden Mikonos Çıkarması*! başlığıyla.

Çıkarmaların şahı geldi başıma. Ne yapacağım şimdi ben? Astroloğum demişti, *Özellikle haftanın ilk beş günü zihnin sana oyun oynayabilir, karmaşık sorunları çözmekte zorlanabilirsin* diye. Yıllardır hiçbir dediği tutmaz, bunun tutacağı varmış!

Solmuş kırmızı halının üzerine gelişigüzel bıraktığım siyah *Louboutin*'lerim takılıyor gözüme. Topukları birer cinayet aleti gibi parlıyor yerde.

Gitmem gerek. Hatta buraya hiç gelmemem gerekirdi.

Tam stilettolarıma uzanacakken bir anda sokak kapısının kilidine bir anahtar giriyor.

Panik içinde ayaklanmamla cam saplanan sağ ayağımın keskin bir acıyla sızlaması bir oluyor. Yerdeyse küçük bir kan gölü oluşmuş. Annem gelmiş olmalı. Kaç saat önce zilini çalıp kapıda belirdiğimde hayalet görmüş gibi oldu kadın. Birbirimize baktık durduk. Tek kelime konuşamadık. Ben beş günlük uykusuzlukla kendimi divana attım. O ise bir şey demeden çıktı gitti.

Kapıya doğru sekiyorum. Ne kadardır uyuyorum acaba? Sanki bir ömür geçti. İyi oldu; dinlendim, kendime geldim, konuşabilirim artık. Söyleyecek bir çift lafım var sana anne. Gel de güzeller güzeli kızının halini gör! Yetti be, tutmayacağım artık kendimi! Artık bitsin yalanlar...

Ne dediysem unutun, güzellik bir insanın başına gelebilecek en büyük lanet!

Bu dünyaya güzel bir yüzle geldiysen eğer, senin etten kemikten yapılma bir insan olduğunu unuturlar. Varlığını, kişiliğini, bir kalbin olduğunu unuturlar. Sen doğuştan şanslısındır çünkü, hayat sana gümüş bir tepside sunulmuştur, kes mızmızlanmayı! Hem güzel olduğun için ayrıcalıklı davranırlar hem de bunun için taşlarlar, sanki güzel doğman senin suçunmuş gibi.

Gazetenin manşetinde cinayete kurban giden iki kişinin fotoğrafını düşünün. Birisi çirkin, birisi güzel. Hangisine daha çok bakarsınız? Hangisinin hayat hikâyesini daha çok merak edersiniz? Güzelinkini elbette. *Yazık, pek de güzelmiş* dersiniz. Ama bir yandan da kimseye itiraf etmediğiniz bir düşünce kaplar içinizi, *Ölmek için fazla güzel. Kim bilir neler yaptı da belasını buldu.*

Güzellik laneti varsa çehrenin üzerinde; iyi bir evlilik yapman, melek gibi çocuklar doğurman, muhteşem bir hayat sürmen beklenir senden. Bunlardan birini bile yapamazsan, *o kadar güzelliğe rağmen heba etti kendini* derler. Beklentileri karşılayamamışsındır. Hâlbuki seni doğuran anneciğinin ne çok hayali vardı seninle ilgili...

Anahtar kilidi açarken bağırsak gibi dışarı fırlayan gömleğimi gri jean'imin içine sokuşturup saçlarımı düzeltiyorum da kim bilir yüzüm ne halde?

"Hakikaten buradasın..."

Fotoğraftaki kız bu. Siyah önlüklü. Hiç değişmemiş. Aynı koca gözler, gür kaşlar, kuzguni saçlar.

Sert bakışları delip geçiyor gözlerimi.

Kendime bir geçmiş yaratmış, en çok da ben inanmıştım. Ahşap köşk, dut ağacım, Karamel... Şimdi nasıl döneceğim ben Kurtuluş'a?

Ne büyük hataydı buraya gelmek! Bir anlık panik ile bilinçsizce verdiğim bir karar. Derhal evime gitmeliyim... ama hangi ev? Hani o artık istenmediğim mi?

Elimde ayakkabılar, kolumda çanta, keklik gibi sekerek beş adımda daracık hole ulaşıyorum.

Fotoğraftaki kız, başını sağa kaydırıp ardımda öbek öbek bıraktığım kan gölüne baktıktan sonra bir açıklama beklercesine gözlerini bana dikiyor.

Kimseye laf anlatacak halim yok. Benim yaşadıklarım bana yeter. Cevap bile vermeden şu evden bir an önce defolup gitmek niyetindeyim. Daracık holde başka şansım olmadığından, omzumu ona hafifçe değdirerek ilerlerken sertçe durduruyor beni.

"Hasta ziyareti kısa olur diye mi hemen kalkıyorsun? Annen hasta değil canım, mutsuz!"

Konuşmamak için dilimi ısırıyor ve onun koluyla omzuma kurduğu köprüden tek hamlede kurtuluyorum.

"Korkma Süreyya... Mikrop falan kapmazsın benden."

Yok valla, hiç değişmemiş. Sinirlendiğinde, gözlerinde hâlâ o aynı ahu gözlü psikopat tavşan bakışı beliriyor.

"O kadar yol tepmişsin, kalıp annenle biraz sohbet etseydin keşke. Kadıncağız bir süredir bekleyip duruyor seni, şuradaki divanın üzerinde. Bir süre dediysem... on küsur yılcık falan yani."

"Çekil önümden!"

"İsmimi unutmadın inşallah!" cümlesini edip kollarını örgü gibi kavuşturuyor önünde, "Acaba duydun da kutlamaya mı geldin dedim?.."

Sanki, ikimizin de başının üzerinden ikişer boynuz pörtleyip uzamaya başlıyor alçak tavandaki avizeye doğru.

"Hayırdır, neyi kutlamam gerekiyor Feza?!"

Dibime kadar girdiğinde, burun deliklerinden çıkan nefret, benim aldığım nefese karışıyor.

"Cemal'le evleniyoruz!"

Evvel zaman içinde, kalbur saman içinde, evreni aydınlatan Güneş evlenmeye karar vermiş ve bu isteğini dağlara, tepelere, denizlere, göllere duyurmuş. İşte o zaman, göllerde yaşayan kurbağaları bir tasadır almış. Demişler ki, "Yalnızca bir güneş bile bizi deli gibi yakıp kavururken ya evlenince Güneş'in güneş çocukları doğarsa? Bunlar birken, üç, beş olursa? O zaman ne yaparız? Bütün sular kurur. Ne bataklık kalır ne sazlık. Halimiz ne olur?" Aslında haklıymış kurbağalar. Her evlilik hayır getirmezmiş. Evlenmemesi gereken iki insan evlenirse, sonucu; seni, beni, herkesi yakıp kavurabilir, kül edebilirmiş.

Masal kitaplarını açık bırakırsak, kurbağaların kitaplardan kaçıp vrak vrak diye odamıza zıplayacağına inandığımız yaşlardaydık. Tek fark, biz masal kitabı okumuyor, onun yerine annemin masallarını dinliyorduk.

Bizim evde, Feza ve Cemal'le birlikte dinlemiştik bu masalı da. Sonrasında, masalın *m*'sini anlamadığımızdan olacak, aramızdan hangimiz Güneş'iz diye ciddi bir kavgaya tutuşmuştuk. Hiç unutmam, annem iki elini Feza'ya doğru açıp *Gel* yapmıştı, *Sen ol Güneş*. Bunun üzerine, o küçücük boyuma bakmadan divandan atlayıp sokak kapısını sinirle çarparak dışarı çıkmıştım. O gün, İstanbul'un üzerine çöken yoğun sise rağmen hışımla Kurtuluş İlkokulu'na doğru yürüyüşüm, okulun oralara bir yerlere geldiğimdeyse, sis yüzünden koca binayı göremediğim için, *Okulumuzu bulutlar götürdüüü!!* diye ağlayarak salya sümük eve dönüşüm daha dün gibi gözümün önünde.

Eve vardığımda Cemal gitmişti. Feza ise şu divanda, bıraktığım yerde annemin kolları arasında kedi gibi yatıyordu hâlâ. Belli ki kimse gittiğimi fark etmemişti.

Ve şimdi masal gerçek oluyor, masaldaki Güneş evleniyordu. Hem de Cemal'le.

Evde bir tane lekeli çatalımız vardı. Kir değil de hani böyle paslı turuncu gibi olur kenarı azıcık. Feza'nın bize yemeğe geldiği akşamlar –ki iki günde bir zaten bizdeydi– annem sofrayı kurarken dikkat ederdim o çatalı hangimizin tabağının yanına koyacağına. Öyledir ya, aile fertlerinden hangisi daha az kıymetliyse, ona düşer lekeli çatal. Kendi tabağımın yanında bulurdum hep o aptal çatalı. Tam sofraya oturacakken de Feza'nın lekesiz çatalıyla değiştiriverirdim.

Sonraları çok düşündüm annemin beni neden ısrarla mahalleden göndermek istediğini. Kendi sözleriyle, çok güzel olduğumdan bu mahalleye yakışmadığım için mi? Yoksa Feza'yla baş başa kalmak için mi? Sanki annem Feza ile daha uyumluydu, daha huzurluydu. Sanki Feza onun kızıydı, sanki... onu benden daha çok seviyordu.

* * *

Derin birer nefes alıp evin küçücük holünde, ringe çıkmış iki boksör gibi ters köşelere çömeliyoruz Feza'yla.

At kuyruğunun etrafındaki mavi renkli eşarbı çıkartıp eliyle topalak yapıyor ve yüzüme fırlatıyor.

"Şunu ayağına dola."

Yüzümden sekip düşerken açılan eşarbı sarıyorum sağ ayağıma.

"Bir anda sağlığımı düşünmeye mi başladın?"

"Ne düşüneceğim senin sağlığını! Etrafı bok ettin, ben temizleyeceğim sonra buraları!"

Eliyle alnını ovalayacak birazdan. Görüyorum, kaş hizasından başlayıp başının arkasına doğru uzanan damarı, git gide kalınlaşıyor soba borusu gibi. Malum, Arnavut asıllı. Sadece ayakkabılarını giyerken başını öne eğer.

"Sen şimdi Cemal'le mi evleniyorsun?"

"Enteresan... Hatırlıyorsun yani Cemal'i?"

Kısa bir an duraklıyorum çünkü omuriliğimden başımın tepesine doğru ip inceliğinde bir kaynar su ilerliyor sanki. Sinirden dilimin ucuna abuk sabuk kelimeler gelecek gibi oluyor, susuyorum. Bu haberi böyle bir günde almasam iyiydi. Ama dert dediğin şey, üst üste gelir.

"Yok," diyorum. "Silinmiş gitmiş."

Ayağa kalkıyor Feza, "Sen de git artık!"

Gideyim de... Nereye?

Omuzlarımda öylesine ağır bir yük var ki kıpırdayamıyorum yerimden.

"Bunca yıl sonra hayatımızı mahvetmeye mi geldin, kızım sen? Aranmıyorsun, özlenmiyorsun, istenmiyorsun!" deyip sokak kapısının koluna asılıyor. Feza tam dışarı çıkacakken, bir el bacağına yapışıyor.

Bacağını kurtarmak için sallayıp hışımla tekrar bana döndüğünde, o elin sahibinin ben olmadığımı anlıyor. Kefir gibi bir renk alıyor suratı.

Tanıştırayım Feza'cığım, bu da benim üç yaşındaki oğlum Can.

IV. Bölüm

Feza

Tam on dakikadır Pilli Aysel'in kafasına kondurduğum topuza bakıyorum. Kızın bugün nişanı var ve eğer bu topuzla giderse, düğün yalan olur.

Offf ki ne offf... Cemal'le evleneceğimden, Süreyya'nın dönüşünden bütün mahalle haberdar. Hepsi de pek mutlu, sıkıcı hayatlarına bir atraksiyon geldi diye. Kol böreği tarifi yerine konuşacak bir konuları var artık, yaşasın!

Bugünkü ruh halim hayırlara vesile olmadığından, normal zamanda çenesi katiyetle durmayan Pilli, çekinerek soruyor.

"Bu ne topuzu oluyor Feza'cığım?"

Açıkçası hiçbir fikrim yok Aysel'ciğim. Bülbül yuvası tatlısıyla lohusa topuzu arası bir şey.

Ona cevap vermeden, elimdeki firketeyi bir gözü toprağa bakan topuza rastgele iliştirmeye çalışırken, tokanın sivri tarafını yanlışlıkla kızın kafasına saplıyorum.

"Ahhhgg!!"

Beni bir *mahalle markası* haline getiren dillere destan topuzum konusunda bile gümlüyorsam, şalterlerimin tümü birden aynı anda atmış demektir. Nasıl atmasın, Süreyya'nın tam on bir yıldır ses çıkarmadan aramızda dolanan hayaleti ete kemiğe büründü ve dün Kurtuluş'a geldi. Hem de en olmayacak zamanda, Cemal'in bana evlenme teklif etmesinin hemen ardından.

Gıcık Süreyya. Hissetti mi ne?

"Kahveni yaptım abla. Tepsiyi nereye koyayım?"

Bilenler bilir, kahve saatim çok önemli. Şu hayattaki tek bağımlılığım. İçmeden kafamı toplayamıyorum. Baksanıza, ezbere yaptığım topuzu bile tutturamadım. Sağ olsun köpüklü kahvemi hiç eksik etmeyen, benim dükkânda ağdadan maniküre her işime bakan, biricik muavinim Naz, iki eliyle zar zor tuttuğu uçak pisti kılıklı tepsiyi koyacak yer arıyor. Süleymaniye Camii'nin küçük boy maketini andıran tepsinin üzerindeki kubbeli fincana, kubbeli şekerliğe ve kubbeli bardağa bakıyorum boş boş.

"Bir dükkân daha açalım, tepsini oraya koy istersen... Nerden buldun kızım bunları?"

Pilli'nin gözü aynada bir anlığına bize kayınca, oturduğu döner koltukta can havliyle tam tur yapıyor.

"Ay annemin nişan için aldığı kahve seti bu!"

Tepsiyi saf saf elinde tutan Naz boynunu büküyor, "Pardon abla, ne bileyim, mutfakta görünce..."

Pilli dikleniyor, "Kutusuyla oraya koyuvermiştim, sorsaydın ya!"

Tepsiyi usturuplu bir şekilde tezgâhın üzerine yerleştiren Naz bozuluyor, "Ne bileyim abla, hırsızlık mı yaptık sanki? Bize getirdin sandıydım."

Kafasının üzerine inşa ettiğim çarpık kentleşmeyi kısa bir anlığına unutan Pilli ayaklanıyor, "Deli mi ne? Size niye kahve seti getireyim?"

Naz ve Pilli aynı anda bana dönüp, *Kim haklı?* dercesine bakıyor. Şimdiii... sadık elemanım Naz'ı kıramam; diğer taraftan müşteri veli nimettir. Fakat ben, bizzat kendim mis gibi delirmek üzereyim. Dükkânı acilen boşaltmazlarsa elimden bir kaza çıkacak, üçümüz nah böylece üçüncü sayfa haberi olacağız yeminlen.

Kendimi bordo rengindeki döner koltuğa pelte gibi bırakırken fenalaştığımı gören Naz, kahveyi alelacele tutuşturuyor elime. Enseme ansızın saplanan hain sızıyı hafifletmek için boşta kalan elimle boynumu ovalamaya başladığımda, beyaz tezgâhın üzerinde, önümde boylu boyunca uzanan kahve setine takılıyor gözüm. Nasıl takılmasın? Dükkânı tek başına kaplamış. Bu Aysel de herkes gibi evlilikle yedi kafayı. Bilgisayar oyunlarında ölüp ölüp dirilenler gibi, bir türlü pes etmiyor. İlk kocası çalışma bahanesiyle Almanya'ya gitti ve kendisini bir daha ne gören ne de duyan oldu. Zar zor boşandı ama ders almayıp ikinci felaketine dört nala koştu. İkinci kocası, Pilli'nin abisinin karısıyla kaçtı, yengesiyle yani. *Oluyor böyle şeyler* demeyin, çarpılırsınız. İki aile karşılıklı dairelerde oturuyorlardı bir de. Düşünün, bir akşam ne Pilli'nin kocası ne de yengesi eve gelmiyor. Abi-kardeş, ikisi birbirlerinden habersiz eşlerini bekliyorlar, arıyorlar, ulaşamıyorlar. Sonra abisi iyice meraklanıp Pilli'nin kapısını çalınca, polise gitmeye karar veriyorlar. Tam o sırada, kocasıyla yengesinin birlikteliğini sosyal medyadan öğreniyor Pilli. Nasıl mı? Sen bu yenge tut, yanlışlıkla *Instagram* canlı yayını aç! Büyük rezalet. Piller yanıyor tabii

Kızcağız kime kızacağını şaşırdı bir süre. Bir kocasına saydırdı, bir karısına sahip çıkamayan abisine söylendi. Üstüne üstlük, karısı gitti diye abisinin çocukları ve ev işleri de buna kaldı. Şimdi bunca şey yaşadıktan sonra, üçüncü kere evleniyor. Azimle şey yapan taşı delermiş çünkü. Onun evlenmesi yetmezmiş gibi abisi de evleniyor! İnanılır şey değil. Ama sanırım Pilli abisine ayarı verdi, *İkinci karını çirkin alacaksın* diye. Tiple dalga geçmek günahtır ama ben hayatımda böyle kaknem bir hatun görmedim. Gerçi Pilli ne olur ne olmaz diye, üçüncü kocayı yine de uzak tutuyor müstakbel kaknemden. Müstakbel kocişineyse bir öncekinden çok daha ilgili. Pembe kurdeleli sunumlar falan yapıyor. Geçen pişirdiği kurabiyeleri tek tek pembe kurdeleyle bağlamış ve sanki bir manası varmışçasına *Instagram*'a koymuş. Fistolu dantelden sonra bir de kurdele çıktı başımıza. Utanmasalar banyo klozetine de kurdele bağlayacaklar.

Bin kere dedim, *Yeniden evlenmek için kendine biraz zaman ver* diye ama dinleyen kim? Klasik bir yengeç. Uğurlu günü: altın günü, uğurlu çiçeği: gelin çiçeği. Dilinde hep bir, *İnanıyorum, bu sefer çok farklı olacak Feza!* Ay inşallah Aysel!

Yeri gelmişken, bu konuyla ilgili bir tezimi paylaşmak isterim, bakalım hak verecek misiniz? Ne yüzük ne de gelin başı, o bembeyaz, kat kat, boncuklu, pullu, dantelli, fiyonklu elbiseyi giyip sosyal medyada fotoyu paylaşma derdi yakıyor tüm bu kızların başını. Hâlbuki versek bunlara öyle bir elbise, iki dolansalar, üç kare de resim çeksek hevesleri geçecek. Aysel'e de evlilik yerine bu çözümü sundum ama tınmadı bile.

Kahvem bitti. Evlilik sarhoşluğuyla geçirmekte olduğum sinir krizini bastırıp Pilli'nin topuzuna konsantre olmam lazım artık. Hadi Feza, ha gayret. Bu arada Pilli, Naz'a başıyla, *Şu kahve setini paketine yerleştir* komutu verip başlıyor konuşmaya.

"Topuzumun tepesine kurdele mi koysak? Ne dersin?"

Haydaaaa, o topuz sanki bir halta benzedi, bir kurdelesi eksik. Bülent Ersoy gelse, *Bu ne biçim saç ayol?* der. Düşünün!

Naz lafa giriyor, "Ne renk getireyim abla?"

Önce tek kaşımı kaldırıp Naz'a ayar çekecek gibi oluyorum ama yok, yanlış çırak aldım ben. Bu da Gülfem Anne gibi boğa burcu. Çilli yüzü, kızıl saçlarıyla öylesine sevimli ki, kızamıyorum bir türlü. Uysalım benim. Yaşı on dokuz, nasıl saf, bir o kadar da umut dolu. Bütün bu boşanmalar, aldatmalar, dertler, tasalar arasında mahallemizde gerçek aşkı hak eden tek kişi belki de.

Kuaförde durmadan ismi yankılanır; *Naaaz şu fönü tutsana... Naaaz kurutucu sürsene... Naaaz ayakkabılarımı giymeme yardım eder misin?.. Naaaz dergi getirir misin?.. Naaaz bir çay canım... Naaaaaaz!!* Eğer o dakika elinde başka bir iş yoksa, yüzünde hep bir gülümseme ile koşarak herkesin yardımına gider. Eğer başka bir iş ile uğraşıyorsa, o zaman da incecik sesiyle, *Çalışıyoruuuum* diye cevap verir. Fakat onlar genelde Naz'ın bu cevabını duymaz, seslenmeye devam eder. En sonunda Feza sabrını kaybeder, ulu orta bir bağırır ve sükûta kavuşulur.

Yok, kahve işe yaramadı. Naz'ı bana naneli şeker alması için bakkala, Pilli'yi de bir arka sokaktaki Hicran Kuaför Salonu'na gönderiyorum, kurdeleyi onlar kondursun. Muhtemelen benim yaptığım topuzun bin beterini yapacaklar ama olsun. Müşteri veli nimettir de arada bir *beterin beteri var* dersini verelim ki kıymetimiz bilinsin.

Gökyüzünde, bulutlar arasında barınan birtakım ejderhalar varmış. Rivayete göre, ilkbahar gelince melekler gökteki bu ejderhalardan birini seçip ayağını zincire bağlayarak bulutlardan aşağıya doğru sarkıtırmış. Buluttan sallanan ejderhanın kuyruğu güneye dönerse bolluk, doğuya dönerse kıtlık olurmuş. Gökteki melekler oldu da zinciri zapt edemeyip ejderhayı yanlışlıkla düşürürse, işte o vakit büyük felaketler baş gösterirmiş yeryüzünde.

Kadın iyice sarsılmasın diye dün Gülfem Anne'yi paketleyip Cemallere götürdük. Ah Gülfem Annem ah... Sen bütün bu masalları ejderha kılıklı kızını düşünüp, *Önlem alın yavrularım* diye mi anlattın bize?

Kızın düşüverdi işte Kurtuluş'a, aramıza. Dona düşen son damla. Şimdi ne bok yiyeceğiz biz?

Aslında ben bilirdim onu kolundan sürükleye sürükleye mahalleden sınır dışı etmesini de, yatıp kalkıp çocuğuna duacı olsun. Hayret, on bir yıldır dergilerde teknelerinden yatak odalarına kadar her bir haltlarını tüm ülkeye gösterdiler, bir bu sabiyi mi saklamışlar?

Dün geceden beri, Süreyya'yı düşünerek gereksiz bir mesai harcamış olduğumdan asıl konuya odaklanamadım, yani Cemal'le bana. Şaka maka evleniyor muyuz şimdi biz? Bir yanım diyor, *Kalk kız, güveninden asla şüphe etmediğin Cemal'le bir yuva kur, soğan falan kavur. İleride belki çocuğunuz da olur.* Bir yanım diyor, *Yahu sen kimsin, evlenmek kim? Sen değil miydin milleti evlilikten caydırmaya çalışan? Hani senin evlilikle işin olmazdı, daha dünyayı gezecektin?* Ama mahalledeki her yaştan kadının aklını çelecek derecede yakışıklı, yiğit, afili, uçarlı, koşarlı, şahin bakışlı Cemal gibi bir koca adayım yoktu ki o zamanlar?

Peki, babama veya Süreyya'ya inat olsun diye evleniyor olabilir miyim? Yapıyor çünkü bunu kadınlar. Öç almak için, bir anlık inat uğruna gidip parmağına o yüzüğü takıyor, sonra da mutsuzluktan geberiyor. Ama ben istesem de mutsuz olamam Cemal'le. Keyfimiz yerindeyken kahkahalarımız tüm mahalleyi inletir. Hem adamı herkesten iyi tanıyorum, tüm mimiklerinin tek tek hangi anlama geldiğini şuracıkta size söyleyebilirim; yalnız mı kalmak istiyor, laflamaya mı ihtiyacı var, karnı mı acıktı, içi mi şişti, bir hinlik mi peşinde, hepsini bir bakışta anlarım. O da beni tanıyor; hatta bu dünyada beni gerçekten tanıyan tek kişidir Cemal.

Peki, bunca sene kardeşim gibi sevdiğim adamla nasıl evleneceğim? Acaba duygular değişir mi? Bir zamanlar delicesine âşık olduğu insanı günün birinde kardeş gibi sevmeye başlayanları çok duyuyoruz. Tam tersi de mümkündür belki.

Son sorum: Cemal'i ejderha Süreyya'ya yeniden teslim edebilir miyim?.. Yok yoook... Çocuğun bir kez daha başını yakmasına hayatta izin vermem.

Aslında bunun ruh hastası olduğunu küçükken anlamamız gerekirdi. Hangi çocuk altı yaşına kadar altına işer? Gülfem Anne'nin balkonundan her daim sarkan muşambaların, çarşafların, yorganların sebebi hep Süreyya'ydı. Evden çıkmadan annesi defalarca söylerdi, *Neyin varsa evde yap, sokaklarda rezil etme beni* diye. Ama Süreyya çişini tüm gün mıh gibi tutar, tam evin kapısına geldikleri anda *prrrr* salıverirdi. Bir keresinde küçücük aklımla Süreyya'ya neden yerli yersiz işediğini sorduğumda, *Sıcak tutuyor* demişti.

Böylesine güzel doğmasaydı, mahalleli Çişli Süreyya diye seslenirdi ona. Ama güzelliği, altına kaçırdığı çişini bile unutturdu ve lakabı *Güzel Süreyya* oldu.

Bir zamanlar kan kardeşim dediğim kalleşin güzelliğini bir gün bile kıskanmadım. Lakin onunla ilgili kıskandığım tek bir şey vardı, annesi.

Elbette ki çok severdim rahmetli annemi. Belki

tam da ihtiyacım olduğu zaman bu dünyadan göçüp gittiğinden, belki de babam gibi bir adamla evlendiğinden, ne yazık ki çok yakın olamadık onunla. Babamla bitmek tükenmek bilmeyen didişmelerinden fırsat bulup beni kucağına oturtarak gönlünce sevemedi kadıncağız, şöyle bir ana-kız dertleşemedik.

Komşunun tavuğu misali, başkasının annesi mi bize tatlı gelir? diyeceğim de, Gülfem Anne'yle kendimi bildim bileli farklı bir yakınlığım vardı benim. Annemin bana her sinirlendiğinde, *Hele bir Gülfem'e gitmeye kalk, terlik geliyor kafana* tehdidine inat, hızla Gülfem Anne'nin kuaföründe alırdım soluğu. Halime üzüldüğü için sanırım, annemin hiddetinin tersine, sakinlikle karşılardı beni hep. Hatta ta o zamanlardan, onun kütüphanesinden çekip çıkardığım astroloji kitabı sayesinde tanıştım burçlarla. *Burçlara asla inanmıyorum ama Temmuz'da kesin bir bokluk var* diyenleri bilgilendirmekle dövmek arasında sıkça gidip geliyorum. Aydı, güneşti, yıldızdı, hepsi birer enerji, aynen bizim gibi. Ayrıca lütfen elinizi kalbinize koyun ve söyleyin, çevremizde bu kadar mal varken ve bunları anlamaya çalışırken, burçlardan yardım almak daha pratik değil mi? Misal, ara ara aklıma gelip de öfkelendiğimde, Süreyya'nın korkunç karakterini tamamen burcu ikizlere yoruyorum. Kız ikizler doğmuş, ne yapsın yani?

Kuaförlük mesleğinin en derin sırlarını Gülfem Anne öğretti bana. *Ne gibi bir sırrınız olabilir ki?* diye sormayın, her mesleğin vardır böyle gizli tüyoları. Eline bir tarak, bir makas alan kuaför olamaz yani. Biz şampuana su karıştırmayız, kaliteli saç kremi ambalajının içine o üç kuruşluk macunumsu pelteden koymayız, elleri yumuşatsın diye manikür suyuna Arap sabunu eklemeyiz, yani bizde hile hurda yoktur, hijyen ise had safhadadır. Saç kesmeyi öğreneceğim diye kaç peruk rahmetli ettiğimi bir ben, bir de Gülfem Anne bilir. Kendi kızı bu işle zerre kadar ilgilenmediğinden tüm ilgi ve dikkatini bana verdi kadıncağız. Bu kadar pamuk kalpli, yumuşak huylu, cennet gülüşlü bir kadınla Süreyya'nın ne alıp veremediğini ise ömrümce anlamadım. Bence çişini de kadını sinir etmek için bilerek salıyordu.

Annem ile Gülfem Anne'nin arasındaki husumet ise başka bir tuhaflıktı. Düşünün, annelerimiz de bizim gibi Kurtuluş'un çocukları, küçükken aralarından su sızmıyor, derken evleniyorlar ve Seferoğulları'yla Tellioğlulları gibi düşman oluyorlar birbirlerine. Düğünlerde biri sağ tarafta oturuyorsa, diğeri sol tarafın en ucuna yerleşiyor. Biri hamama pazartesileri gidiyorsa, diğeri çarşambaları gidiyor. Kadınlar kendi aralarında düzenledikleri günlere bu ikisini sırayla çağırıyor, falan filan. Bunca yıl sormadığım kalmadı, ancak bir kişi bile bilmiyor aralarına giren düşmanlığın nedenini. Diyeceğim o ki, anasından kızına geçen bir lanet kovalayıp durdu bizi.

Bakın şu daha da tuhaftır; *Koskoca Kurtuluş'tan ola ola Süreyya ile arkadaş oldun* diye söylenip duran annemin ölümünde, en çok Gülfem Anne ağladı. Öyle kuru kuruya *ah, vah* değil, kadın üzüntüsünden günlerce çıkamadı evden. Eğer Gülfem Anne ölseydi, adım gibi eminim, annem gece yarısı gizlice gidip tükürüverirdi mezarına.

Annemi haklı bulduğum tek konu, şu koca mahallede ola ola Süreyya'yla arkadaş olmamdır. O kadar çocuk arasında neden akli dengesi en bozuğunu seçersin? Hıyarlık parayla değil. Zaten şu dünyadaki gereksiz şeylerin hepsi ya ucuz ya bedava, gereklilerse ateş pahası.

Güzel adamdı Süreyya'nın babası. Böyle uzun boylu, gösterişliydi. Doğruya doğru, gülüşü cennet gibidir de pek güzel bir kadın değildir Gülfem Anne. Kızı, babasına çekmiş. Çekmiş de insanlığa bir faydası dokunuyor mu? Yok, sadece kendini düşünen bir mahluk olup çıkmış.

Annemin vefatından kısa bir süre sonra kaybetti Süreyya babasını. Cenazede benim bile içim fena oldu, Süreyya tek bir damla gözyaşı dökmedi biliyor musunuz? Küçücük kızsın sen, bu yabanilik niye?

Hep düşünürdüm, Süreyya'nın beni ve Cemal'i neden ve nasıl sevdiğini. Gerçi bugün anlıyoruz ki, bizlere küçük tırnağı kadar bile sevgisi yokmuş. İyice yalnız kalmamak için yanaşmıştır. Anası babası için ağlamayan, el için ağlar mı hiç?

SüreYa Kuaför Salonu üzerime üzerime geldiğinden, Naz içeri girer girmez ben çıkıyorum ve avare gibi yürüyerek Kurtuluş Kıraathanesi'nin önüne varıyorum. *Her gün iki el pişpirik atmadan kendime gelemem* diyeceğim, alakası yok, babama geldim. Kendisi çoğunlukla burada ikamet ediyor.

İzdivacımın detaylarını konuşmak üzere içeri girmeden önce, kapının üzerine yamuk bir şekilde asılı yazıya takılıyor gözüm, Üye olmayan giremez. Sanırsınız Türkbükü'nde özel bir kulüp; siz sınırsız açık büfe kahvaltınızı ederken, beyaz eldivenli garsonlar hizmet ediyor, yediğinizi hazmetmek için golf oynuyorsunuz, ardından ver elini havuz. Toplam mal varlığı yeşil keçe örtülü dört masa, bir kıytırık çay ocağı, bir de duvara monte edilmiş televizyon olan cücük kadar dükkânın camını tıklattığımda babamla Ruhsuz İsmail bana doğru dönüyor. Bu ikisi ömür boyu üyelik kazandıklarından hep burada. Ne diyeyim, bazı insanlar doğuştan şanslı.

Babam, bir zamanların zabıta memuru Halil'di. Bir motor kazası sonucunda ayağının teki aksadığından malulen, yani esas emeklilik zamanından önce emekli ettiler. O gün bugündür buralarda takılıp duruyor. Ruhsuz da zabıtadan arkadaşıydı babamın. Oranın çay ocağını işletiyordu. Eceliyle emekli olduktan sonra da aklına pasparlak bir fikir geldi ve sadece üyelerin girebildiği bu kıraathaneyi açtı.

Dükkânın kapısını açıyor ve yerimde sabit durarak babama sesleniyorum.

"Baba, bir gelsene."

Üzerinde o enine çizgili tişörtü var. En üstten iki düğmeyi de bilinçli olarak açık bırakmış ki içine giydiği beyaz fanilası gözüksün diye. Eh tabii, seksapel denilen şey, detaylarda gizlidir. Gözümün içine baka baka elinde tuttuğu çay bardağını dudaklarına doğru götürüp bıyığının altından ağzını bulduruyor. Hayatımda bu kadar çok çay içen başka birini daha görmedim yeminlen. Buradan Çaykur'a seslenmek istiyorum, biraz aklınız varsa gelin, babama sponsor olun. Günün birinde babamın içinden çay ağacı çıkarsa hiç şaşırmam. Bence o da şaşırmaz çünkü tembellikten şaşırmaya mecali yok.

"İsmail Abin ile önemli bir şey konuşuyoruz."

Tabii, kesin.

"Ne konuşuyorsunuz?"

Ruhsuz, lakabından da anlayacağınız üzere sürprizsiz, sabit, miskin bir tip.

Her zamanki inişsiz çıkışsız ses tonuyla cevap veriyor, "Yanığa ne iyi gelir diye konuşuyorduk."

Ha, gerçekten önemli bir şeymiş. Ben de sandım *Cemal, Feza'yı istedi ama benim kız hakikaten varmak istiyor mu? Süreyya mahalleye neden gelmiş?* gibisinden konuları masaya yatırdılar.

Şu kadarcık merak etmemekle birlikte laf olsun diye soruyorum, "Ne iyi gelirmiş?"

"Domates salçası" diyor babam kendinden emin bir şekilde. Düşünün, beni böyle bir beyin büyüttü. Bu yaşa kadar kazasız belasız gelmem bile mucize. Yanığa domates salçası iyi gelirmiş... Üzerine kekik serpiştirip iki yüz derecelik fırına da verin bari. Yanığa aslında en iyi fırın gelir çünkü.

Arkadaşlar, artık söylememin vakti geldi, insanlar ikiye ayrılır:

I-Bildiğimiz insanlar

II-Koç burçları

Koç burcundan hiçbir şey beklemeyin. İnadım inat, kıçım iki kanat şeklinde diretip ille de bir şey beklerseniz, siz kaybedersiniz, ömrünüz çürür. Bilerek, yahut sırf sizi gıcık etmek için yapmadıklarını sanabilirsiniz, fakat aslında kapasiteleri o kadardır. Ay bir de derler, *Koç burcu buram buram heyecan, macera, romantizm kokar* diye. An itibariyle babamın üzerinde kokan tek şey o enine çizgili çirkin tişörttür, zira tembellikten bir haftadır değiştirmedi temiziyle. Tembellik bunlarda, bencillik bunlarda, ego bunlarda. Sanki çok önemli bir şey söyleyecekmiş gibi sözünüzü kesip dururlar bir de. Koçlar zor âşık düşer diye bir şehir efsanesi var ama işin aslı hiç aşka düşmezler. Hemen düzeltiyorum: Bir tek kendilerine duydukları aşk ebedidir. Kısacası, koçtan adam OL-MAZ!

Dilimin ucuna birtakım kelimeler konuyor da uçurmuyorum. Burcuna rağmen, kaç sefer babamı karşıma alıp konuşmaya heveslenmişimdir. Tamam, kafası karışana kadar Gülfem Anne elim ayağımdı ama insan yine de birinci derece bir akrabasıyla iletişime geçmek istiyor. Anne gibi olamazsın ama baba gibi ol, öyle davran. Futbol deseniz, haritada yerini bilmediği İskoçya'nın ligini bile takip ediyor ama benden bihaber. Kendi yarama kendim merhem olacağım derken kadınlıktan uzaklaştım. Benim iki basamak üstüm Alçakdam Ebru, gerisini siz düşünün.

Tüm Kurtuluş bilir babamın annemle silah zoruyla evlendiğini. Şaka değil, kendi babası, yani rahmetli dedem gerçekten de silah dayamış oğlunun başına. Damat tıraşına aynen bu şekilde gitmişler. Diyeceksiniz, *Baban belki başkasını seviyordu* ama yok, babam kimseyi sevmiyordu. Kalbinde sevgi olmadığından değil, önceden de belirttim, adam tembel. Şu sandalyeden şu sandalyeye geç Halil deyin ve köşeye çekilip tüm gün iç sıkıntısıyla onu izleyin. Maazallah Kavimler Göçü zamanında falan yaşasa göç yarım kalırdı. Kat ettiği en uzun mesafe bizim evle kıraathane arası, hepi topu üç dakikalık yol. Sabah kahvaltısını eder, on gibi evden çıkar, varış noktasına ancak öğle yemeği saatinde ulaşır. Erken emekli olduğu için arkadaşlarını bizim balkona çağırıp kutlama yapan bir insandan bahsediyorum. Yahu kaza geçirmişsin, bir ayağın aksak kalmış, işini kaybetmişsin, hâlâ neyi kutluyorsun?

Annemi kaybettikten sonra çok istedim birini bulsun da evlensin diye. Evin yemeğinden, temizliğinden, ütüsünden sorumlu devlet bakanlığı görevimden acil istifa etmek istiyordum. Sinekli Safiye başta olmak üzere tüm mahalleliyi seferber ettim; şu babama, kimle evleneceğinin farkına varamayacak, şuursuz bir kısmet bulalım diye. Yani kimse, *Feza hayırsız evlat* diyemez! Ama alan olmadı. İşin komik tarafı, onu evden ben sepetlemeye çalışırken ben evlenmeye kalkıyorum, iyi mi? Ve de babamdan bana miras kalan yegâne genetik özellik, evliliğe son derece meraksız olmamken.

Miras demişken... Kuaförlük mesleğine sayıp sövüyorum ama bana bir kişi gösterin işinden şikâyet etmeyen. Aslında en değerli mirasım, *SüreYa Kuaför Salonu*'dur. Allah gani gani ömür versin, Gülfem Anne aklını kaybetmeden hemen önce, bana hayat güvencesi olsun diye bir avukatla konuşup çok sevdiğim dükkânı, o öldükten sonra bana kalacak şekilde üzerime geçirdi. Şimdi ben bu kadına kul köle olmayayım da ne yapayım? Hayırsız Süreyya da ancak avucunu yalasın demek isterdim ama kendisinin kim bilir kaç adet dükkânı vardır.

"Süreyya mı gelmiş mahalleye?"

Babamdan beklenmedik bir çıkış. Bir parça ciddileşip genzimi temizliyorum.

"Öyle diyorlar."

"Görüşmediniz mi?"

"Ne görüşeceğim ya onunla?"

Var ya... Dün Gülfem Anne'nin, *Süreyya geldi* demesiyle dükkânın kırık camını, Alçakdam'ı, Cemal'i falan arkamda bırakıp onların apartmana doğru tazı gibi bir koşuşum vardı, değme Etiyopyalı koşucular önümde eğilirdi yeminlen. Koştum, koştum ve soluk soluğa ulaştım apartmanın kapısına. Şimdi bunu söylerken bile kendime kızıyorum ama kısa bir anlığına sınırsız bir heyecan kapladı içimi. Basamakları birer ikişer çıkarak sımsıkı sarılmak istedim Süreyya'ya. Çok kısacık bir an için hissettim bunları. Sonra, gerçekler jeton gibi düşmeye başladı kafamın içine. İşte o an, tarif edemediğim bir öfke sardı tüm vücudumu. Ellerim uyuştu. Kapının önüne geldiğimde bir yandan ne söylemem gerektiğini hesaplıyor, bir yandan da uyuşan ellerimi eşofman altımın ceplerinde sımsıkı tutuyordum. Hayır, şimdi tutup da kızı boğarım, işin yoksa bir de bu salak yüzünden müebbet ye.

Babamın, "Ya Cemal?" sorusuyla tekrar dönüyorum aramıza.

"Hah, ben de onu diyecektim baba. Şimdi biz Cemal'le..."

Lafımı kesiyor babam, "Yani Cemal, Süreyya'yla görüşmüş mü?"

Sorduğu soruya bak, yeminlen durduğu yerde çıldırtır insanı. Görüldüğü üzere, babacığımın benim izdivacımla en ufak bir ilgisi yok. Tam tersi, işi gücü beni uyuz etmek, aklımın ucundan bile geçmeyen düşünceleri kafamın içine matkapla sokmak. Lakin haklı, kendi derdime düştüm, bunu tamamen atladım. Hakikaten görüşmüş müdür bunlar? Ama yok, Cemal yüzüne bakmaz artık o soysuzun.

Babamla Ruhsuz'a tek bir laf bile etmeden fırlıyorum kıraathaneden dışarı. Acilen Cemal'i görmem lazım.

Hele ki benim tekerime çomak sokmayı bir daha dene Süreyya...Vallahi de tallahi de felaketin olurum senin.

Formen Kuru Temizleme'nin hemen yanından süzülüp Cemal'in mekânında, yani Oto Bom'da alıyorum soluğu.

Cemal ortalarda yok. Dükkânın hemen önünde duran, iki tekerleği sökülmüş koskoca cipin altından poğaça gibi uzanan iki bacağa bakıyorum.

Birazcık eğilip gürlüyorum aşağı doğru, "N'aptın len arabama?!"

Aracın altındaki şahıs korku içinde kafasını kaldırınca küt diye vuruyor şanzımana. Her defasında aynı tepki. Üzülüyorum da çocuğa ama gel gör ki kendimi tutamıyorum. Cemal'in on beşindeki çırağı Furkan ile de şakalaşmasak, nasıl eğleneceğiz mahallemizde? Ha pardon ya, bir de son günlerde başıma gelenlerle ben şenlendiriyorum mahalleyi.

Kurtuluş'ta erkek evladı olan neredeyse her anne babanın hayali oğullarının bir gün Cemal gibi olmasıdır. Eh Furkan'ın babası da, Cemal'den bir şeyler kapsın diye çocuğu yalvar yakar Oto Bom'a soktu. Ama gelin görün ki Furki'nin aklı fikri Naz'da, başka bir şeye odaklanamıyor. Naz ise bunu küçük bulup pek ciddiye almıyor.

Göbeğini derin bir nefes eşliğinde içine çekip sırt üstü sürüne sürüne çıkıyor arabanın altından.

"Nerde Cemal Abin?"

Her zamanki panik haliyle ayağa dikilip üzerindeki kiri tozu silkeliyor.

"İçeride Feza Yenge."

Adım atmak üzereyken bir an duraklıyorum.

"Ne yengesi oğlum?"

Tombik kollarını beline yaslıyor Furkan, "Evleneceksiniz ya... Saygıda kusur etmeyeyim dediydim. Artık hiç çekinme yenge, istediğin zaman kuaföre gelirim yardıma. Beni ortak kullanırsınız."

Her ortamda *Ben!* diyen, klasik bir aslan. Kafasının içinde, fonda hep bir Şampiyon Benim! marşı; yüzünde, *Yaaa, ormanın kralı tabii ki benim şapşik!* ifadesi ile dikkat çekmek uğruna her şeyi göze alır. Mişlen lastiği gibi göbeğine aldırmadan bir Justin

Bieber dansı yapıyor, aklınız durur çünkü Justin Bieber gerçekte öyle dans etmiyor. Kaç kere dedim, *Furki, lütfen dans etme, kendinden küçük nesillere nahoş hatıralar bırakacaksın* diye ama sallamadı. Yavrum, Naz'ın buna gönlü olduğunu sanıyor, her bakışından bir anlam çıkarıyor. Mahalledeki akranlarına söylerken Cemal duymuş, *Naz'la evleneceğiz de uygun zamanın gelmesini bekliyorum, o da tabii feci sabırsızlanıyor, yaşı büyük ya, evde kalacağım korkusu yaşıyor kızcağız. Hâlbuki söylüyorum, Furkan sözünden dönmez*! Ben de Cemal de karşımıza aldık konuştuk, *Oğlum saçmalama, senin yaşın kaç? Naz'ınki kaç?* diye ama aslan kral Furkan'da özgüven tavan.

Kabak gibi açık ensesine ufak bir fiske vuruyorum, "Biz seni ortak dövmeyi düşünüyoruz Furkan."

"Yapma yenge, ne hatamı gördün?"

"Bak hâlâ yenge diyor!" Şimdi bu laf dinler, Cemal ile rahat konuşamayız. En iyisi sepetlemek.

"Git bak bakayım benim dükkâna. Naz'ın yardıma ihtiyacı var mıymış?"

Başıyla asker selamı verip mekândan uça uça çıkan Furki'nin ardından düşüncelere dalıyorum. İnşallah şu gömdüğüm dilek tutar da âşık olurum Cemal'e. El âlem böyle kör kütük âşık olup dururken ben niye kendimi kaybedip kızgın kumlardan serin sulara atlayamıyorum? Şöyle damar bir şarkı çaldığında milletin aklına sevgilisi, o da yoksa son sevgilisi gelir, benim aklıma geçen ayki borcumu kapatmayı unuttuğum bakkal falan geliyor.

Bir umut, Cemal'le kıracağım zincirlerimi.

Özledim, teninin kokusunu özledim
Özledim sımsıcak nefesini özledim...

Fonda Selami Şahin, benim kafa yine tertemiz bir sayfa. *Bakkalı düşünme, düşünme şu bakkalı, yeminlen dayaklıksın.* Ay bir dakika. Doğru mu duyuyorum? Cemal normalde R&B, house müzik falan dinler. Selami Şahin'e geçiş yapmış olması pek hayra alamet değil. Süreyya geldi diye hatıralar dört bir yanını sarmadı inşallah.

Hangar gibi bir yer burası. Bir tarafta üç metrelik tavana neredeyse değecek olan alet edevat rafı, bir tarafta kocaman hoparlörler, tam köşede üzeri karmakarışık uzun bir masa duruyor. Yer beton, duvar beton. Cemal'in yıllardır ilmek ilmek, el emeği göz nuru işlediği ekmek kapısındayım.

"Cemal?" diye sesleniyorum ama duyacak gibi değil. Hoparlörün önünde, elindeki uzaktan kumandanın düğmelerine basıp duruyor. Buradan bakınca gayet normal bir hali var da benim merak ettiğim kafasının içinde neler döndüğü. Süreyya'nın gelişi onu elbette etkilemiştir ama ne kadar? Ayrılıktan sonra yaşadığı süreci yakından gözlemleyen biri olarak korkuyorum. Gene içine kapanırsa, yine sessizleşirse, yine küserse hayata...

Masaya yanaşıyorum. Uykusuz gecelerde yaptığı otomobil çizimleriyle dolu kâğıtların arasından bir silgi bulup kafasına fırlatınca irkiliyor bizimki.

Bana doğru döndüğünde sesini duyurmak için bağırıyor, "Nerde o Furkan? Yine değiştirmiş *playlist*'imi!"

Omuzlarımı bilmem şeklinde kaldırıp indiriyorum. Bugün de papara yemeyiversin Furki'cik.

Ve nihayet müziği kapatmayı başarıyor Cemal.

Yüzünde muzip bir gülümseme, "Ooo... Kimler gelmiş?.."

Dikkatlice bakıyorum, Süreyya'nın dönüşünün yarattığı etkiyi ele verecek bir ipucu arıyorum ama yok. Asayiş berkemal.

Bana doğru yaklaşırken mavi iş önlüğünü çıkarıp sandalyeye fırlatıyor. Ona ta ne zaman sosyete pazarından aldığım gri tişörtü giymiş. Defalarca yıkanmaktan sanki tahtakurusu kemirmiş gibi küçücük delikler açılmış penyenin üzerinde. Altına da yine pek sevdiği lacivert kotunu geçirmiş. Ayağındaysa bağcıkları seyrelmiş beyaz spor ayakkabıları...

Güçlü kuvvetli çocuk, tişörtünden görünen kasları tam dozunda. Koluna takılıyor gözüm. Sol kolunun iç tarafındaki şu kargacık burgacık yazı var ya, Japon harfleriyle *Süreyya* yazıyor orada. Üzerine para verseler elin oğlunun adını dövme yaptırmam ama bu ikisi düşünmeden kazıttılar birbirlerinin isimlerini. Galiba aşk böyle bir şey.

İşte o büyük aşktan geriye bir bu kaldı. Neden sonra bir gün Kılçık, *Abi, acıyacak diye mi sildirmiyorsun yoksa?* şeklinde dalgasını geçince güldü Cemal. Ve cevabı yapıştırdı: *Hayır aslanım, hatamı unutmayayım diye sildirmiyorum.*

Süreyya'nın yaptırdığı Japon harfli *Cemal* dövmesi de sırtının tam ortasında, iki kürek kemiğinin arasındaydı. Herkesten köşe bucak sakladığı dövmesini bir gün Gülfem Anne fark etmişti ki of... Elinde terlikle kafa göz dalmıştı buna. E artık yıllar geçmiş, evlenmiş, barklanmış, bunca yıldır üzerinde taşıyacak hali yok. Umarım sildirirken canı çok yanmıştır.

Masasının arka tarafına geçerken eliyle ön taraftaki sandalyeye buyur ediyor beni Cemal. Geçip oturuyorum yerime.

Var ya, tam âşık olunacak adam aslında. Hele ki bu evlilik mevzusu çıktığından beri, kaç gecedir düşünüyorum Cemal ile nasıl karı koca oluruz diye. Sonunda şu karara vardım; biz öylesine derin bir arkadaş, kardeş sevgisiyle bağlıyız ki birbirimize, bence bu aşktan da öte, bir ömürlük şey.

Gür saçının altından devam eden kirli sakallarını sıvazlarken gözlerini kısıp soruyor, "İçtin mi kahveni?"

Kahve mahve umurumda değil, öleceğim meraktan. "İçtim, neden?"

"Neden olacak? O kahveni içmeyince terelelli oluyorsun da ondan. Konuşmamız lazım Feza."

Sen bir dur, çünkü benim daha fazla dayanacak gücüm yok Cemal'im.

Lafı evirip çevirmeden soruyorum, "Görüştün mü Süreyya'yla?"

Elini sakalından çekmeden, "Yok," diyor. Ve çekmecesini açıp bir şey aramaya başlıyor. Ya da ararmış gibi yapıyor, bulamayacağını bile bile.

Böyle bir model işte bu. Ağzından lafı kerpetenle alırsın. Gerçi car car konuşan adam da asla çekilmez. Var öyle tipler, bizim Lastik Muharrem mesela. Kim işini devretmiş, kim paraya konmuş, kimin kızı kimin oğluyla fingirdeşiyor, ayaklı dedikodu sütunu gibi her bir halta hâkimdir.

"Şimdi ne olacak peki?" dediğim anda çekmeceyi kapatıyor Cemal. Her zamanki kendinden emin sesiyle cevap veriyor, "Seni isteyeceğiz."

Dudağımı büzüştürüp gevşetiyorum, "Ha, o program baki yani..."

İki elini dayıyor masaya, *Hâlâ mı bu sayfadasın?* gibisinden.

"Şey ben..." şeklinde kıvranarak cümlemin sonunu getirmeye çalışıyorum, "Hani Süreyya mahalleye dönünce..."

"Feza..." diyor bana güzel güzel bakarak. "Öyle biri yok artık."

Başımı önüme eğiyorum, *Peki o zaman* anlamında. Fakat içim hiç rahat değil. Süreyya'nın oğlundan haberi var mı acaba Cemal'in? Ayh!! Olmuyor işte, atamıyorum bir türlü aklımdan!

Ben, beynimin içine eden Süreyya'yla boğuşurken tekrar lafa giriyor Cemal, "Ama..."

Aha. Ben biliyordum konunun böyle hızlı kapanmayacağını. Ne zaman ki bir *ama* denir, her şey tersine dönüverir.

"Ama önümüzdeki hafta gelmeyeceğiz."

Tabii emin değil, düşünmek istiyor, haklı çocuk, sanki ben emin miyim? Eminim ulan! O ejdere bırakmam Cemal'i. Yoksa, Süreyya'nın durumunu mu merak ediyor? Ona göre mi karar verecek?

Kafamda bin deli soruyla boğuşurken Cemal çalışmadığım yerden geliyor.

"Hızlı programı seçtim. Annemlere de söyledim. İki gün sonra, yani çarşamba sizdeyiz. Düğünü de uzatmak istemiyorum."

Düğünü de perşembe yaparız demez umarım.

Dikleştiriyor çenesini, "Var mı bizi tutan bir şey?"

Varla yok arası bir *Yok* çıkıyor ağzımdan. Sinekli Safiye demişti bir keresinde, *Gelin kız dediğin, kafes ardında ak zambak gibidir* diye. Bense kafes ardında şempanze gibi bakıyorum masanın diğer tarafından Cemal'e. Elimi kolumu nereye koyacağımı bilemediğimden içinden sivri sivri kalemler taşan kalemlikle oynamaya başlıyorum. Kalemliği eviriyorum çeviriyorum ve en sonunda *pat* diye düşürünce yaydan çıkan ok gibi fırlıyor kalemler her bir tarafa. Ben bir yandan, Cemal diğer yandan refleks olarak masaya kapanıyoruz kalemleri tutmak için. Ve kafa kafaya geliyoruz o an.

Mevcut pozisyonumu anlatıyorum; sanki yeni doğan evladımmış gibi iki kolumu açıp masayı kucakladığımı düşünün. Cemal de burnumun dibinde. Başımı kaldırsam göz göze geleceğiz. En son bu denli yakınlaştığımızda suratına tokadı çakmıştım ama şimdi o da olmaz. Kafa mı atsam? Çüş! En iyisi bir süre böylece kalayım ben. Sesimi çıkarmazsam belki unutur burada olduğumu.

Ayıptı elbette o gün Cemal'e tokat atmam. Çocuk değiliz de, beni bir anda öpünce neye uğradığımı şaşırdım. Bir tık hazırlıklı olsam belki daha serinkanlı davranabilirdim ama buna da nasıl hazırlıklı olur insan? Cemal bir gün önceden *Yarın öpüşeceğiz, hazırla kız kendini* diye *WhatsApp* mesajı gönderip güvercin mi uçuracaktı? Saçma.

Cemal çenemden kavrıyor aynen geçen gün yaptığı gibi. Aşağıdan yukarıya doğru, kademeli olarak hareket ettiriyorum gözlerimi. Ve benimkiler, onunkilerle buluşuyor. Kalbim fırlayıverecek sanki yerinden, *Koyuver gitsin* diye güp güp çarpıyor. Gözlerimi kapatıp dudaklarımı Cemal'e doğru bir gıdım uzatıyorum. Söz Cemal, vallahi bu sefer tokat yok.

"Yengeee!!!" diye haykırarak mekânı basan Furki sağ olsun, Cemal'e hakikaten koyuyorum kafayı.

O da ben de kafamızı ovuşturup toparlanmaya çalışırken, dili bir karış dışarıda yanımıza gelen balık beyinli Furkan iki cümleyi bir araya getirmeye çalışıyor. E ben seni korur muyum bir daha!

"Feza Yenge, şey geldi dükkâna..."

Daha da dikleşiyorum durduğum yerde, "Ney geldi?"

"Yok muydu ya o kadın? Hani yıllar önce zengin bir adamla evlenip bizim mahalleyi terk etmişti."

Sözün bittiği yerdeyiz. Birbirimize bakıyoruz Cemal'le. Kendisinin hayır duasını aldıktan sonra bir adet terlik bulup Süreyya'ya dalmak niyetindeyim.

"Süreyya mı geldi dükkâna?" diye sorarken dişlerim gıcırdıyor.

"Yok, o değil."

Furkan sen de elimde kalacaksın yeminlen!

"Kim yahu kim?"

"Şey... Varlık."

V. Bölüm

Cemal

Gözleri görmeyen Kaknüs Kuşu, hisleriyle uçar, içgüdüsel olarak yolunu bulurmuş. Acıktığı zamansa, gagasındaki üç yüz altmış deliğin her birinden farklı ses çıkarırmış diğer kuşlar bu büyülü sesi işitsin, merakla ona yaklaşsın, o ise bu kuşları yesin diye. Sadece bir yılcık ömrü olan Kaknüs kuşu, ölümü yaklaşınca, kendisine otlardan bir yuva yapar ve son şarkısını söyler gibi ötmeye başlarmış. Şarkısı bitince kanatlarını öylesine bir güçle çırparmış ki, her bir tüyünden kıvılcımlar çıkar, yuvası alev alırmış. Ve kendisi oracıkta yanıp kül olurken, küllerinden bir yumurta oluşurmuş. Kaknüs kuşunun yavrusu işte böyle doğarmış.

Annemin kız kardeşim Zülal'e hamileliği zor geçti. Hep yatması, dinlenmesi gerektiğinden bizim eve ilk defa bir sessizlik çöktü. On yaşındaydım ve her şeyin farkındaydım. Ailecek günlerin geçmesini, Zülal'in kazasız belasız doğmasını ve annemin sağlığına kavuşmasını bekledik.

O günlerden bir gün, kuaför dükkânının önünde beni kolumdan yakalayan Süreyya, annesinden öğrendiği *Kaknem Kuşu* mu ne haltsa, onu anlattı bana. Bakın, annemle ilgili durumu hiç bilmemesine rağmen anlattı diyorum.

Bu saçma sapan hikâyeyi dehşet içinde dinleyip hiç renk vermeden, *Eve acilen ekmek götürmem lazım* yalanıyla oradan tüydüm. O günden sonra gözüme uyku girmedi. Neyse ki annem rahat bir doğum yaptı ve Zülal sapasağlam halde ilk nefesini ciğerlerine doldurdu da hepimiz bir *oh!* çektik.

Böyleydi işte Süreyya. Genel olarak çok konuşmaz ama en beklemediğin anda bir laf edip garip bir hale salardı seni. Benim niçin bu kadar etkilendiğime gelecek olursak... Belki abuk kaçacak ama bence kuvvetli hisleri vardı. Mesela ne zaman, *Bu akşam dışarı çıkma Cemal* dese, düz yolda yürürken, etrafta ne bir çukur ne bir tümsek varken, kendi ayağıma takılıp düşerdim. İş çıkışı *kahveye gitmesen mi?* derdi, giderdim ve o kadar kişi arasında bana denk gelen kırık çay bardağı dudağımı keserdi. *Bu hafta sonu çalışma* diye sitem ettiğinde, en arıza müşteriler dükkâna gelirdi, çalıştığıma çalışacağıma lanet okurdum.

Feza ile tartışsanız, ille ki bir tepki verir. Onun tepkileri de normal değildir; horozlanıp bağırır çağırır ama en azından bir yaşam alameti gösterir. Sıkıysa Süreyya'yla tartışmayı deneyin, tartışamazsınız. Ağzından tek bir laf çıkmaz anasını satayım. Düşünün, siz konuşmak istiyorsunuz, karşı tarafsa heykel gibi öylece duruyor. Tamam, bir taraftan kavga büyümüyor, diğer taraftan darıldı mı belli değil, kızdı mı bilmiyorsunuz. Böyle konuşuyorum ama sürekli kavga çıkarmak için kaşınan biri sanmayın beni. Var öyle sebepsiz yere olay yaratan hırtlar. Ben, anam babamdan ne gördüysem onu bilirim. Bizim evde hır gür hiç olmadı. Akşam herkes eve gelmek için can atardı. Hafta sonları ne yapılırsa ailecek yapılırdı. Annem ve babam bizi elmastıraş dikkatiyle işleyerek büyüttü. Çok şükür, hayırlı evlatlar olduk. Bir tek annemlere torun veremedim, o da kısmetse yakında.

Ne diyordum? Süreyya ile ota boka kavga ettiğimiz sanılmasın. Ben sakin adamımdır, Allah için Süreyya'nın da huyu ipek gibiydi. Yani, tek taraflı aşkım götümde patlayana kadar ben onu öyle görüyordum. Lise sonda, *Bir ev buluruz, içini ben yavaş yavaş hallederim, sen hiç dert etme. Salonu şöyle, banyoyu böyle yaparız* muhabbetlerine başladık. Okul sonrası buluşup hayaller kuruyorduk, gülüyorduk. Mutluyduk. Ta ki bir gün çocuk muhabbeti açılana kadar. Ev diyoruz, düğün diyoruz, bir problem yok. E tabii ki çocuk da diyeceğiz, çok mu abes? Bizim de hakkımız değil mi üremek?

Ne zaman bu konu açılsa, o sakin Süreyya bir kıpırdanır oldu oturduğu sandalyede, huysuzlandı. *Bu çay açık, Bu çorba soğuk, Üşüdümler, Terledimler* falan... Hayır neyin kafasındasın sen? Hemen şuracıkta çocuk yapalım demiyoruz kızım. Çocuk bizim, ne zaman hazır hissedersek yaparız da, evlenmeye niyet eden her çift arasında konuşmaz mı, *Kız olursa adını şu, oğlan olursa da bu koyalım* diye?

Duruyorsam sebebi var, susuyorsam nedeni var, rahat olalım, her şeyin bir zamanı var hesabı sabrettim, ettim, derken bir gün Süreyya bombayı patlattı, *Ben çocuk istemiyorum Cemal.* Süreyya'nın bu dediği yüzüme çarptıktan sonra, gayriihtiyari şu çıktı ağzımdan, *Hangi kadın çocuk istemez ki?*

Aslında tam olarak bunu demek istememiştim. Çünkü her kadın çocuk sevmek, çocuk doğurmak zorunda değil elbette. Ama Süreyya'yla ben, birbirini bizim kadar seven iki kişinin çocuğu da sevgiyle büyürdü. Ayrıca, *Kime benzeyecek? Nasıl büyüteceğiz? Hangi huyumu alacak?* gibi düşünceler de kurmam sanırım gayet normal. İşte tam da bunları anlatmak için kafamı kaldırdığımda, Süreyya gitmişti.

Dün, Süreyya'nın Kurtuluş'a döndüğünü öğrendiğimde yüzünü bile göresim yoktu. Fakat, bu sabaha karşı beşte, bir şey, sadece tek bir şey getirdi beni Süreyya'nın evinin oraya. Çocuğunu da alıp gelmiş dedi dün Kılçık. Çocuk istemeyen Süreyya'nın çocuğunu kendi gözlerimle görmek istedim.

Süreyya'nın penceresine bakan sote bir noktaya vardığımda, saçmaladığımı fark ettim. Hadi bu saatte ayaktalar, görüp de ne olacaktı? Herkesinki gibi çocuktu işte.

Tam o sırada, karanlığın içinde bir kibrit çaktı ve ateşi, Süreyya'nın yüzünü aydınlattı. Oradaydı, az ileride, apartman kapısının önünde sigara içiyordu.

Çıt çıkarsam fark edebilirdi. *Hâlâ peşimde bu deli*

dedirtir miyim hiç? Kıpırdamadan izledim. Gözlerini kapayıp sigarasından aldığı ilk nefesle evleri, pencereleri, bacaları, sokağı, tüm Kurtuluş'u içine çekti. Nefesi vermesiyse on bir yıl kadar sürdü sanki.

Diğer elinde duran kibriti çizgili gömleğini aralayıp kotunun ön cebine sıkıştırdı. Önce sırtını, sonra ayağının tekini duvara yasladı. Hayret, topluydu saçları.

Hemen söndür o sigarayı! Böyle demişti bana o gün. Babamdan yürüttüğüm sigara paketinin içinde ergenliğimizi arıyorduk Kılçık'la birlikte. Biz aramızda sigarayı şöyle tutalım, böyle yakalım diye tartışırken Süreyya'ya yakalanmıştık. Gözlerindeki hayal kırıklığını asla unutamam. Bırakın sigara içmeyi, sigara dumanının yakınından bile geçmezdi Süreyya. Öylesine nefret ederdi. Benim de son sigaram olmuştu zaten, onun bakışını gördükten sonra asla ağzıma sürmedim o zehri.

Demek ki değişim böyle bir şey. Bir değiştin mi her zerrenle değişiyorsun.

Biz hiç değişmeyeceğiz değil mi? diye sormuştu bana Feriköy geçidinin tam önündeki kaldırımda. Yanımızda Feza da vardı. İlkokulda, birbirimize aşkımızı ilk itiraf ettiğimiz zamanlardı. Süreyya'nın elini tutmak istiyordum, tutamıyordum. Bir gören olsa olay çıkardı. Halimi anlayan Feza, Süreyya ve benim ellerimi birleştirip kendisi de Süreyya'nın elini tuttu. Karşı kaldırıma üçümüz el ele geçmek üzere caddeye adım attık. Bir tek üçümüzün bildiği bu durum pek hoşumuza gitti. Karşıya geçer geçmez bıraktık ellerimizi. Feza, Süreyya'ya döndü ve *Biz asla değişmeyeceğiz* dedi.

Aslında, kaçınılmaz bir şey değişmek. Ben bile aynı ben değilim ki. Fakat şu an, Süreyya'ya bakarken anlıyorum değişmenin ikiye ayrıldığını;

I- Yaşınla ve tecrübeyle birlikte değişmek.
II- Siparişle değişmek.

Siz bilmiyorsunuz Süreyya'nın Haluk'la nasıl tanıştığını. Gerçi ilk başta kimse bilmiyordu.

Feza, olan biteni en ince ayrıntısına kadar öğrenip de bana anlatana kadar burnumun ucunda yaşananları nasıl fark etmedim diye başımı taştan taşa vurdum, diyeceğim de burnunun ucunda yaşananları esas göremeyen Feza'ymış meğerse. Yani her şey *SüreYa Kuaför Salonu*'nda başlamış.

Mahallemizden bunalıp kapağı zengin bir kocaya atan ilk şahsiyet Süreyya değil, Varlık Abla'dır.

Kurtuluş'un en beter sokağının ucundaki derme çatma tahta evde yaşayan Varlık Abla'nın annesi evlere gündeliğe gider, babası da hurda toplardı. Varlık Abla da, Gülfem Anne'nin kuafördeki sağ koluydu. Durumları iyi değildi. Kurban bayramında kestiğimiz eti, fırından aldığımız pideyi tüm mahalleli, sırasıyla bırakırdık evlerine.

Varlık Abla'yla ilgili şöyle konuşurdu herkes, *Şu güzel kız, bu çukurda değil de başka yerde doğsa vallahi de film artisti olurdu.* Hakikaten de öyle böyle değil, tam bir esmer afet-i devrandı.

Annemin anlattığına göre, kaç kişi istemiş de varmamış. Bizim mahalle, yan mahalle, kardeş mahalle, düşman mahalle; İstanbul'un bıçkın delikanlılarından hiçbirinin suratına bakmıyor, kimselere pas vermiyormuş. *Evde çürüyüp gidecek* diye ailesi dert yanarmış. Varlık Abla'nın ise umuru değilmiş.

Sonra bir gün, Varlık Abla evden kaçtı. Daha çocuktum ama o günü hiç unutmam, annesi göğsü bağrı açık halde sokağın ortasına çökmüş elleriyle başını bir o yana bir bu yana çevirip feryat ediyordu. Su getirdiler, yerden kaldırmaya çalıştılar ama yok, saatlerce ağladı kadın.

Üç ay geçti geçmedi, annesiyle babası da ortadan yok oldu. *Nereye gitti bunlar, buhar olup havaya mı karıştı?* derken Varlık Abla'nın düğün haberini gazetelerden birinde okuduk. Kulağından para fışkıran hanzo müteahhidin tekiyle evlenip annesiyle babasını da yanına aldırdığı müjdesi fişek gibi yayıldı tabii. Nasıl, ne ara bu adamı bulduğuysa bütünüyle muamma.

Evlendikten bir yıl sonra, biz çocuklar kuaförün önünde takılırken jilet gibi siyah bir araba durdu önümüzde. Yalan yok, ben hayatımda öyle bir şey görmedim. Hatta itiraf ediyorum, içimden dedim, *Ulan Cemal, bir gün şu arabanın şahını yaparsın sen.* Ön kapıdan ceketini ilikleyerek inen takım elbiseli adam arka kapıya koşturdu ve kapıyı açtı. İki bacak gördük önce, ardından da upuzun beyaz paltolu bir film artisti yükseldi önümüzde. Neye uğradığımızı şaşırdık; Süreyya elindeki çikolatayı düşürdü yere. Güneş gözlüklerini çıkaran kadın bize gülümsedi ve *N'aber çocuklar?* dedi. Dükkânın önündeki hareketlenmeyi fark eden Gülfem Anne elinde fırçayla fırladı dışarı, *A aa? Varlık?*

Enteresandır, Kurtuluş'u hiç unutmadı Varlık Abla. Her yıl mutlaka şoförüyle gelip Gülfem Anne'nin kuaförüne uğradı. Feza mesafeliydi ama Süreyya ona hayrandı. Kuaförde vakit geçirmeyi zerre kadar sevmemesine rağmen, onun geleceği zamanları hiç kaçırmaz, soluğu Varlık Abla'sının yanında alırdı. Serpilip genç kızlığa adım attığı andan itibaren de Varlık Abla'nın getirdiği kılık kıyafeti giyinip suratına boyaları sürdü, ben de her seferinde *Sil kızım şu ruju* dedim. Dudaklarının kendi rengi o kadar güzeldi ki.

İşte bu Varlık yapmış Süreyya'yla Haluk'un arasını, ablası batsın. Beni, evleneceğimizi adı gibi bilmesine rağmen. Gülfem Anne öğrendiğinde fenalaşmış, *Yapma, etme kızım* demiş ama nafile. Gidiş o gidiş, bir daha ne Varlık Abla'yı ne de Süreyya'yı gördük. Artık yedikleri içtikleri ayrı gitmiyormuş, dergilerde fotoğrafları çıkıyormuş. *Bir kez göz attım mı?* diye sorun. Yok.

İşe bakın, ne zaman Süreyya mahalleye döndü, Varlık yine ortaya çıktı.

Sigarasından son nefesi çeken Süreyya, izmariti yere atıp topuklu ayakkabısının tabanıyla bir güzel eziyor ve sabah serinliğinde kollarını kavuşturup apartmana doğru yürüyor. Hâlâ güzel.

* * *

Süreyya apartmana girip dairesinin ışığını yaktıktan sonra, neredeyse iki saat yürüdüm. Ben yürürken İstanbul uyanmaya başladı. Simitçiler bir bir döküldü yollara, dükkânların kepenkleri açıldı, önleri silinip süpürüldü.

Hayatımın genişçe bir dönemini, *Bu kız anlatmıyor, konuşmuyor* diye söylenerek geçirdim. *Ben çocuk istemiyorum* cümlesiyle de bir ömürlük konuşmuş oldu. O gün, çocuk istememesi koymuştu bana. Bugünse, benden çocuk istemediğini öğrenmiş oldum. Kim parasız adamdan çocuk yapmak ister ki, değil mi?

Oğlu evde uyuyordu herhâlde. Evet, oğlanmış dedi dün Kılçık. Ve ekledi, *Boş ver abi, siz Feza manyağıyla daha güzelini yaparsınız.*

Gelecek olanın ismi büyük harfle başlasın diye gidenin arkasından simsiyah bir nokta koydum ben. Yapacağız tabii. Süreyya'nınki gibi mutlu bir evlilik kurmak bizim daha çok hakkımız.

"Hele bir elime geçireyim, o herifin anasını avradını..."

Eve uğramadan dükkâna vardığımda, haftaya teslim edeceğim cipin önüne çaprazlama park eden kırmızı Ferrari'yi fark ediyorum. Zaten fark edilmeyecek gibi değil, 599 GTB Fiorano. 620 PS beygir gücü ve 5999 cc'lik motoruyla türünün nadir örneklerinden birisi.

Aracın yanında gelişine telefonla konuşan orta boy varil kılıklı dallamaya bakıyorum ters ters. Sinirden üzerindeki pembe tişörtün rengini almış yanakları. Mevsim henüz Mayıs ve herif sanki Bodrum'daymış gibi ayağına parmak arası terlikleri geçirmiş, altında palmiye ağacı desenli bir şort, kolunda zenginliğin olmazsa olmazı kocaman bir altın saat, boynuna da Bose marka kulaklıkları iliştirmiş, *Az önce müzik dinliyordum* hesabı. Elli kesin var. Fakat elli yaşın ağırlığını taşıyacağına, otuz yaşın zibidiliğini yaşıyor. Sabah sabah bir sen eksiktin.

Bugünümü sorunsuz geçirmek istediğimden genzimi temizleyip sakince "Birader, yavaş..." diyorum.

Elini, *Bir dakika* anlamında havaya kaldırıp telefondakinin yedi sülalesine saydırmaya devam ediyor. Alın işte, kavga meraklısı hırtlar var derken bunlardan bahsediyordum. Gel de dinlenip dinlenip dövme şunu.

İçimden ya sabır çekip kollarımı önümde kavuşturuyor ve herifin konuşmasını bitirmesi için beklemeye geçiyorum. Bildiği tüm küfürler en nihayetinde tükenince, kapatıyor telefonu. Alı al moru mor halde söze giriyor.

"Kardeşim kusura bakma ya... Sabah sabah asap bozukluğu..."

Sorun yok anlamında sallıyorum başımı, "Nasıl yardım edeyim sana?"

Arabanın kapısını açacağına, kendini açık camdan zar zor sığdırmaya çalışarak içeriye sarkıp dikdörtgen deri çantaya uzanırken boğuklaşıyor sesi.

"Ulan şu ülkenin parmakla sayılan birkaç *broker*'ından biriyim, herifin bana yaptığına bak..."

Elinde çantayla, nefes nefese çıkıyor camdan dışarı, "Gelmiş bana diyor ki..."

Kimsenin derdini dinleyecek halde değilim. Kısa kesip sadede gelmesi için bir hamle yapıyorum, "Birader arabayı diyorum... Ne için getirdin?"

Çantasının içindeki karmakarışık evrakları çıkardığı an esen rüzgârla dört bir yana uçuşuyor kâğıtlar. Havadaki bembeyaz sayfalar saçsız kafasına vuruyor, "Ulan, her şey de beni mi bulur?"

Yere doğru süzülen kâğıtları atik bir hareketle havada yakalıyorum ama buna belli ki iyice gelmişler. Okkalı bir küfürle çantasını yere fırlatırken telefonu çalmaya başlıyor. Ekrana baktığında, bir değişiyor yüzü. Tişörtünün yakasını dikleştirip hazır ola geçiyor.

"Aşkım?"

Hay aşkın götürsün seni...

"Tamam hayatım. Beklemiyorum seni o zaman. Yok, işin ne zaman biter diye sormadım güzelim, ne zaman biterse ara sen, ben gelirim. A tabii, şoförü yollarım, seni beklesin, daha mantıklı aşkım. Haluk mu? Yok, açmıyor. Siz Süreyya'yla konuşurken ben peşindeyim onun merak etme. Ulaşır ulaşmaz haber veriyorum sana... Var mı başka bir emrin?"

Süreyya ve Haluk mu? Kim ki bu herif?

Telefonu kapatır kapatmaz, hemen rengini değiştirip bana dönüyor adam.

"Şunun sol hoparlöründen hafif bir cızırtı geliyor sanki. Orijinal servise götürecektim de hazır buradayken sen bir el at aslanım. Bana bak, çok duydum ha seni... Aferin, böyle çalışmaya devam. Severiz emekçileri."

Harbi bir dallama. Dalacağım da birkaç sorum olacak öncesinde. Bir yandan hoparlörüne bakıyorum, bir yandan da ağzını arıyorum.

"Hayırdır abi, ne işin vardı buralarda?"

Az önce yere fırlattığı çantasını toparlamaya çalışırken anlatıyor.

"Eşim Varlık burada yaşıyordu eskiden. Varlık Sonay. Sen de buralıysan belki tanırsın, babasının marketleri varmış Kurtuluş'ta."

Ya tabii, varmış. İnsanların kendi geçmişleriyle alıp veremedikleri nedir, ömrümce anlamayacağım.

Adamı hiç bozmadan sorularıma devam ediyorum, "Tamam, çıkardım Varlık'ı."

Çantayı ve telefonunu arabanın arka koltuğuna bırakıyor. Bu arada hoparlörün cızırtısının sebebini bulup hallediyorum. "Ne oldu? Ailesinde bir hastalık yoktur umarım..."

Adam gitmek üzere hareketleniyor. "Yok be oğlum, Varlık'ın ailesi Kurtuluş'ta ne arasın? Eşimin en yakın arkadaşı Süreyya da bu mahalleden. Onun eşi Haluk da benim en yakım arkadaşım olur. Meslektaşım, ünlü borsacı Haluk Vehbizade... Tanırsın yahu?"

Alt dudağımı ısırıyorum, "Yok, hayatımda duymadım... Ama bir yardımımız dokunursa çekinme, söyle."

Ferrari'sinin uzay mekiği kılıklı kapısını yukarı doğru kaldırırken, "Aman işte, boşanıyorlarmış," demesiyle hafif bir sallanıyor fakat çok da renk vermiyorum.

"Öyle miymiş?"

Kontağı çalıştırıyor, "Herkes boşanıyor! Bizim siteden çok yakın arkadaşımız olan bir çiftin evinde yemekteydik daha yeni. Hatta Süreyya'yla Haluk da vardı. Yemek bitti, bunlar el ele tutuştu, *birbirimizi sonsuza kadar sevmeye devam edeceğiz, aile olarak kalmaktan da asla vazgeçmeyeceğiz ama bugün itibariyle hayatımızın yeni bir dönemine adım attık ve boşanıyoruz, sevgileeer!* Yeni moda bu: Aşk bitti ama saygıyı, sevgiyi koruyalım... Görsen, havada medeniyet uçuşuyor. Derken, tam davadan bir gece önce, kadın adamın telefon yazışmalarını yakalıyor, meğerse aşkı bitiren başka bir kadın varmış. Bok korursunuz sevgiyle saygıyı hahhahhah! Kıyamet koptu lan! Gazetelere, dedikodu programlarına kadar düştüler, rezil oldular. Adam, *Bu karı her şeyimi alacak* diyor. Yapmadı o evlilik sözleşmesini baştan, şimdi düşünüyor kara kara..."

Adama dayanmam mümkün değil ama aklım hâlâ önceki konuda.

"Süreyya'nın kocası da mı aldatmış?"

Havasını atacak ya pezevenk, ayağını gaza basıp çekiyor. Suratında yavşak bir gülüş, "Her gün aynı yemek yenmez dostum."

Ve *Hadi kal sağlıcakla!* anlamında tek elini havaya kaldırıp tozu dumana katarak defolup gidiyor.

Şerefsizin evladı. Her gün aynı yemek yenmezmiş... Zıkkımın kökünü ye.

Demek Süreyya boşanıyor... Vay anasını, kırk yıl düşünsem aklıma gelmezdi, diyeceğim de aslında salaklık bizde; don paça kalmasa, niye dönsün ki mahalleye? Bunca yıl aramadı sormadı hiçbirimizi, şimdi mi hatırımızı sormaya gelecekti?

Feza'nın garanti haberi yoktur. Olsa, söylerdi. Anlatsam mı acaba? Gerçi ne anlatacağım, evlenmek üzereyiz, bize ne Süreyya'dan...

Ferrari'li zibidinin peşi sıra dükkândan çıkıp Kılçık'ın mütemadiyen takıldığı oyun salonu, *Power Game*'in önüne varıyorum yürüyerek. Ya burada ya nargilecide, ikisinin arası yok. İyi çocuktur, arkadaşların hasıdır, bazen bir yorumlar yapar çeneniz düşer de herif çalışmayı sevmiyor. Kaç defa demişimdir, gel benim dükkâna, bir işin ucundan tut, kafasını kessen gelmez. Düşünün bir de babası eski subay emeklisi, çocukken her sabah *Koğuş Kalk!* komutuyla uyandı, evde disiplin kol geziyor ama armut dibine düşmüyor her zaman. Babası bir süre dövdü dövdü, sonra vazgeçip, *Ne halin varsa gör* dedi. Annesi kıyamadığından cebine harçlığını koyar, Kılçık da buralarda yer parayı.

Bizimki kapının önündeki merdivenlere çökmüş, cep telefonuna gömülmüş. Kim bilir hangi lüzumsuz bahis sitesinde takılıyor.

"Kılçık!"

Telefon ekranından gözünü ayırmadan "Hop!" diyor.

Ayağımla bacağını dürtüyorum, "Bırak şu telefonu elinden. Önemli bir şey diyeceğim."

Telefonunu kapatıp ayaklanan Kılçık, gene şaşırtmıyor beni.

"Aç ayı oynamaz. Önce iki lokma bir şey yiyeyim."

Şaşırtmıyor dedim de ben de kahvaltısız ayaktayım kaç saattir.

"E hadi."

Kılçık'la Kurtuluş'taki Adana Ocakbaşı'na geçip birer porsiyon kaburga söylüyoruz. Bilen bilir, buranın kaburgası efsanedir. Daha sandalyeye oturur oturmaz şefe sesleniyor bizimki, "Haldun! Bir gavurdağı seri!"

Ortaya hızla gelen gavurdağı salatasını yalayıp yuttuktan sonra, masaya gelen kaburgaların etlerini içine çeke çeke sıyıran arkadaşım, tam kemiği de yemek üzereyken müdahale ediyorum, "Yavaş lan, boğulacaksın."

Yemesinin gerçekten de mümkün olmadığını anlayana kadar etsiz kemiği evirip çevirip bakan Kılçık, sonunda kemiği tabağına bırakıp parmaklarını yalayarak sıyırıyor.

"Oh be... Beynime kan gitti. Hah, şimdi söyle abi, konu nedir?"

Sıcağı sıcağına konuşayım, çünkü yediği kaburgalar onu sadece bir saat kadar tok tutabilir.

"Süreyya..."

Kılçık'ın *tak* diye masaya vurmasıyla, boş tabaklar ve bardaklar zıplayıp yerine iniyor.

"Abicim, son kararımız neydi? Süreyya'nın adını bir daha ağzımıza almayacağız, demedik mi?"

Haklı. Dedik gerçekten. Hatta Kılçık, oğluyla geldiğini söyledikten sonra, bizzat ben dedim, *Bundan sonra Süreyya'yla ilgili hiçbir şey duymak istemiyorum* diye.

"Hemen ardından ben sana sormadım mı, *bu Feza manyağıyla evlenmeye kesin kararlı mısın?* diye?"

Sordu. Ben de nişanlıma manyak deme bakışı attıktan sonra, *Hiçbir kuvvet beni bu kararımdan döndüremez* dedim.

"Sonra üstelemedim mi *Süreyya'ya karşı hâlâ hislerin olabilir* diye?"

Üsteledi. Ben de, *İki dünya bir araya gelse söz konusu olamaz!* şeklinde bir çıkış yaptım.

"Cevap versene abicim!"

Öff... Sıcak bastı. Öğlen saati oturttu beni ocak başının yanına, şiş kebap olduk. Tişörtümün yakasını bir çekip bir bırakıyorum azıcık hava girsin diye.

"Ya nerelerden buralara geldin len bir dur, başka bir şey diyecektim!"

Oturduğu yerde bacak bacak üstüne atıp ellerini dizlerine kenetliyor deli doktoru gibi.

"Evet, dinliyorum seni."

"Süreyya'nın neden döndüğü belli oldu," dememle birlikte ensemizden gelen sesle irkiliyoruz.

"NEDENMİŞ?!"

Kafamızı çevirirken Kılçık, *Bismillahirrahmanirrahim* diye sayıklıyor. Korkuluk gibi tepemizde dikilen şahıs, Feza'dan başkası değil. Yıldızları bir türlü barışmadığından, oturduğu yerde sandalyesini geriye doğru ittiriyor Kılçık.

Yanımdaki boş sandalyeye pat pat vuruyorum *Gel* diye. Hayret, itiraz etmeden komutumu aynen uyguluyor Feza. Yerine geçip dirseklerini masaya dayıyor, yüzünü ellerinin arasına oturtuyor.

"Evet, dinliyorum sizi."

* * *

Kılçık'la Feza'ya durumu anlattım. Bir süre sessizlik oldu masada ve birbirimize *Görüşürüz* deyip dağıldık.

Düşünüyorum da, hakikaten ne yapabiliriz bundan sonra Süreyya için? Tamam, boşanıyor ve bu felaket bir şey ama biz de bir anda geçmişe sünger çekemeyiz.

Eminim ki Feza'nın da aklından geçmiştir, *Bu Cemal hâlâ unutamadı Süreyya'yı* diye. Ama alakası yok. Ben sadece... Bilmiyorum yahu bilmiyorum! Ne hissettiğimi bilmiyorum!

Kafam karmakarışık, ellerim ceplerimde, dükkânın yolunu tutmuşken bir el dokunuyor omzuma. Mahallemizin tam teşekküllü delisi Fıttır Hıdır bu.

Keyifsizce konuşuyorum, "N'aber?"

Bir şey demeden beni durdurup kendine doğru çeviriyor, hiç elleşmiyorum. Alışkınız onun bu hallerine. Başımı önce sola, sonra hafif aşağıya eğip boynundaki fotoğraf makinesini gözüne yerleştiriyor ve *şlak!* bir kare fotoğrafımı çekiyor.

"Sergi açacağım yakında." Elleriyle havaya bir afiş çiziyor, "Kurtuluş'tan İnsan Manzaraları."

Bir zamanlar akıllıymış Hıdır. Zaten şu akıl denilen şey o kadar oynak ki, kaybetmemiz an meselesi. Neyse, bu Hıdır üniversite bile okumuş, hatta aramızda en okur-yazar odur desem yalan olmaz. Üstün başarılarından ötürü İngiltere'den her şey dâhil yüksek lisans bursu kazanan Kurtuluş'un gurur kaynağı Hıdır, valizini toplamış ve gurbet ellere gitmenin heyecanıyla hayatının en derin uykusuna yatmış. Sabah gözlerini bir hastane odasında açtığında öğrenmiş ki, o gece sobadan seken bir ateş parçası annesini, babasını, kardeşini, bütün evi yakıp kül etmiş. Bir o kurtulabilmiş yangından. Hastaneden çıkış o çıkış, kaybettiği aklı daha da gelmemiş yerine.

Takılıyorum Hıdır'a, "Bizi de davet edersin artık sergiye."

"Ederim ya ederim," diye bana cevap yetiştirirken ceketinin cebinden bir tomar fotoğraf çıkartıp içlerinden bariz bir tanesini arıyor, "Bu değil, bu da değil..."

Nihayet buluyor aradığını. Tutuşturuyor elime fotoğrafı, "Bu senin."

Siyah beyaz fotoğraftaki küçük oğlan çocuğunun kafası Amerikan tıraşlı. Sevimli bir şey de kim bu? Elimdeki fotoyu sallıyorum, *Yani?*

Aklın mı kıt? dercesine gözlerini deviriyor Hıdır, "Süreyya'nın oğlu bu."

İlk önce, içim bir garip oluyor, ardından Hıdır'a çıkışıyorum, "Tamam da bana ne?"

Bu sefer, *Yeme beni* der gibi kısıyor gözlerini, "Dün geceden beri kızı dikizlemiyor musun sen?"

Haydaaa, çattık, "Sen de çok oldun ama..."

"Hadi be!" diyor, "Bu mahallenin sır kutusuyum ben. Sanıyorsunuz ufacık mahalle, herkes kendi halinde yaşayıp gidiyor. İşin aslı öyle değil. Ne sırlar ne acılar gömülü bu mahallede."

"Kurtuluş'ta mı? Git Allah'ını seversen, kaç kişiyiz şurada? Kimin ne sırrı olacak, zannedersin televizyona dizi çekiyoruz."

Hiç dinlemiyor, hızla vınlıyor. Bir bakıyorum fotoğraf hâlâ elimde.

Sesleniyorum ardından.

"Hıdır fotoğrafı unuttun, sergide kullanacaksın ya oğlum..."

"Bu sefer akıllı ol, sahip çık Süreyya'nın Y'sine."

İçimden, *Ne diyor ya bu... Deli ile deli olma* diye söylenirken, bir anda o çingenenin ettiği laf geliyor aklıma.

Sevdiğin uzaklarda sanırsın... Hâlbuki yanı başında ama haberin yok...

Saçmalama Cemal. Tabii ki Feza'dan bahsediyordu. Senin Süreyya'yla işin bitti!

VI. Bölüm

Süreyya

Kusursuz bir güzelliği olmasına rağmen kendini kimselere sevdiremeyen beyaz tavus kuşu bu duruma daha fazla dayanamayıp annesinin yanına gitmiş ve "Sevilmeyi hak etmek için ne yapmam lazım?" diye sormuş. "Sen" demiş annesi, "Eğer sıradan bir tavus kuşu olsaydın, işin kolay olurdu, herkes seni severdi. Ama en büyük sevgiyi hak edecek kadar mükemmel, herkesin sevmeyi hak etmeyeceği kadar özel olduğun için işin zor güzelim."

Güzel insanlar güzel bir hayatı hak eder, hep bunu derdi annem, beni dizlerine oturtup saçlarımı tararken. Anneme göre, bu mahalle değildi yerim. Buradan çok daha fazlasını hak ediyordum. Hizmetçilerimle, şoförümle, limitsiz kredi kartımla ve zengin kocamla kıçı kırık Kurtuluş'tan ziyade, müstakil villalara layıktım. Çok güzel bir bebeğe sahip annenin yavrusunu ünlü yapmak için o *casting* firması senin, bu ajans benim şeklinde dolaştırmasının; belki keşfedilir de bir reklamda, hatta bir dizide oynar umuduyla sosyal medyada fotoğraflarını paylaşmasının bir başka çeşidi. Benim annem kafayı ünlü olmamla değil, lüks yaşamamla bozmuştu.

Düşünüyorum da hiçbir anne, *Evladım fakir bir hayat sürsün* şeklinde bir temennide bulunmaz. Ama asıl problem bu işte; yani annelerin, doğurdukları çocuklar için ille de bir kader çizme hevesi içinde olması. Bir tür davranış bozukluğu. İlk önce kendi annemde tecrübe ettiğim bu eğilimi ilerleyen yıllarda her türlü imkâna sahip ailelerde gözlemledim. Hadi benim annem gibilerin *gelecek korkusu* var da, diğerlerinin motivasyonu ne? Bazen sadece birbirlerine hava atmak için çocuklarını yarıştırıyorlar gibi geliyor. *Benimki piyano ve keman çalıyor, İngilizce, Fransızca ve Almancayı zaten konuşuyor, şimdi Çince özel ders alıyor ve milli tenisçi.* Bu arada, o dersten çıkıp öbür atölyeye koşan çocuk, annesinden çok şoförü görüyor sanki.

Anneme dönersek, kendi ulaşamadığı hayatı benim yaşamamı istiyordu. *Süreyya, Kurtuluş'u neden terk etti?* diye soranlara gelsin o zaman ilk cevabım. Süreyya, Kurtuluş'u öncelikle annesi yüzünden terk etti. Çünkü annem, sanki üzerine vazifeymiş gibi, benim adıma, bana hiç sormadan kaderimi çizip hayatımın akışını tersine çevirdi.

İkinci sebebe gelirsek... Çok konuşmayan bir çocuktum ben. Kendimi bildim bileli tüm gözler üzerimde olduğundan değil, yaradılıştan sessizim. Okulda *Bir kere de senin sesini duyalım* der ya öğretmen, ya da arkadaşlarınız *Hadi biraz da sen konuşsana* der ya, o bendim işte. Konuşmadığım için mutsuz olduğumu sanıp, *Neyin var?* diye sorarlardı. Kimi sinsi derdi, kimi utangaç. Herkese dert olmuştu konuşmamam, sanki çözmeleri, anlamaları gereken bir vakaydım. Bilirsiniz, kendilerini ifade etmeyi seçmediklerinden, en sonunda akıl hastanesine yatırılanlar da hep en sessizlerdir.

Belki kendi içimde konuşmaktan onlarla konuşmaya sıra gelmiyordu, belki birçok şeyi konuşacak kadar önemli bulmuyordum ya da evde annem o kadar çok konuşuyordu ki ben yoruluyordum, nereden bilecekler? İnsanlar gerçek hislerinizle ilgilenmek ve sizi o duruma iten sebepleri öğrenmek yerine doğrudan sonuca bakıp yargılıyor ne yazık ki. Kurtuluş'u terk etme sebeplerimden ikincisi de buydu işte, başkaları neyse de, deliler gibi âşık olduğum Cemal'in bile beni bir türlü olduğum halimle anlamaması.

Cemal bana âşıktı, fakat o da sonuca bakanlardandı. Onca yıl, düzenli olarak her gün mutlaka, bıkmadan usanmadan, *Neyin var Süreyya?* diye sordu, *Sessizliğin beni geriyor* dedi. Bu erkekler de tuhaf; konuşursun dırdır olur, konuşmazsın *Dilini mi yuttun?* olur. Benim tek isteğim, Cemal'in sessizliğimde huzur bulmasıydı. Birini olduğu haliyle sevebilmek bu değildir de nedir?

Haluk'la ilk tanıştığımızda, Boğaz kenarında çok şık bir kafedeydik. Ben Varlık Abla'yla buluşacağımızı sanırken, oraya tek başına gelen Haluk'u gördüğümde hem sinirlendim hem de gerildim. O gerginlikle yerime oturup kollarımı önümde kavuşturdum ve içimden dedim, *Hele bir sor neyin var Süreyya diye... Sor da kalkıp gideyim.* Biliyor musunuz, o masada iki saate yakın oturduk ve Haluk bir kez bile sorgulamadı sessizliğimin nedenini. Hiç konuşmadan Boğaz'dan geçen gemileri seyrederken, ona kaçamak bir bakış attığımı hatırlıyorum. İlk dikkatimi çeken, biçimli, tertemiz elleriydi. *Cemal'in elleri her daim makine yağı içinde,* evet, aynen bunu geçirmiştim aklımdan. Ellerinden sonra, uçuk mavi gömleğinin ütüsüne takılmıştı gözüm. Bizim mahalledeki ütücü böyle ütü yapamaz, o derece muntazam kolalanmıştı gömleği. Omzuna kondurduğu merserize kazağının rengiyse bir tuhaf gelmişti, uçuk pembe. Hangi erkek bu renk kazak giyerdi ki? Tam giderayak da yüzüne baktım. Sanki hayatında sakalı çıkmamışçasına, on numara sinek kaydı tıraş yaptırmıştı. *Of... O Cemal'in sakalları diken diken batar, yanağımı her öpüşünde. Bin kere söyledim kes şunları diye, umuru değil.* Ve finalde, Haluk'un gözleriyle buluştu gözlerim. O nasıl cam gibi bir mavilikti öyle, seni içine çeken cinsten.

Haluk'la masadan kalkarken ne hissettiğimi söyleyeyim size, *hayatımda ilk defa anlaşıldım.*

Beni gerçekten seven birinin, beni olduğum gibi kabul etmesi gerektiğine inanıyordum. *Güzel Süreyya* değil, *Sessiz Süreyya*'ydım aslında. *Süreyya, aşkım ne düşünüyorsun?, Süreyya kızım beni dinliyor musun?*'lardan ölesiye sıkılmıştım da işin özü, Kurtuluş'ta, cam bir fanusun içinde yaşadığım için ergenliğimi henüz noktalayamamıştım. Öyle on sekizinde hayatın sırrını çözdüğünü sanan bilmiş ergenlerden değildim ben. Kendi içimde yarattığım bir dünya vardı ve bu dünyayı kimselerle paylaşmak niyetinde değildim sadece. Her ne kadar ne düşündüğümü, ne istediğimi tam bilemesem de dışarıdan birileri müdahale ettiğinde, dünyamı yok etmeye yeltendiğinde, kafam kısa devre yapıyordu. Sırf bu sebeple, *gezegenimizde yaşayan en tehlikeli canlı türü* olarak tanımlanıyor ya ergenler; sağları solları belli olmadığından. Hâlbuki yalnızca saf dünyalarına el değmesin istiyorlar. İşte ben de bir ergen olarak, beynimin ön lobu gelişimini henüz tamamlamadığından, Haluk'la oturduğum o masada, ilk defa yargılanmadan kendi dünyama bırakıldım ve karşımdaki insanın beni anladığını düşündüm. Hislerimi zerre kadar merak etmediği için soru sormadığını fark ettiğimdeyse artık her şey için çok geçti.

Haluk'la süper hızlı bir şekilde evlendikten sonraki dört ayımızda hayli karışık duygular içerisindeydim. Bir taraftan Cemal başta olmak üzere geride bıraktığım Feza ve mahallemi düşününce içime bir karanlık çöküyordu, diğer taraftan Haluk'un yanında kendimi kuş kadar hafif ve özgür hissediyordum. Eşim, abartılı bir sevgiyle sarmalıyordu beni. Bir dediğimi iki etmiyor, başının üstünde tutuyordu. Ben tam bu duyguya alışacağım zamansa, evliliğimizin ilk yılında, öyle bir anda, pat diye elini eteğini çekti üzerimden. Kalakaldım ortada.

Bazı insanlarda şeytani bir zekâ vardır. Bu şeytani zekâ, sizinle tanıştıktan birkaç dakika sonra kişiliğinizi çözüp profilinizi çıkarır ve nabzınıza göre şerbet verir. Bir nevi, FBI'da Profil Uzmanı olarak çalışıp üstüne de Oscar'lık oyunculuk sergilemek diyelim. Bu iki yüzlü iblisin etrafınızda pervane olduğunu, aranızda az rastlanan bir anlayış ve uyum yakaladığınızı, kendini her şeyiyle size adadığını, hatta sizin gibi biriyle beraber olduğu için ne kadar şanslı hissettiğini düşünürken, bir gün fark edersiniz ki evine alıp baş köşeye koyduğu güzel bir porselen biblodan fazlası değilsiniz. Egonuza oynar bu iblisler. Zevk verici bir maddeye dönüşüp sizi kendine bağımlı hale getirir ve onca zaman esirgemediğini bir anda kesiverir. Siz, *Ne hata yaptım ki şimdi ben?* diye kafayı yerken de iplerinizi eline alır, nereye isterse oraya oynatır.

Evliliğimizin birinci yılıydı ve bir yıldır, tek bir geceyi eşimle baş başa geçirmemiştik. Ya bizim evde birileri var ya biz bir yerlerdeyiz. Tamam, giyinip süslenip insan içine karışmak ilk başlarda eğlenceliydi de kendimi yorgun hissediyordum. Bunu geçtim, evlendiğim insanı tanımak istiyordum. Kimdi bu adam? Borç alınca, borç verince, tartışınca, sarhoş olunca, ne yapardı? Zaafları nelerdi? İyiliğe ve kötülüğe karşı nasıl tepki verirdi? Seyahatte nasıl davranırdı hiçbir fikrim yoktu. Baş başa bir şey yapmadık ki, balayımız için Barbados'a giderken bile bize Varlık ve Faruk eşlik etmişti, normal mi yani?

Bir akşam, yine bir davet için hazırlanırken Haluk'a, *Bu akşam evde yalnız mı kalsak?* demek gafletinde bulundum. Kol düğmelerini takarken yüzüme bakmadan cevap verdi, *Burası senin kenar mahallen değil. Kiminle evlendiğinin farkında ol ve gereklerini yerine getir.*

Hayatımın hatasını yaptığımı o gece, daha bir yılımızı doldurmadan anladım. Bir şeye nasıl başlarsan öyle gider derler ve bu başlangıç hiç de iyi değildi...

Zengin hayat tatlı geldi deyin, basireti bağlandı deyin, ne derseniz deyin.

İşin esası, tükürdüğümü yalayamamamdır.

Dışarıdan peri masalı gibi görünen bu hayatın içinde, Haluk'un koyduğu kurallar çerçevesinde yaşamaya başladım. Akşamları onun istediği yemekleri pişirtiyor, saçımı onun istediği gibi toplatıyor, onun direktif verdiği şekilde giyiniyordum. Ağzımdan en ufak bir küfür mü kaçtı? *Bırak şu kenar mahalle ağzını!* Ona yanlışlıkla kocam mı dedim? *Toplum içinde eşim diyeceksin!* İngilizce dersi, sofra adabı, fikrimi söyleyebileceğim konular, fikrimi asla söyleyemeyeceğim konular derken sırça köşke kapatılmış bir kuş oldum çıktım.

Cemal'in beni olduğum gibi kabul etmediğini düşünürken, ben gittim, beni hiçbir halimle kabul etmeyen bir adamla evlendim.

Kendimi uzun süredir çok yalnız hissediyorum.

Eskiden, sevdiğim insanlarla nerede ve ne koşulda bir araya geldiğimden ziyade bir araya gelmem değerliydi. Saçıma başıma her zaman özen gösterirdim ama bir tişört bir şortla ister bir çay bahçesinde buluşalım, ister bir apartmanın giriş merdivenlerine yayılalım, bize fark etmezdi. Ama Haluk'la birlikte bu hayatı yaşamaya başladığımda mekânın, yediklerimizin, üzerime giydiklerimin, ağzımdan çıkan kelimelerin ne denli önemli olduğunu anladım.

Cemiyette bir *görünme durumu* hâkimdir. Sanki yoklama alıyorlarmış gibi, herkes neredeyse sen de orada olmalısındır. *Murti'nin yeni açtığı mekândayız bu cuma, ay tabii hep beraber. Geçen yıl Formentera'da gittiğimiz o balık restoranını hatırladın? Hani ortaya dört kiloluk ıstakoz söylemiştik. İşte onu açıyor Yeniköy'e. Banko tutar bence. Zaten Yeniköy'ün öyle bir ıstakozcuya müthiş ihtiyacı vardı!* Eşli yemeğe gidildiğinde, bulunduğunuz mekândaki müziğin sonuna kadar köklenmesi ya da balık istifi gibi sırt sırta oturmanız hiç problem değildir, siz yeter ki orada olun. Masa ille ki donatılır ve sipariş edilenlerin maksimum yarısı yenir. Fazla şık giyinir, takıp takıştırırsan *abartmış* diye arkandan konuşurlar; kot, spor ayakkabı gidersen özensiz derler. Özetle, saçına fönünü çektirip makyajını yaptırıp *smart casual* kılığını koruman önemlidir.

Cemiyetten kadınlarla öğlen o lüks restoranda buluşup şöyle iki lafın belini mi kırmak istediniz mesela? Başarılar dilerim. O sohbetten başka her şeye benzeyen boş laf kümesine varabilmeniz için, önce bir asır sürecek yemek siparişi *level*'ını atlamanız gerekir. Elli dört sayfalık menüde ne yoksa, ille ki onu sipariş ederler: *Mustafa'cığım* (O lüks mekâna gün aşırı geldiklerinden şef garsonla ahbaptırlar), *sen bana ayrı bir tabak hazırla, somon füme, avokado, biraz yeşillik ama domates olmasın, yanına kuşkonmaz, aman limonunu yağını ayrı getir, ben halledeceğim. Kızlar başlangıç olarak birer prosecco alalım mı? Alalım. Sonra da bir şişe Sauvignon Blanc. İyice soğut, tamam mı? Ay yok, su almıyoruz, büyük bir şişe Perrier lütfen. Bardaklarımız da buzlu ve lime'lı olsun.* Ayakta dikilip kadınların bitmeyen siparişini yüzüne sabitlediği sırıtışla dinlerken bir yandan dişlerini sıkan şef garson, yemek süresince başına ne geleceğinin pekâlâ bilincindedir.

Dostlarla birer *drink* almaya gidildiğinde, erkekler öyle buzlu viski istemez. *Whisky on the rocks* isterler, viskiden aşırı anladıkları için buzun hangi marka suyla buz haline getirildiği sorarlar ve *Hadi beyler birer puro içelim* önerisi ortaya atılana kadar *Malt viski; İskoçya'daki viski tadım gezisi; evde özel günler için saklanan Glenfiddich* üzerine zerre kadar ilginç olmayan detaylar paylaşırlar. Ardından ceketlerinin iç cebinden bir dalını doksan dolara Küba'dan getirttikleri purolarını ve özel deri kılıf içindeki *cutter*'larını çıkarır, kadınlara *Enjoy ladies!* der ve masanın diğer tarafında toplaşırlar. Malum, biz kadınlar asla onların işlerinden güçlerinden anlamadığımızdan bir arada konuşabileceğimiz çok da konu yoktur. Bize de *Martini Bianco*'larımızı yudumlayıp evdeki bakıcılardan ve çocuklarımızın nasıl üstün zekâ olduklarından konuşmak kalır.

Uzun süren evliliklerde hâlâ baş başa romantik yemeklere gidebilen, konuşacak bir şeyler bulabilen çiftlere hep çok özenmişimdir. Mesela Haluk'la ben,

XVI. Louis stili uçuk mavi kumaş kaplı sandalyelerimizin çevrelediği yemek masamızı, dostlarımıza davet vermediğimiz sürece zinhar kullanmayız. Ne diye aldık peki biz o sandalyeleri? *Çok meşgulüm Süreyya, çalışmalıyım... Şu programı izlemeliyim Süreyya, sonra konuşalım... Bu telefonu cevaplamalıyım Süreyya, sonra anlatırsın...* Hani sessizliği seven bendim? Ben yanındayken adamın ağzını bıçak açmıyor, arkadaşları geldiğindeyse, bizimki bülbül kesiliyor. *Etrafımızdaki en charming adamı sen kaptın Süreyya! ... Ay bu Haluk ne neşeli adam ayol! ... Haluk'un anlattığı fıkraları tek geçerim!*

Haluk'la aramı yaptığı için Varlık Abla'ya kızamam. Pardon, Varlık'a. Bu sosyete böyle; kıro gibi abi, abla, teyze falan demeyeceksin. Neyse, Haluk konusunda Varlık'ın başının etini yiyen de annemdir. Kızını yağlı kapıya yollayacak ya, ince ince planlamış her şeyi. Yıllardır Varlık ile iyi geçinip, her kuaföre geldiğinde bana düzgün bir izdivaç ayarlaması için sıkıştırmış kadını. Varlık'ın suçu ne? Bana bulabileceğinin en iyisini buldu. Bunca yıl, bir gün olsun yalnız bırakmadı beni. Haluk konusunda her düştüğümde moralimi yükseltti, devam etmem için güç verdi. Oğlum Can'ın doğabilmesinin sebebi bile odur. Ah, tabii ya. O konuyu bilmiyorsunuz siz.

Kadın, erkeği kısmen de olsa anlayabiliyor, fakat erkeğin kadını anlaması oldukça zor. Tiroidiniz fırlar, *Yine mi kilo aldın?*; siniriniz zıplar, *Regl mi oldun?*; başınızdan aşağıya ter boşanır, *Menopozun geldi*; Lohusa depresyonuna girersiniz, *Ne bu surat?* Keyfimizden yapıyoruz sanki! Bunların bir prostat bir de kellik olmak üzere hepi topu iki derdi var, kelliğin çaresi bulundu, çişlerini de bir zahmet tutuversinler!

Çocuğum olmuyordu benim. Öyle demişti doktorlar. Rahmimde büyükçe bir kist çıktığından hamile kalmamın neredeyse imkânsız olduğunu söylemişlerdi. Kisti aldırsaydım, yüzde doksan kısır kalacaktım. On sekiz yaşında, sizinle evlenme hayali kurarken, çocuk da çocuk diye sayıklayan Cemal'e gelin de anlatın bunu. Evdi, düğündü konuşurken iyiydi de, muhabbet dönüp dolaşıp her seferinde çocuğa gelince kaçacak delik arıyordum. Bir de Cemal'inki öyle normal bir çocuk sevgisi değildi; Zülal sağlıklı bir şekilde doğana kadar yaşadıkları sıkıntıdan mı, az rastlanan mutlu aile tablolarından mı, Zülal'in büyümesinde çok emeği geçtiği için mi bilmiyorum ama Cemal'in çocuk sevgisi kimseninkiyle yarışamazdı.

Bu arada parantez açayım, erkeklerin hepsi çocuk ister de o çocuğa gerçekten bakabilecek erkek oranı onda birdir. İşte Cemal, onda birdi.

Bir keresinde, *Çocuğumuz olmayıversin, ben varım yetmez mi?* diye ağzını aradığımda, bu bir hiddetlendi, bir gözü döndü, *Vay efendim çocuksuz evlilik, evlilik demek değildir, Çocuk olmazsa hiç evlenmeyelim daha iyi!* Al, evlenmedik biz de.

Haluk'a ise durumumu tüm detayıyla anlattığım zaman, *Benim için önemli olan sensin, vaktimiz var, daha çok gençsin, artık çözülemeyecek sorunlar değil bunlar* diyerek içime su serpmişti. Sonradan çıktı o *Sus! Zaten çocuğun olmuyor!*'lar.

Çocuğun olmuyor. Bu cümleyi duymak bir kadın için ne acı bilir misiniz? Böyle sanki birinin elinde bıçak, gırtlağınızdan göbek deliğinize kadar sizi boydan boya yarıyormuş gibi bir acı. Bilemezler işte. Erkekler bilemez.

Varlık benimle birlikte, vizitesine rüyanızda görseniz inanmayacağız paralar ödediğim doktorlara tek tek geldi ve evliliğimden tam sekiz yıl sonra, tıp bilimi benim de yüzüme güldü.

Her ne kadar Haluk, *Oğlana babamın ismini koyacağız* diye diretttiyse de, Varlık'ın yardımıyla vazgeçirebildim. Yeni doğmuş bebeğe, *Haydar Vehbizade* denir mi hiç? *Can* koydum adını. Sade, yalın ve anlamlı bir isim. Hem o can, bin bir zorlukla çıktı benim bedenimden.

Çocuğumun olması için mücadele ettiğim sekiz yıllık sürede, Varlık dışında tek bir kadın arkadaşım destek olmadı bana. Sekiz yıl boyunca, çoluk çocuğa karışmış o kadınlarla sabah akşam görüştüğünüzü düşünün, sonsuzluğa uzanan bir çocuk muhabbeti. Hemen ardından çocuklarının videoları, *Bak "baba" diyor Süreyya, Bak hapşırıyor Süreyya.* Videolar bitse, *Facetime*'dan Filipinli bakıcıya bağlanılır, *Jane, Mira'nın yüzünü tam göremiyorum, gözünün altı mı kızarmış onun?* Biri de demez ki, *Şu Süreyya'nın çocuğu yok, belki kızın içi gidiyordur, çok da gözüne sokmayalım.* Tam tersi, inadına konu dönüp dolaşıp benim yumurtlayamayan yumurtalarıma gelir, yapılan yorumlardan ise seç beğen al. Mesela biraz fazla yiyip ayva göbeğim fırtlasa, *Ayyy sonunda! Hamile misin? Çok şükür!* derler; başka bir ukala çıkar, kendi küçük beyninde mağdur olarak gördüğü zavallı Süreyya'nın yanında olacak ya, *Herkes çocuk yapacak diye bir kaide yok, zaten dünyanın sonunu bu fazla üreme getirecek,* diye yorum yapar. *Keşke bu bilgi senin annenle babana da zamanında ulaşsaymış,* diyemezsin, kibarsındır çünkü. Oysaki sen kibarlığını korurken, onlar yokuş aşağı devam eder, *Şimdi artık kadınlar kırk yedi yaşında bile doğuruyor, tabii enerjin kalmıyor, vücut toparlamakta zorlanıyor, diyabet, yüksek tansiyon falan çıkabiliyor, depresyon daha ağır geçiyor, düşün çocuk on yaşındayken sen menopoza giriyorsun, çocuk yirmi yaşına geldiğindeyse gözünün biri toprağa bakıyor...* Ne zaman ki moralinin yerlerde süründüğüne, yüzünün kireç rengini aldığına emin olurlar, konu anında toparlanır, *Ah hayatım, tıp ne kadar çok ilerledi, No panic!* Panik mi? Rica ederim, iyi ki varsınız kızlar. İçime su serpiyorsunuz!

Ben birinciyi zar zor yaptım fakat cemiyette çizdiğiniz mutlu aile tablosunda, sahip olmanız gereken çocuk sayısı ikidir. En makbulü de bir kızınız, bir oğlunuz olmasıdır. Evliliği iyi giden de kötü giden de iki çocuk yapar. Çocuklar doğup nüfus kâğıtları çıkar çıkmaz, sanki ülkemizde okul kıtlığı baş göstermişçesine, tüm çocuklar o meşhur sosyetik okula kayıt edilir. Biz de aynı şeyi yaptık, Can daha bir haftalıktı, o malum okulun kapısını çaldık. Dediler, *E koca bir hafta geçmiş, siz geç kalmışsınız.* Tabii, var mı Haluk Vehbizade'nin oğlunun kaydını yapmama gibi bir şansın? Hallettiler hemen. Can şimdi oranın anaokuluna başladı ve üç yaşındaki çocuğun günde üç saatlik okul ücretini duysanız düşer bayılırsınız. Tüm çocuklar, Filipinli bakıcıları ve şoförleri eşliğinde geliyor okula. Bir gün çocuklardan birinin beş yıldızlı otelin kış bahçesinde düzenlenen doğum günü partisine Can'ı kendim götürmek gafletinde bulundum ama bir daha asla! Çünkü partideki tek anne bendim. Filipinli bakıcılarla birlikte çocuğun pastasını kestik.

Bunlar hep elit yaşamanın kuralları. Hele bir boz zinciri, anında çıkarırlar *WhatsApp*'ta kurdukları *Moms* grubundan seni. Ay o gruplarda da nasıl boş konuşmalar dönüyor, aklınız şaşar. Çın çın çın, sabahın köründen gece yarısına kadar mesaj. Yahu çocuk daha üç yaşında, bezi yeni bıraktı. *Must-read* çocuk kitapları, çocuk gelişimiyle ilgili köşe yazıları, öğretmenlere alınacak hediyeler, oyun grubu sözleşmeleri şeklinde uzayıp giden yazışmalar, emojiler, sesli mesajlar.

Okul anneleriyle her hafta düzenli olarak o lüks restoranda yediğimiz öğle yemeklerinde, sipariş faslının ardından dönen bakıcı muhabbeti genelde şöyle özetlenebilir; *Bakıcım kaçtı; Bakıcımın çalışma iznini alamadığımızdan Bodrum'daki villamıza şoförle gönderiyoruz; Benim Filipinli bakıcım diplomalı aşçı; Benim bakıcım senin bakıcını döver...*

Bizim Filipinli bakıcımız yok. Hatta bizim hiç bakıcımız yok. Sohbetlere neden Fransız kaldığımı az çok anlamışsınızdır. Tüm bu zorluklardan sonra sahip olduğum evladımı başkasına emanet etmeye gönlüm el vermedi. Dünyalar kadar boş vaktim var, çocuğuma da kendim bakıvereyim bir zahmet.

Can'ın doğması, Haluk'la arama ciddi bir mesafe soktu. Bir kere bakıcımız olmadığı için, son üç yıldır eşimle birlikte geceleri o davetten bu davete savrulmuyorum. İkincisi, Can'ı ön planda tutmam Haluk'u müthiş irrite ediyor. Bebek bu yahu, elbette ki onu ön planda tutacağım ama yok, adam kendinden başka hiçbir canlıya tahammül edemiyor.

Peki, asla kabullenemediğim, beni şoke eden esas olay nedir, biliyor musunuz?

O kocaman evde, bunca yıldır sesimi sedamı çıkartmadan eşimin hayatını yaşamama rağmen, benden boşanmak istemesi. Bu bana gerçekten çok koydu.

Ve siz, *sonuca bakanlar* bilin isterim; konumuz, böyle bir hayatı hak ettiğim veya hak etmediğim değil, sonuçta canımın yandığıdır.

Kurtuluş'u üç sebeple terk ettiğimi söylemiştim size. İlk ikisini öğrendiniz. Üçüncüsünü ise...

Anlatamam. Çünkü hâlâ kabullenemiyorum.

"Varlık?"

Feriköy'ün girişindeki salaş kahvede, arkadaşımla kucaklaşıyoruz. O bana sımsıkı sarılınca ağlayasım geliyor ama tutuyorum gözyaşlarımı. En nihayetinde kollarımız ayrıldığında, eliyle düzeltiyor ensemde gelişigüzel örgü yaptığım saçlarımdan fırlayan saç tellerini.

"Kuzum, ne oldu böyle?"

Yüzümün etrafında gezinen ellerini, ellerimin içine alıp sıkıca kavrıyorum.

"Sorma..."

Tahta sandalyeye önce Can'ı oturtup masaya yaklaştırıyorum. Ardından da biz oturuyoruz.

Varlık, yanağından öpmek için Can'a doğru uzanınca, oğlum geri çekiliyor. Neden bu kadar yabani anlamıyorum. Can'ı uyarmak için ağzımı açacak oluyorum, Varlık *ses etme* dercesine anlayışla bakıyor. Onunsa hep bir zaafı vardır oğluma karşı. Zaten onun üç numarayla benim oğlanı evlendireceğiz, öyle karar aldık.

"Can'ım, ne içersin oğlum?" diye soruyorum, tık yok. Anasına bak, oğlunu al. Ben konuşmuyorum, benimki hiç konuşmuyor. Algısında ve göz kontağında bir problem yok ama kaç pedagog gezdim; *Her çocuğun gelişimi farklıdır, televizyon ve iPad izlettirmeyin, kitap okuyun, diğer çocuklarla bir araya getirin, kreşe gönderin* dediler. Dediklerine harfi harfine uyuyorum ama mevcut durum bu.

Dudaklarını büzüp gevşetiyor benimki. Bu, *Su içerim* demek.

İnce belli bardakta birer çay ve soğuk olmayan bir su sipariş ettikten sonra Varlık'a dönüyorum.

"Benim yüzümden tatiliniz yarıda kaldı."

Üzerindeki boydan boya düğmeli beyaz ipek elbisesinin beline kondurduğu iri tokalı kemerini düzeltip lafa giriyor benim güzel arkadaşım. Herkes onun için Catherine Zeta-Jones'un Türkiye şubesi der. Parlak siyah saçları, biçimli koyu kaşları, kuzguni gözleri ve minyon bedeniyle hem seksi hem de klastır.

"Kuzum, lafı mı olur? Tabii ki yanına geleceğim."

Siparişlerimizi getiren garsonun ardından Can'a suyunu içiriyorum. Yavrum, nasıl susamış, kana kana dikiyor bardağı tepesine. Oğlumun masum yüzüne bakarken, kaç gündür biriktirdiğim gözyaşlarımı daha fazla zapt edemeyeceğimi anlayıp deminden beri yan masada ailesiyle oturan ve benimkine yan gözle bakan çocuğu işaret ediyorum, "Hadi, sen git biraz arkadaşla oyna. O da belli ki sıkılmış."

İkisi gözümün önünde bir noktaya oturup arabalarıyla oynamaya başladıkları anda, tutmayı bıraktığım gözyaşlarım yağmur gibi boşalıyor. Bir yandan da soruyorum Varlık'a, "Evliliğimizi nasıl kurtarabiliriz? Sence Haluk kararlı mı?"

Omuz hizasında kestirdiği saçlarını bir taraftan diğerine atarken bana üzgün üzgün bakıyor. Kısa bir anlığına yüzük parmağında parıldayan, prenses kesim tek taşa takılıyor gözüm. Benim tek taşım, şu nadir bulunan pembe pırlantalardan. Oval kesim. Hâlâ parmağımda, çıkarmaya cesaret edemedim henüz.

"Telefonu kapalı. Dünden beri Haluk'a yazdığım mesajları okusan, aklın şaşar."

Çayının yanındaki şekerleri ve çay kaşığını masaya koyarken devam ediyor.

"Bak... Haluk benim çok eski arkadaşım, kocamla yedikleri içtikleri ayrı gitmez ama konu sen olunca akan sular durur. Ben seni kimseye yedirmem. Başkası olsa kör topal devam edin işte derdim ama... Mutsuzsun be kuzum."

Beni sakinleştirmeye çalışan Varlık, kollarımı kavrıyor, "Acil olarak benim boşanma avukatımı arıyorum ve beraber buluşuyoruz. Ben iki kere bununla boşandım, süper memnun kaldım. Telaş etme, çocuğa nafakaydı, sana toplu paraydı, evdi, hepsini söke söke alır Haluk'tan."

Haluk'a çok kızgın. Belki de benden daha çok. *Sonuçta ben kefil oldum evliliklerine* diye düşündüğüne adım gibi eminim ama Varlık'ın suçu ne? Hem insan arkadaşken başka, evliyken başka türlü davranıyor.

"Ne dedi peki tam olarak? Yani derdi neymiş Süreyya?"

Elime tutuşturduğu peçeteyle siliyorum yüzümü.

"Hayata aynı pencereden bakmıyormuşuz."

Konuşurken gözlerini kırpıştırıyor Varlık, "Aaa üstüme iyilik sağlık! Kim hayata aynı pencereden bakıyor ki? İkiziyle bile farklı düşünüyor insan."

Fenalık gelmiş olacak, elini yelpaze gibi sallıyor, "Kusura bakma da evcilik mi bu? Bir de çocuğunuz var. İnsanla dalga geçer gibi... Bana bak, başka biri falan yok, değil mi?"

Çayımdan bir yudum alıp bardağı masaya koyuyorum, "Bildiğim kadarıyla yok..."

"Hayır, ben de herkesten şüphelenirim, Haluk'tan asla ama sordum yine de. Biliyorsun, son dönemde erkekler toptan yedi kafayı. Hepsi kendini on sekizlik sanıyor. Ay geçen bizim yetmişlik Aytekin'in paylaştığı fotoyu görmedin mi *Instagram*'da? *Burning Man*'e gitmiş. Azgın teke, senin kıçının kılları *burning* ayol! E tabii, karısını boşayıp otuzluk alınca bir anda spora ve sağlıklı beslenmeye verdi kendini. Allah'ın Nevada çölünde bir siz andropoz erkekleri eksiksiniz!"

Varlık net bir karara varmış gibi yaslıyor iki elini masaya, "Yok kuzum, bunlar bahane. Kusura bakma, dost acı söyler, bu adam seni sevmiyor. Cehenneme kadar yolu var! A aa, sana koca mı yok şekerim?"

Hepsini halledeceğiz anlamında yanağımı okşayıp devam ediyor, "Benim evde kalın diyeceğim de, olmaz ki şimdi Haluk'la dip dibe. Bana bak, bizim Alaçatı'daki eve gitsenize Can'la birkaç gün? Kafa dağıtırsınız. Avukatla beraber geliriz yanınıza."

Can'a bakıyorum, tatlı tatlı gülümsüyor arkadaşına. Masumum benim. Aslında gitmek iyi gelirdi de bugünlerde İstanbul'dan uzaklaşmayayım. Hem belki Haluk da oğlunu görmek ister.

"Teşekkürler, iyiyiz burada. Belki her şey bittikten sonra..."

"Yani buraya geleceğine bir otele yerleşseydin daha iyi olurdu bence de... Yine de sen bilirsin."

Söyleyemiyorum ki Haluk'un tüm kredi kartlarımı iptal ettirdiğini ve kolumdaki *Cartier Love* bileziği bugün kuyumcunun tekinde bozdurduğumu. İnanılır şey değil, Haluk bunu alırken ciddi para ödemişti, satarken beşte bir fiyatına zor sattım.

"Bak doğru söyle, var mı bir şeye ihtiyacın?"

Başımı *Yok* anlamında sallıyorum. Kimseye yük olamam. Belli ki hayat bana bir ders vermenin peşinde. Bu dersi başarıyla geçemezsem bir daha asla toparlayamam kendimi. Hep Haluk Vehbizade'nin zavallı eski karısı olarak kalırım. İlk defa başımın çaresine bakacağım, sorumluluk alacağım. Oğlum için sapasağlam durmam gerek. Kurtuluş'ta en azından ev var. Annem de kırk yılın başında bir yarama merhem oluversin. Zaten ben gelir gelmez, ortadan kayboldu. Muhtemelen, ya Feza'nın ya da Cemal'in evine karga tulumba transfer edildi. Melek Gülfem Anne'nin şeytan kızıyım ya, her an bir delilik yapabilirim tabii. Aman, ne düşündükleri çok umurumdaydı! Hem evde yalnız olmak iyi geldi. Her neredeyse, orada kalıversin birkaç gün daha.

Varlık, "Ben şimdilik gidiyorum o zaman" deyip ayağa kalkarken, dirseğine doğru kaydırdığı *Chanel* çantasının içinden küçük, silindir bir kutu çıkarıp kimselere fark ettirmeden elime sıkıştırıyor.

"Bu günleri atlatmana yardımcı olur. Yarın da avukatla buluşuruz, tamam mı? Arayacağım seni."

Beni öperken ileride oyun oynayan Can'a sevgiyle bakıyor. "Onun için de zor zamanlar, gitme üzerine sakın. İkiniz de toparlayacaksınız..."

Ve ayrılıyor Kurtuluş'tan.

Avucumu açıyorum; kutunun üzerindeki etikette *antidepressant* yazıyor. Herkes bonibon gibi yutuyor şu rengârenk hapları, hiç benlik değil.

Çantamın içine asla açmamak üzere bırakıyorum kutuyu. Bırakıyorum da... *Güzel Süreyya*... Düşün bakalım şimdi ne halt edeceksin?

Utanmadan geri dönmüş... Hem de oğluyla... Bu sefer kimin felaketi olacak bakalım?.. Annesini de ev-

den kovmuş... Cemal'le Feza evlenecek ya, kesin ondan damladı uğursuz...

Can'la eve doğru yürürken bunları söylüyor insanlar. Öyle fısıldaşma değil, bayağı benim duyacağım şekilde konuşuyorlar.

Oğlumun elini daha sıkı tutarak adımlarımı hızlandırıyorum. Biz hızlandıkça, sanki söylene söylene peşimizden geliyor laf ebeleri. Taş falan atmasa bu deliler kafamıza. Can'ı kucağıma alıp koşmaya başlıyorum. Koşuyorum, koşuyorum ve en sonunda bir apartmanın girişine saklanıp sıkıca sarılıyorum oğluma. Bir süre öylece bekleyip bizi takip eden birileri var mı diye kafamı azıcık dışarıya çıkarıyorum. Görünürde kimsecikler yok. Paranoyam zirve yapmış olacak.

Can'ın başını öperken apartman ziline takılıyor gözüm. Daire sakinlerinin zilleri bir yanda, diğer yanda ise tek başına duran, kallavi, siyah bir zil, üzerinde de aynen şöyle yazıyor:

Adalet Korkmaz
Boşanma Avukatı

Tek bir saniye düşünmeden basıyorum zile. Ve tek bir saniye beklemeden kapı açılıyor. *Vardır her işte bir hayır* diyerek, kucağımda Can'la birlikte apartmandan içeri adım atıyorum.

Üzerinde ***ADALET MÜLKÜN TEMELİDİR*** yazan daire kapısının önünde buluyoruz kendimizi.

Aralık kapıdan içeri usulca süzüldüğümde, sarımtırak renkte fayans döşeli, bomboş bir hol karşılıyor bizi. Can'ı yere indirirken birinin yaklaştığını hissediyorum.

"Merhaba."

Siyah kıvırcık saçları kısa kesilmiş, siyah kemik gözlükleri yüzüne bir numara büyük gelen, tıknaz bir kadın, elindeki içinden dumanlar taşan kahve kupasının üzerinden bize bakıyor. Ürkütücü bir tipi var. Hangi akılla buraya girdiysem? Acil bir bahane bulup çıkmalıyım.

Can, bacağımın arkasına saklanırken cevap veriyorum, "Pa-pardon, yanlışlıkla geldik biz."

Gözlerini bizden ayırmadan kahvesini içen kadın ağzını kısa bir şapırdatıyor, "Kimse buraya yanlışlıkla gelmez."

Benim daha, *Gidiyoruz zaten* dememe fırsat vermeden konuşuyor, "Çok şanslısın. Tam kahve yapmıştım." Arkasını dönüp yürürken, başının üzerinden havaya kaldırdığı işaret parmağı solu gösteriyor, "Taze kahve. Kendine bir bardak doldur. Yalnız sakın kırmızı kupayı alma, o benim totem kupam. İçeri, yanıma gel sonra."

Hipnotize olmuş gibi el âlemin kadınının mutfağına girip kendime kahve koyuyor ve içimden *Saçmalama Süreyya, hemen çık buradan* diye konuşarak kadının odasına geçip ayakta dikiliyorum. Can bana bakıyor, *Anne ne halt ediyoruz biz?* gibisinden. *Hiçbir fikrim yok evladım.*

Düdük kadar odada üzeri Dandanakan Savaşı'na

dönmüş, eski püskü bir çalışma masası, onun karşısında da yeşil kadife kaplı ikili bir koltuk duruyor. Odanın karşılıklı iki duvarı tavandan yere kadar kitaplık ama bu karışıklıkta aranan kitabın bulunması asla mümkün değil. Eliyle koltuğa oturmamı salık veriyor kadın. Tam Can'ı yanıma alıp oturacakken, "Hayır," diyor sert bir üslupla, "Böyle şeyler çocukların yanında konuşulmaz. Bunların beyinleri sünger gibi. Hiçbir haltı unutmazlar."

Can'ı ne yapayım? Pencereden mi atayım? diye bön bön bakınırken ufaklığı yanına çağırıyor kadın. Ay benimki de tıpış tıpış gidiyor. Masasının çekmecesinden bir boyama kitabı ve boya kalemleri çıkarıp oğlana teslim ediyor, "Yan odada senin için bir yer var ama sakın kavanozun içindeki şekerlere dokunma!" diyor abartılı bir ses tonuyla. Can, ikiletmeden giderken oğlumu hayretler içinde izliyorum. Gerçi benim durumum da ondan farklı değil.

Can yan odaya süzülürken konuşmaya başlıyor kadın, "Erkeklerin büyüyünce nasıl koca olacaklarını anlamak için benim geliştirdiğim bir test bu. Kavanoza en renklisinden, en lezzetlisinden şekerleri koyuyorum, bir nevi yem gibi. Bakalım senin oğlan söz dinleyecek mi? Ağaç yaşken eğilir. Bu oğlan analarının başından çıkıyor aslında dava. Öyle ağam, paşam, aslanım, aşkım diye diye büyütüp â*lemin kralı sensin!* moduna sokarsan, ileride kendine ait olmayan şekeri de yer, karısının tepesine de biner."

İçimden, *Haklı aslında* diye geçirirken pat diye giriyor söze, "Lise biter bitmez evlendim ben. Bizim mahalleden, görücü usulü. Son derece efendi bir ailenin son derece efendi bir oğluydu. Hemen çocuk yaptık. Beni görsen, kendimi evime, çocuğuma, kocama adamışım, önümde önlük, evde yedi-yirmi dört pırasalı kek falan pişiriyorum..."

Tam arkamda bir noktaya bir anda gözü dalınca, ben de kafamı çevirip bakıyorum. Orta boy bir televizyon monte edilmiş duvara. Sesi kısık olduğu için önce bir şey ifade etmiyor görüntüler, sonra ünlü bir çiftin boşanma davasıyla ilgili haberi izlediğini fark ediyorum.

"Salaklar," diye söyleniyor gözünü ekrandan ayırmadan. "Havasından tavasından geçilmeyen o sosyetik avukatlara tonla para döküyorlar, sonuç? Elde var sıfır!"

Ben hâlâ ekrana bakıp kiminle kimin neden boşandığını anlamaya çalışırken, o anlatmaya devam ediyor. Televizyonu bırakıp anında dikkat kesiliyorum, "Kocam gerçekten efendi adamdı. Hele bir de beni öldüresiye dövmeseydi, eminim ki muhteşem bir evliliğimiz olacaktı."

Elimdeki kahveyi daha sıkı tutuyorum. Gerçek mi acaba anlattıkları? Demir leblebi gibi kadın, pek de dayak yiyecek birine benzemiyor.

"Dayak yiyecek tipe benzemiyorum, değil mi?"

Korkarım ki hem hipnotize ediyor hem de akıl okuyor. Başımı *Hayır* anlamında sallıyorum.

"Kim benzer dayak yiyecek tipe? Kimse benzemez. Ama oluyor işte, en güçlü görünenimizin bile zayıflıkları, sesini çıkartamadığı anlar oluyor. Tam beş sene dayandım biliyor musun?"

Bir yudum alıyorum kahvemden. İnanılır şey değil.

"Beş sene sonra bir gece, gizlice oğlumu alıp terk ettim onu. Düşün, cebimde ne param ne de bana yardım edecek anam, babam, arkadaşım var..."

Hayretler içinde dinliyorum kadını, koltukta kendimi biraz daha öne vererek.

"Ne oldu, biliyor musun? Bir yandan garsonluk yapıp, bir yandan üniversite sınavlarına hazırlandım. Ve attım kapağı İstanbul Hukuk'a."

Böyle karakterler sadece televizyon dizilerinde var sanırdım. Genç, güzel ve oyunculuktan bir haber kadınlar oynamıyor muydu bunları hep? Bense çok ama çok korkuyorum. Bildiğim tek hayat, Haluk'tan ibaret ve şimdi, *Yeni doğmuş öksüz bir bebek gibi hissediyorum* desem, kesin yüzüme tokadı patlatır bu kadın. Öyle bir tipi var. Off, peki ben neden on bir yıldır kendi hayatımın zincirlerini elime alıp hayalini kurduğum üniversiteye gitmedim? Haluk, tamamen bahane. Basbayağı başarısız olmaktan korktuğum için yapamadım.

Büyük bir ciddiyet içinde burnundan kayan gözlüğünü düzeltiyor, "Ve sonuç: Kaç yıldır üstesinden gelemediğim tek bir boşanma davası yok. Daha geçen gün altmış yaşında bir ev hanımını boşarken, *İçimde ukde kaldı, ben üniversiteye gitmek istiyorum, çok mu geç?* diye sorunca, *Bir daha duymayayım bunu. Bir tek öldüğün zaman geç olur. Sen ölene kadar dünya parmağının ucunda döner!* dedim." Anlattıklarını ağzım açık halde dinlerken, tam lafa girmeye heves ediyorum ki susturuyor beni, "Bana üç cümleyle anlat neler olduğunu. Laf salatasından hiç hazzetmem."

Uslu bir öğrenci gibi hemen başlıyorum:

"On bir yıllık evliyim. Kocam hayata aynı pencereden bakmadığımızı söyledi. Boşanmak istiyor."

Koltuğunda geriye doğru yaslanıyor kadın, "Sana iki şey söyleyeceğim. İlki, bu kadar yıllık evlilikten sonra bu bahaneyle karşına gelen adam, adam değildir..."

Kahveyi kafasına dikip bardağı sert bir şekilde masaya bırakıyor.

"İkincisi ise, kocan seni aldatıyor güzelim."

Ağzımdan belli belirsiz çıkan "Haluk beni aldatmaz..." cümlesine imalı bir gülüşle cevap veriyor.

"Sadece yatakta aldatmaktan söz etmiyorum. Birçok formu vardır aldatmanın. Fakat esas konumuz şu; eğer o kişi seni pek çok kere aldatmışsa ve sen artık durumu kanıksayıp sesini çıkarmıyorsan, bu sadece ve sadece senin suçundur."

Haluk beni aldatmaz. Her şeyi yapabilir ama bunu asla. Çok gururlu bir adam; bir yalanla yaşamaktansa, karşıma geçip dürüstçe itiraf eder. Kaç yıllık kocamı tanıdığıma adım gibi emin olmakla birlikte, sırf meraktan soruyorum, "Peki ben şimdi ne yapacağım?"

Avukat, gözlüğünü burnundan yukarı ittirip ellerini masanın üzerinde kavuşturuyor, "Oyunu kuralına göre oynayacaksın. Çok şanslısın ki karşına Adalet Korkmaz çıktı."

VII. Bölüm

Feza

Aydaki ilk kadın: "Houston bir problemimiz var!"
NASA: "Ne?"
Aydaki ilk kadın: "Aman boş ver."
NASA: "Problem nedir?"
Aydaki ilk kadın: "Hiç, yok bişi..."
NASA: "Lütfen söyleyin!"
Aydaki ilk kadın: "Yok bişi ya... İyiyim ben. Kapatıyorum."

Son iki haftadır durumum özetle bu.

Tam iki haftadır, Kurtuluş Mahallesi tarihinin tozlu sayfalarına "Vaka-i Süreyya" şeklinde geçen, Süreyya'nın dönüşünü konuşuyor millet. Kuaför salonunu gelip görseniz, *Feza'nın işleri iyice açılmış* dersiniz ama alakası yok, herkes dedikodu peşinde. Tabii kendi aralarında yaptıkları dedikodu yetersiz kalıp, bilirkişi raporuna, yani benim görüşlerime ihtiyaç duyduklarından irili ufaklı herhangi bir bilgi almak için dükkânın önüne bir kamp kurmadıkları kaldı. *İyi misin Feza?* sorusunu eğer bir kişiden daha duyarsam, fişe takılı fön makinesini lavaboya atıp kendi kendimi elektrik çarptıracağım.

Süreyya'yla ikimiz, mahallenin orta yerinde resmen satranç tahtasında ilerler gibiyiz. Vakti zamanında Cemal az buçuk öğretmişti, yanlış hatırlamıyorsam piyon, vezir, fil ve at vardı. Piyon, düz ve ileriye doğru hareket ediyordu, fakat günün sonunda pis işler yaptırılsın diye öne sürülen küçük bir fedaiden başka bir şey değildi. Vezir, çapraza ve yana gidiyordu ama insanı vezir de edebilirdi rezil de. Adeta Süreyya; sevdi mi vezir, sildi mi rezil eden cinsten. Ben olsam olsam fil olabilirdim. Net bir hayvandır fil, net. Sadece çapraz gider fakat gerektiğinde adamı ezer geçer, felç eder!

"İyi misin Feza?"

Ahanda beklenen soru geldi. Ben de içimden düşünüyordum bugünün talihlisi kim olacak diye.

Dişlerimi gıcırdatırken, "Abla su kaynar, daha ılıştırmadım," diyen Naz'ı duymazdan gelerek yeni hazırladığı manikür suyunu elinden kapıp, bana bu soruyu soran Şehvetengiz Alev'in elini sedef rengi yuvarlacık kabın içine sokuyorum.

"Yandıııım!!"

Hepinizi yakarım yeminlen!

Alev, kaynar suda haşlanan elini can havliyle üfleyerek soğutmaya çalışırken ben, *Hay Allah, fark etmedim* gibisinden omuzlarımı kaldırıyorum.

"Ay söylemeyecektik ama... Duydun mu, Süreyya

boşanıyormuş," diye lafa giriyor babaannesi Sinekli Safiye. Yine iyi dayandılar iki hafta.

Sinekli'nin kafasına saç spreyini sıvarken umursamaz bir tavırla cevap veriyorum, "Duydum."

Kim yanıma, *Boşanıyorum* diye gelse şaşırmam da, Süreyya'nın boşanmak üzere olduğunu öğrendiğimde kısmi felç geçirdim. Ne kadar nefret edersem edeyim, bunca boşanma ve mutsuz evlilik arasında onunki başka, çünkü yaşadığı hayat dört dörtlük gözüküyordu. Buna, beni geçin, Kurtuluş'u geçin, tüm Türkiye inanmıştık. Bu arada, artık dergilerde yazılanlara gram güvenim kalmadı, hepsi bizi yiyor, doldurma yalan haberler... *Maşallah* dedikleri üç gün evli kalıyor.

Diğer yandan, bir kere daha anladım ki, hak etmek, karma üstüne yazılır. Açıkçası içim rahatladı. Umut verdi. Ohhh olsun. Ne demiş Yunus Emre, *Mazlumun ahı indirir şâhı, her şeyin bir vakti vardır.* Sen birinin canını yakıp onun üstüne mutlu bir evlilik kuracaksın ha? Yemezler. Olmuyor işte, yıllar geçiyor, gene de çıkıyor bir yerden o *ah*'lar. Tam sayı veremeyeceğim ama minimum kırk kere ah etmişimdir Süreyya'ya. Gülfem Anne'den öğrendiğim kadarıyla acıya, yasa alışma sürecinde *kırk ah* edersen karşı tarafa naklen gidermiş. Çocuğu olmasa diyeceğim, *Etme bulma dünyası* ama neyse, susayım.

Elinin onca acısına rağmen Şehvetengiz duramıyor, "Geçen ben Beşi Bir Yerde Adalet'e girerken, Süreyya çıkıyordu."

Hayret, o kadar afili, sosyetik avukatı pas geçip

bizim Adalet'e mi gitmiş? Doktora tezini, *Boşanma sürecinde adamın iliğini kemiğini kurutma* üzerine yapan Varlık ayarlardı hâlbuki buna kafa koparan bir avukat. *Süreyya parasız kaldı* diyeceğim de, uzaktan gayet paralı gözüküyordu. Kocası muslukları kapattı herhâlde. Zaten Süreyya'nın başka seçeneği olsa Kurtuluş'a düşer mi? *Hayatımı oturtana kadar zaman ver, bir süre görüşmeyelim... Ben seni ararım.* Bok aradın. On bir sene sonra da döndün dolaştın kürkçü dükkânına geldin. Beter ol.

Yalnız o dergilere, *Boşanıyorum ve şimdi her zamankinden güçlüyüm* diye sayfa sayfa poz vermek istememesi beni şaşırttı. Sonuçta bu ve bunun gibiler için reklamın iyisi kötüsü olmaz. Görüyoruz, gram düşünmüyorlar çocuklarını. Karı-koca boşanma sürecinde kavga, kıyamet, ana avrat dümdüz giderken, o çocuğun büyüdüğünde sittin sene önceki mahkeme çıkışında anasının, babasının yüzünü tırmıkladığı haberini okuyabileceği akıllarına gelmiyor.

"Derginin birinde okumuştum, bunun kocası Haluk Vehbizade kova burcuymuş. Sen bilirsin Feza, nasıldır bu kovalar?" diye lafına devam ediyor Şehvetengiz Alev.

Bizim milletin eline ver bir kova, içine de boşalt bir paket arapsabunu, önce yerleri, sonra da olayları köpürtsün. Böyle canını acıtan en ufacık bir olay bulsunlar, seni Bakırköy Ruh ve Sinir Hastalıkları'na sevk ettirene kadar siler de silerler. Hani, *kızın yarasını deşmeyelim* falan yok yani. Düşer miyim len ben sizin kovanızın içine?

"Kova? Pırlanta gibi burçtur," deyip konuyu kapatıyorum lakin ıyyy... Demek Haluk kovaymış. Bir dediği bir dediğine uymaz, her şey aynı anda olsun ister ama hemen elde edince de sıkılır. Kendini karşısındakine tam anlamıyla adamadığından, derinlerde değil, yüzeyde gezinir. Ayrılık sonrası canının çok da acımaması bundandır mesela. Uyuzlukta, uyumsuzluk ve uğursuzlukta koç burçlarıyla yarışır ama günün sonunda bir koç, bir enine çizgili tişörtlü Halil kolay yetişmiyor arkadaşlar.

Kuafördekilerle muhatap olmayacağım diye kendimi kaybedip spreyin dozunu kaçırdığımda, "Dur kız, boğuldum! Sinek ilacı gibi sıkma şunu!" diye haykırıyor Safiye Teyze. Naz, bana manidar bir bakış atıp kıkırdıyor. Sineklerin efendisi, aslında sana Sheltox sıksam daha hayrına olur da şu anda kimsenin hijyenik durumuyla ilgilenemeyeceğim.

Naz'a bıyıklarını aldıran Pilli Aysel, dudaklarının üzerinde örümcek gibi gezinen ipe aldırmadan konuşuyor, "Cemal'le düğün ne zaman?" Cevap vermiyorum. Bayılırlar her bir haltı karga gibi didiklemeye.

Sözlendik...
Nişan ne zaman?

Nişanlandık...
Düğün yakın mı?

Düğün yaptık...
Bütün arkadaşlarınızın çocuğu var, sizinki ne zaman?

Biz daha düşünmüyoruz...
Hadi ya... Sorun kocanda mı, sende mi?

Müjde, bir çocuğumuz oldu...
Buna bir kardeş lazım, ikinci ne zaman?

Göz açıp kapayıncaya kadar büyüyorlar...
E senin üçüncüyü doğurmanın zamanı gelmiş!

Yorgunluktan dilim dışarda dolaşıyorum...
Ama adam kaçar!

Yahu sen demedin mi üçüncüyü yap diye?..
Ah keşke beni dinlemeseydin, boşanma ne zaman?

Böyle yılan kuyruğu gibi uzar gider bu iş. O yüzden, benden size tavsiye; yol yakınken laflarını kıçlarına tıkayıp konuşturmayın bu bilmişleri.

Dün bir bugün iki, daha yeni sözlendik diye söylenirken kasanın yanındaki istiridye şekilli kırmızı tekli koltuğa yayılıp elime geçen gazeteyi açıyor ve okur gibi yapıyorum. Bir gözümle de kaçamak halde izlemekteyim etrafı.

Aynada rujunu tazelerken Sinekli Safiye soruyor bu sefer, "Eee hadi canım söylesene, düğün ne zaman?"

Kesinlikle okumadığım gazetenin sayfasını çevirirken, tersten tutuğumu fark edip düzeltiyorum.

"Cemal'le düğün yapmayacağız."

Cemal'in ismi geçince elinin acısını unutan Alev,

"Ayyy... Cemal'le ben evlenecek olsam var ya, havai fişekli düğün yapardım!" deyince Safiye, *Sus kız!* anlamında kaldırıyor kalemle çizdiği kaşlarını ki onları da tam çizememiş bugün. İbiş gibi birisi yukarıda, birisi aşağıda. Bana ne, o da beter olsun.

Hıh, düğünmüş... Gelin başı, dünür başı, halay başı, gelinliğine altın taktırmak istemeyen gelin, burgu bilezikleri ince bulan gelin annesi, takı kesesini unutan aklı bir karış havada nedime, oğlunu bir başka kadına kaptırma sendromu yaşayan kayınvalide, gelinden bir hafta önce alelacele nişan yapan görümce, içkiyi fazla kaçıran dayı, kıvrak danslarıyla kendini piste atan gelinin en yakın bekâr arkadaşı, bütün gece "Şu düğüne servet gömdük" diye söylenen damat babası, "Gömeceksiniz tabii, bir tanecik kızımız" diye diklenen gelin babası, düğüne gelmeden hemen önce kavga etmiş olan baldızla kayınço... Kimse kusura bakmasın, hiç işim olmaz.

Gazeteden gelişigüzel bir sayfa daha çevirirken ekliyorum, "Belediyede sade bir nikâh kıyacağız."

Bıyıklarından kurtulan Pilli meraktan çatlayacak, "Hangi belediyede?"

Gazeteyi göz hizamda kıvırıp dimdik Pilli'ye bakıyorum. "New York Belediyesi'nde."

Saftirik Naz hopluyor yerinden, "Ayyy, gerçekten mi ablaa?"

Gazeteyi tamamen aşağı indiriyorum. Yeminlen hepsi gayet inanmış şekilde bana bakıyorlar.

"Gerçekten. Balayına da Maldivler'e gideceğiz," diyorum ama kısa kesmezsem eline telefonunu alan

Alev'in bunu Tivit falan atacağından tırsıp konuyu kapatıyorum, "Hangi belediye olabilir? Şişli Belediyesi tabii ki de."

Güzellik ritüelini tamamlayan Safiye Teyze, oturduğu koltukta bana doğru hızlı bir dönüş yapıp işaret parmağını kaldırıyor havaya, "Bak Feza, bir büyüğün olarak dinle söyleyeceklerimi. Bu kar geçirmez mikrop Süreyya, insanın gözünden sürmeyi çalıverir sen daha ne olduğunu anlayamadan. Hem çabuk davran hem de yap kızım kına geceni, hamamını, sonra da allı pullu gelin ol! Ol ki *Cemal-Süreyya* döneminin kapandığını cümle âlem görsün. O Süreyya'nın da götü düşsün!"

Sayfiye Teyze'nin ilk defa bu kadar hiddetli konuştuğuna şahit oluyorum. Bir yarasına parmak bastığımız çok açık. Aaa tabii ya... Kaç zaman önce Gülfem Anne anlatmıştı, Sinekli'nin kız kardeşinin kötü kaderini. Kaynanası, kızı almaya gönülsüz olduğu için sade bir nikâh kıyılmış, evlenmelerinden üç ay sonra da boşanmışlar. Bakın, kaç yıl öncesinden söz ediyorum, o dönemde boşanmak hayli radikal bir olay. *Düğünü dört başı mamur yapmazsan, üç vakte kalmaz kocayı boşarsın* diye bir Kurtuluş efsanesi yazılmıştı hemen onların ardından ama aslında boşanmalarının düğünle falan alakası yokmuş; kaynanası psikopatmış. *E anlat, nasıl psikopatmış?* diyenler için kısa bir özet geçiyorum. Efendim, her şeyden önce şu bilgiyi vereyim, kaynana Rus'muş. Ciddi anlamda zengin olan kayınpeder vakti zamanında, bir Rusya seyahati esnasında, Balkanlardan esen soğuk hava dalgasıyla tanışıp evlenmek üzere onu ülkemize getirmiş. Kayınpederin yalısında yapacakları düğünün sabahı, Rus kaynananın Rus anası da ülkemize ayak basmış. Rus ana, yalıyı, tekneyi, o altın varaklı zenginliği görünce sen heyecandan kalp krizi geçir, dakikasına da nalları dik! Bizim Rus kaynana ise sanki hiçbir şey olmamış gibi kendi öz annesini morga yollayıp o gün, o nikâhı kıymış. Nasıl, yeterince psikopat mı?

Küçücük kuaförün içinde volta atarak dolaşmaya başlıyor Safiye Teyze, "Kendi salak torunuma dinletemedim, lakin her yıldırım nikâhı yıldırım bir boşanma ile sonuçlanır. Eğer izdivacın geleneklerine daha en başından uymayan bir damat varsa elinde, o adamdan koca, o kocadan adam olmaz. Şimdiki neslin anlayamadığı bazı geleneklerimiz var bizim. Ne güzeldi o eski İstanbul düğünleri... Çeyiz pazartesi günü oğlan evine gönderilir. Salı günü gelin hamamı yapılır. Geline ipekli peştamal kuşatılır. Çalgılar çengiler eşliğinde gelin yıkanır. Sonra gelin göbek taşının etrafında üç defa dolaştırılır. Altın, gümüş taslarla başına üç tas su dökülür, şerbet içirilir. Bitti mi? Hayıır. Çarşamba akşamı kına gecesi, perşembe 'yüz yazısı' günüdür. Cuma'ya da paça günü derler. "Şimdi nerdeeee?"

Bir nefeslenip elini beş yaparak havaya kaldırıyor, "Düğün dediğin beş gün sürer, beş! Buna dayanan damat bir ömür kalır. Dayanamayan ise..." Torunu Alev'in kafasına yavaşça vuruyor, "Beşlik Adalet'in kapısını çalar."

Biz Kurtuluş halkına yaptığı bu anlamlı konuşmanın sonunda, yayıldığım koltuğun önüne gelip hafif eğiliyor Safiye Teyze, "Kızım, beni dinle, düğününü yap. Bu dünyadaki tüm güzellikleri Süreyya mı hak ediyor? Güzel bir hayat senin de hakkın değil mi?"

Bir film seyretmiştim, başroldeki kadın iki paralel hayat yaşıyordu. Yani, "Bu yolu seçseydim, ne olurdu? Şu yolu seçseydim, ne olurdu?" durumları. Eminim çoğu kişi en az bir kere buna kafa yormuştur. Film, kadının metroya binmesi ve metroyu kaçırmasıyla yaşadığı iki farklı hayatı anlatıyordu. Gülfem Anne'yle izlediğimi hatırlıyorum. Serde kuaförlük var ya, ben film boyunca, sarışın başrol oyuncusu kısa saçlı mı uzun saçlı mı daha güzel diye düşünüp dururken; film bitti, Gülfem Anne, "Hiçbir şey anlamadım, bunlar ikiz miydi şimdi?" diye sordu. Ta fi tarihinde izlediğim filmi şu an anlıyorum ancak. Eh, kimisine sonradan geliyor akıl. Şimdi ben Cemal'le sessiz sedasız evlensem, Süreyya diyecek, *Bunlar gönülsüz, sırf evlenmek için evleniyorlar.* Ve belki, biz de hiçbir zaman karı koca gibi olamayıp şartlar gerektirdiği için evlenen iki yakın arkadaş kalacağız. Ay bu düşünce canımı çok sıkıyor. Elime hangi işi alsam layığıyla yaparım ben. Gülfem Anne beni kuaföre soktu, Etiler'deki en meşhur kuaförden daha iyi saç yapar oldum. Dergilerde görüyoruz fönleri, topuzları, kesimleri; nasıl bir baştan savmacılık, özensizlik. Herkese aynı saçı yapıp yolluyorlar, yeminlen mesleğe ayıp. Bana ne tabii, alan memnun satan memnun.

Şimdi ise yeni bir döneme giriyorum. Benim bile

inanasım gelmiyor ama evleniyorum. Şöyle anlı şanlı bir düğün organize etsek, hem Cemal ile doğru düzgün bir başlangıç yapmış oluruz hem de Sinekli'nin dediği gibi Süreyya'nın götü düşer.

Sinirden elimde buruş buruş yaptığım gazeteyi katlayıp kasanın yanına bırakıyorum. Hiç tınmıyormuş gibi görünmeme rağmen, Safiye Teyze'nin *Güzel bir hayat senin de hakkın değil mi?* cümlesi beynimde yankılanıyor. Bakın başka zaman deseydi hiç sallamazdım ama şimdi Süreyya burada ya... Bir yanım onunla hiç yüz göz olmayı istemezken, bir yanım da *İnsanın canı öyle acımaz, böyle acır* hesabı ondan intikam almak istiyor.

Nasıldı Gülfem Anne'nin anlattığı o intikam masalı?

Cadının kızı, eğer kendine fenalık eden birinden intikam almak isterse, annesinin bahçesine iner. Kaplana benzeyen yırtıcı bir kedinin koruduğu bu bahçede iki kuyu vardır; birinde bal, ötekinde kan bulunur. Cadı kızı önce baldan yer, sonra kandan içer. O zaman her kıyafete bürünüp her yere gidebilir.

Önce baldan yerim, sonra kandan içerim, üzerine de dört başı mamur bir düğün yaparım! Cemal, beni evden davul zurnayla alır. Hatta at üstünde gelir. Ne atı be? Deveyle gelir deveyle! Haspam New York Belediyesi'nde evlenmişmiş... Elin Amerikalısının New York Belediyesi varsa, bizim de gül gibi Şişli Belediye'miz var! Böyle kıyamet gibi bir kalabalıkla, miting tadında kıyarız orada nikâhı, ardından da vur patlasın, çal oynasın!

Bugünkü işlerimizi zor bela toparladıktan sonra, günlük kasayı hesap edip dükkânı kapatıyoruz Naz'la. *Hadi seni evine ben bırakayım, biraz da hava alırım* dediğim zaman bizimki kem küm ediyor. Çilli yanakları hafiften kızarmaya başladığında anlıyorum yalan söylediğini. Çilli bom, onu bile beceremiyor. *Bana bak, biri mi var kız?* diye azıcık daha sıkıştırdığımda, *Zülal'le buluşacağız abla* diyor. Enteresan, bunlar akşam saati pek takılmaz, *Furki'yle kırıştırıyorlar* desem, Naz'ın o poğaça bacaklıyla işi olmaz. *E tamam o zaman,* diyorum ve dört yol ağzından o sola dönüyor, ben sağa.

Daha köşeyi döner dönmez karşıma çıkan *Hüsne Gelinlik*'in vitrininde duran, kafası sivri yumurta gibi, uzaylıya benzeyen kat kat gelinlikli mankeni görünce şöyle bir duruyorum. Hayatımda ilk defa vitrinde gelinlik bakıyorum. Bana kesin bir haller oldu. Neden? Çünkü az önce, *SüreYa Kuaför Salonu*'nda, kadınlar el ele verip beynimin tellerini yaktı. Bilirsiniz, kadınlar üzerinde *kuaför etkisi* diye bir şey vardır. Hangi dizi tavsiye edilirse o izlenir, hangi oyuncu boklanırsa o izlenmez. Yemek tarifleri, arkadaş ilişkileri, koca meseleleri hep orada dönen muhabbete göre şekillenir. En nihayetinde ben de nasibimi aldım. Sade bir nikâh konusunda ana-babasını zar zor ikna eden Cemal, bu fikrimi kim bilir nasıl coşkulu bir tepkiyle karşılayacak. Yalnız Cemal ile bu konuları konuşurken kızarıp bozarıyorum, bana öyle bir bakıyor ki, ne diyeceğimi hepten unutuyorum. Şu an için telefon üzerinden iletişim sağlamak daha güvenli bence.

Eşofman altımın cebinden telefonumu çıkarıp Cemal'in numarasını çevirmemle birlikte ensemden, "Feza?" diye bir ses geliyor. Durduğum yerde ufak bir irkilip telefon halen kulağıma yapışık halde yüz seksen derece dönüyorum.

"Aaa? Cemal?"

Elinde tuttuğu telefon ekranında FEZA ismi yanıp sönüyor. Aramayı sonlandırmadığımı fark edip *No* tuşuna basıyor ve teli eşofmanımın cebime koyuyorum.

"Beni arıyorsun ama gördüğüne de pek sevinmedin sanki?" diyor hafif alaycı bir tonda.

Cemal'im... Ben seni görmeye hiç hazır değildim şu an ya. Uydu yoluyla halledecektim birtakım meseleleri. Ne söylemem gerektiğini tam olarak kestiremeyince, bana bir haller oluyor ve ağzımdan şu salak cümle çıkıyor:

"Niye beni telefonuna *Feza* diye kaydettin?"

Cemal bir elindeki ekrana, bir bana bakıyor, "*Mukaddes* diye mi kaydetseydim?"

"*Aşkitom, Bebişim, Yârim...* Nişanlı değil miyiz biz? Yani bir sürü seçenek varken neden *Feza*?"

Tek eliyle telefonunu arka cebine yerleştirirken diğer eliyle de kirli sakalını sıvazlıyor, adamı dumur etmeyi sonunda başardım. "Seni *Bebişim* diye mi kaydedeyim? Böyle mi istiyorsun?"

Bu noktadan sonra dönüş yok, artık sıvayacaksın. Ne dediğimi bilmez halde bir "Hı-hı" çıkıyor ağzımdan. Oysaki Cemal'in telefonuna *Bebişim* diye kaydolacağıma suda boğulayım daha iyi, ama artık dönüş yok. Cemal telefonu eline alıyor ve görebileceğim şekilde tutarak, büyük harflerle *FEZAM* yazıyor ve ben yine kıpkırmızı oluyorum. Gözlerimin içine bakıp *Nasıl oldu?* gibisinden tatlı tatlı gülümsüyor.

"Hadi gel, şurada oturup birer çay içelim" dediğinde hiç ses etmeden onu takip ediyorum. Şen Manav'ın hemen çaprazındaki Hüplet Kafe'ye oturuyoruz. Tabii sessizlik bir yere kadar; Cemal çaylarımızı sipariş eder etmez, daha fazla içimde tutamayıp konuya bodoslama dalıyorum.

"Ben şu düğün işini etraflıca düşündüm."

Ayağının tekini dizine yerleştirip erkek oturuşuna geçiyor Cemal, "Merak etme Feza, sen ne istersen o olacak. Annemlere düğün istemediğimizi söyledim. Kabul ettirmem zor oldu, bilirsin benimkileri ama hallettim konuyu."

Kısa bir nefes alıp, "Yok," diye giriyorum lafa, "Vazgeçtim. Düğün istiyorum. Hatta gelin hamamı, kına falan da istiyorum. Hatta benim atladığım ekstra başka bir seremoni daha varsa, onu da istiyorum."

Ne dediğimi anlamamış gibi gözlerini dikiyor Cemal. Deli misali dün başka şey anlatıyordum, bugün başka.

"Nasıl yani?.."

"Düşündüm taşındım, benim de hakkım değil mi sırma püsküllü ibrişim peştamal sarılıp, ayağıma kakmalı şimşir nalın geçirip, biri gümüş, biri altın yaldızlı bürümcük keseyle gelin hamamı yapmak?"

Sessizlik.

Sorumu, "Hakkım mı, değil mi?" şeklinde tekrarlayınca bakışlarımdan hafif tırsan Cemal cevap veriyor, "Hakkın tabii."

Erkekler gözleriyle sever, kadınlar kulaklarıyla demişti bir gün bana Gülfem Anne. Kadınlar kulaklarıyla sever kısmını geçelim, gözleriyle dövdükleri kesin bilgi, yayınız.

Cemal esefle başını sallıyor, "Ne yalan söyleyeyim, sevindim fikrini değiştirmene. Ama sana da bir haller oldu Feza be, bir türlü yakalayamıyorum düşüncelerini, çuvallayıp duruyorum."

Anlayamazsın. Hiçbiriniz anlayamazsınız. Ve düşünün, bir de ben kadın cinsinin en istikrarlısıyım.

Cemal, Oto Bom'a gitti. Bense bir süre daha burada takılıp öyle geçeceğim eve. Şu anki psikolojimle babamla karşılaşırsam kesin kavga ederiz.

Çocuğun kafasını şişirdim ama vallahi benim kafam da kazan gibi kaynıyor. Bu evlilik işleri hakikaten de hiç bana göre değil. Onu yapalım, bunu edelim diyorum da, yani üzerimde eğreti duruyor. Gelin hamamına gitsek, ben o takunyayla yürüyemem, düşerim.

Geçtiğimiz hafta Cemaller beni istemeye geldiğinde, Gülfem Anne'yi de getirdiler. Süreyya mahalleye adım attığından beri onlarda kalıyor, kızıyla yüz yüze getirmedik henüz. Gerek de yok.

O günkü hazırlıklarım sabahın erken saatlerinde, babamı odasına kilitleyerek başladı zira evden tüyüp bir daha hiç gelmeyebilirdi. Önce evin dört bir yanına serdiğim naylonları toparladım. Naylon detayını açıklayayım, babam son derece pasaklı bir insan olduğundan, mesela eve elinde bir avuç ay çekirdeğiyle mi geldi, sokak kapısının girişinden itibaren o çekirdekleri çitleyip yere ata ata salondaki koltuğuna ulaşır. Eskiden çılgın gibi paspas yapardım arkasından. Ancak kuaföre tam zamanlı başladığımdan beri evin her yerine naylon serme çözümünü buldum, çok rahat ettim, tavsiye ederim. Temizliğin ardından banyoya girdim. Saçımı her zamanki gibi at kuyruğu yapıp, dudağıma varla yok arası bir ruj sürüp, diz üstü, koyu lacivert bir elbise giyindim. Ayağıma da lacivert babetlerimi geçirdim. Tam bu sırada kapı çaldı, Şehvetengiz Alev, Safiye Teyze'nin hazırladığı mercimek köfte, kısır ve peynirli börek üçlüsünü getirdi. *Ay Cemal kim bilir ne heyecanlı olacak. Kız istemeye ben de mi kalsam?* şeklinde bir öneride bulunduğunda, *Hadi, yallah* deyip Alev'i dehledim. Bunun da eli işte gözü oynaşta. Derken kapı çaldı, Cemaller geldi. Kapıyı açmadan önce, babamı odasından çıkardım. Söylene söylene misafirlerimizi karşıladı. Zaten onun bu hallerine alışık olduğumuzdan kimse takmadı. Lacivert takım elbiseli Cemal ortada, iki yanında annesiyle babası, karşılarında babamla ben, benim yanımdaki tekli koltukta Gülfem Anne, onun yanındaki sandalyede Zülal, onun bitişiğinde de sanki gelmesi elzemmiş gibi Kılçık Mustafa salondaki yerlerimizi aldık. Cemal'in babası, beni babamdan istemek üzereyken bir ara kulağıma fısıldadı Gülfem Anne, *İstemeye geldiler, Süreyya ortada yok* diye. O an, bir olay çıkmasın diye, *Mutfakta kahve pişiriyor* deyip tam önüme dönmek üzereydim ki devam etti, *Sordun mu Süreyya'ya? Beni affetmiş mi?* Acı bir yutkunup *Evet, affetmiş* dedim. Elini, elimin üzerine koydu ve mırıldandı, *Umarım affetmiştir.*

Ah Gülfem Anacım senin neyini affedecek o? Hayırsız kızın için elinden ne geliyorsa yaptın. Şimdi bile burnunun dibinde olmasına rağmen gelip, *Annemi yanımda istiyorum* demiyor, ses seda yok, kadını evinden attı, keyif sürüyor.

Ben tam bu düşüncelerle boğuşup dururken, tahmin edersiniz ki babamın, *Vallahi bunların evlenmesini tasvip etmiyorum* çıkışıyla gündemimiz değişti. Cemal'in babası *Yahu çocuklar birbirini sevmiş* diye ısrar ettikçe babam, *Bir yıla kalmaz boşanırlar* cümlesini kuruyor, susturamıyoruz! Cemal alı al moru mor halde. Ben deseniz, çikolata tepsisine uzandım, babamın kafasına geçireceğim, diğer yandan Kılçık tutuyor tepsiyi içindeki çikolataları yemek için. Ay kâbus gibi bir akşamdı.

Ne zaman ki isteme bitti ve parmağımıza altın halkaları taktık, Cemal ile aynı anda derin bir *Oh!* çektik dışımızdan.

O gece, yatağıma yattığım vakit, ilk önce yaşanılan tüm saçmasapanlığa rağmen Cemal'in pek hoş, pek tatlı olduğunu düşündüm. Takım elbisesi çok yakışmıştı. Tahmin ettiğiniz gibi, onun fikriydi aynı rengi giymemiz. Sonra parmağımdaki alyansa baktım. Cemal çok düşünceli; benim de beğeneceğim bir şey olmasını istediği için kuyumcu arkadaşından birkaç model getirdi geçen gün. Sarı altından, incecik bir alyans seçtim. O sırada yanımızda duran babam, yüzüğü dişlerinin arasına alıp ısırdı, gerçek mi diye. Düğünde takılan altınları net yutar.

Bunları düşünüp tam uyuyacağım sırada, aklıma Süreyya geldi gene. Geçmiyor işte sinirim, unutamıyorum bizi yok saymasını. Kendini bir şey sanıyor. Su geçirmez saat gibi yeminlen, hiçbir şeyi umursamadan gül gibi yaşıyor. Bakın, görün bunun boşanması bile trişkadandır, sırf olay yaratsın, millet bunu konuşsun, Cemal'le aramıza taş gibi düşsün, bizi evlenemeden ayırsın diye. Gölgelerin gücü adına, pardon yani Süreyya'dan konuşuyoruz. Koskoca Süreyya kazık yer mi hiç?

Yaptıkları artık içime nasıl işlemişse, kız bir türlü çıkmıyor aklımdan. *Keşke defolup gitse bizler de kurtulsak* diye düşünürken yolun karşısında, Şenses Manav'ın kiraz sandığının önünde kimi göreyim?

Süreyya'nın oğlu Can, tezgâhtan aşırdığı kirazları minicik avucuna doldurmuş, tek başına yiyor. Etrafa bakınıyorum, Süreyya yok. Hayret, oysaki mahallenin her köşesinden bit gibi fırlıyordu üzerime.

İçimden, Şuursuz Süreyya, kaybetti herhâlde çocuğu diye geçirirken yerimden kalkıp oğlana yaklaşmaya niyet ediyorum ki Süreyya beliriveriyor yanında. Elindeki kirazları tahta kasaya geri koyup *Bir daha gözümün önünden kaybolma* gibisinden bir şeyler diyor çocuğa. Tipe bak. Sen de kaybetme.

Ufaklıkla el ele tutuşup ilerlemeye başladıklarında, beni de şeytan dürtüyor ve takılıyorum bunların peşine. İkisi ta ki Kurtuluş'un tarihi Narin Apartmanı'nın önüne gelene dek, onlar önde ben arkada yürüyoruz. Süreyya'nın zile basışını ve büyük demir kapının açılışını karşı kaldırımdan hiç çaktırmadan izliyorum.

İçimde beni dürten o şeytan iyice etlerimi çimdirmeye başlıyor *Hadi,* Süreyya'nın *nereye gittiğini öğren* diye.

Keklik gibi sekerek karşı kaldırıma geçiyor ve apartman kapısının önüne varıyorum. Zillere şöyle bir göz gezdirirken Adalet Korkmaz'ın ismini okuyunca *Tabii ya, burada onun bürosu* oluyorum. O sırada, içeriden çıkan teyze bana selam verip geçmem için kapıyı tutuyor.

Eh, ben de el mecbur, süzülüveriyorum kapıdan.

Sanki peşi sıra benim girmemi beklermiş gibi, Adalet'in sokak kapısı açık kalmış. Hayır, ne halt etmeye buradayım, yakalansam ne diyeceğim o da belli değil. Tam yaptığımdan utanıp gerisin geri çıkacakken gözüm hole takılıyor. Mümkünse bir daha gelmeyeyim ama bu benim Adalet'in yazıhanesine ilk gelişim. Hiç şaşırmadım, aynen kendisi gibi şallım şullum bir yer. Duvar ağlıyor, *Boya beni* diye. Hiç unutmam, kırk yılın başında bir gün, babam başımı okşayıp *Hadi bugün seninle bir aktivite yapalım* önerisini ortaya atınca, cıvatalarım yerinden oynamış ve sevinçten *Ne diyorsun Halil?* gibi bir şey çıkmıştı ağzımdan. Babamla uçurtma mı uçuracaktık, Kilyos'a gidip kumdan kale mi yapacaktık derken verdi elime bir rulo fırça, önüme de bir kutu beyaz boya koydu ve *Boya bakalım* evi dedi. Zaten annem vefat ettiğinde, daha cenazede yanıma gelip, *Feza seni işlerin başına geçiriyorum* demesinden belliydi. Önce bir gururlanmıştım da sonradan aymıştım, *E senin işin yok ki*? Meğerse kast ettiği ev işleriymiş. Hep diyorum, baba gibi babadır benim iskele babam. Neyse, elimden gelir yani boya badana. Ben mi boyasam şu kadının duvarlarını? Hem ekstra para kazanırım. Evleniyoruz sonuçta, her kuruş değerli. Cemal'e yük olmak istemem.

Holde avukat cüppeli Adalet'in, Adliye Sarayı'nın önünde çekilmiş bir fotoğrafı asılı. Var ya, bu kadının zamanında atlattığı az buz şey değil. Tüm yaşadıklarına rağmen çıkmış vallahi dertlerin içinden.

İstanbullu Adalet'in evlendiği o ciğeri beş para etmez herifin ailesi Adana'nın en zengin ailelerinden biriymiş. Hanlar, hamamlar, arsalar, apartmanlar... O güne değin Adana'nın gördüğü en havalı düğünle evlenmiş Adalet. En yakın arkadaşı Serap da nikâh şahidiymiş. Gel zaman git zaman bir gün, Adalet eve geldiğinde Serap'la kocasını aynı yatakta yakalıyor. Adalet'in, *Siz ne yapıyorsunuz?* haykırışıyla pılısını pırtısını toplayıp kaçan Serap'ın ardından o dillere destan kocası bir girişiyor Adalet'e, kadının ağzı yüzü dağılıyor. Karakola gitmeye yeltenen Adalet'i kocasının elinden zor alıyor oğlanın ailesi. Önce tatlı dille, *Aman kızım, yapma etme* derlerken Adalet şikâyet konusunda ısrar edince, o klas ailenin de rengi dönüveriyor, *Hele bir git polise, çocuğunun yüzünü bir daha göstermeyiz sana* diyorlar. Yıllarca tehdit ediyorlar kadını. Ta ki Allah güç verip Adalet evden kaçana kadar.

Hangi birine yanarsın, kocanın rezil çıkmasına mı, en yakın arkadaşının sana yaptığına mı? *Tahtı değil, bahtı güzel olsun...* Boşuna değil bu laf. Yıldırım nikâhı da olsa, dört başı mamur düğün de olsa iş, iki kişide bitiyor.

Suyunu çıkardın Feza, hadi ikile diye mırıldanıp dışarı çıkmaya hazırlanırken aralık kapıdan avukatla Süreyya'nın konuşmalarını duyuyorum.

"Karşı tarafın pisleşmesine olanak vermeden önce bizim elimizin sağlam olması gerekiyordu. Sonuçta kocan nüfuzlu adam. Ortaya bir yalan atar, çocuğunun velayetiyle nafakandan olursun."

"Bence gerek yoktu dedektif tutmaya. Zaten şu an size ödeyebileceğim para bile kısıtlıyken..."

Vay. Dedektif falan tutulmuş. E tabii, Süreyya'nın boşanması da film tadında olmalı. Ne o öyle fakir gibi kel bir dilekçe yazılacak değildi herhâlde. Bu da kendini acındırıyor param yok diye. Zenginlerin hiçbirisinin parası yoktur zaten. Böyle diye diye milleti kazıklayıp zengin oluyorlar.

Bu sırada, yan odanın cam kapısından Can ile göz göze geliyoruz. Oturduğu koltuğun karşısındaki masada duran şeker kavanozuna bakıp benden onay bekliyor sanki. Kafamı cesaret verici şekilde sallıyorum. Hemen yumuluyor. Şu Adalet de ne ekmek yürekli kadın, çocukları bile düşünüyor.

Adalet'i dinlemeye kaldığım yerden devam ediyorum.

"Parayı hallederiz. Sen şu dosyayı bir incele. Belki yalnız başına okumak isteyebilirsin."

"Siz de sanki korkunç bir şey bulmuşsunuz gibi konuşuyorsunuz."

"Eh... Sayılır."

Konuşmalar dallanıp budaklandıkça bir adım daha yaklaşıyorum kapıya. Konu giderek ilginçleşiyor.

"Kocanın sadakat yükümlüğüne aykırı davranışları mevcut Süreyya."

Ben içimden, Süreyya dışından, aynı anda "Yani?" diye soruyoruz.

"Kocan seni aldatıyor."

"Bakın her şey tamam ama buna kesinlikle inanmam."

"Hem de uzun zamandır..."

Kadının lafını kesiyor Süreyya, "Ay lütfen, zaten kafam allak bullak, bir de dedektifin hayali dünyasıyla uğraşamayacağım. Biz şu davayı tek celsede paketleyelim, bitsin gitsin."

Kısa bir sessizlik olunca, iyice sokuluyorum kapıya.

"Kocan seni Varlık'la aldatıyor Süreyya."

"ÇÜÜÜÜŞ!"

Lafı benden çıkıyor tabii ki de. Her şey için çok geç olmasına rağmen, iki elimle neredeyse yüzümün tamamını sımsıkı kapıyorum bir daha konuşmayayım diye.

Süreyya hiddetle çıkıyor içeriden. Yüzü kireç gibi bembeyaz. Tek gözüne kan oturmuş. Boynundaki damar şişip şişip iniyor. Benimse ellerim hâlâ yüzüme mühürlü. Ne yapmam ne söylemem gerektiğiyle ilgili en ufak bir fikrim yok.

İki adımda yanıma yaklaşınca burun buruna geliyoruz Süreyya ile. Sert bir hareketle kolumu yakalıyor.

Zor nefes aldığından kelimeler kesik kesik çıkıyor ağzından.

"Ne işin var senin burada?"

Psikopat gibi seni takip ettim diyecek halim yok. İşin aslı, ne desem boş. O yüzden ben de boş boş bakıyorum.

"Öğrendin öğreneceğini. Çık git şimdi."

Yeminlen kalbim sıkıştı. Keşke hiç öğrenmeseydim.

Devam ediyor Süreyya, "Hadi git de yetiştir bütün mahalleliye. *Süreyya sonunda belasını buldu* de."

Kolumu kurtarıyorum elinden. Beter olsun, canı acısın istiyordum, peki şimdi neden böyleyim?

Süreyya gözlerimden akan yaşları görmesin diye tek bir kelime etmeden kapıdan çıkıyor ve merdivenlerden hızlıca iniyorum.

VIII. Bölüm

Cemal

Oto tamircisi Cemal nasıl yaşadı Süreyya'yla ayrılık sürecini? Anlatayım...

Her şey yolunda gidiyordu, en azından ben öyle sanıyordum. Sanki bir gün içinde bir haller oldu bize. Konuşmalarımız azaldı, buluşmalarınız seyrekleşti, birbirimize eskisi gibi dokunmadık, bakmadık, gülmedik.

Ben mi yanlış anlıyorum... Bana anlatmadığı bir şey mi var?.. Peki, sorun ne? gibi düşünceleri peş peşe tekrarlayıp, kendi kendime cevaplar bulmaya çalıştım. İçimde bir çırpınıştır başladı. Ona önce fazla iyi davrandım, sonra fazla kötü. İkisinin arasını buldurtamadım, dengem şaştı.

Ne yapsam olmadı işte...

Kilitledim kafayı. Günler günleri kovaladı, çekemedim günleri, herkesten ve her şeyden nefret ettim.

Sonra erkeklik rafa kaldırıldı ve ne için dediğimi

bilmeden özür dilemeye başladım... Bir kez daha denemek için ısrar ettim.

Bok varmış gibi yeniden bir araya geldik fakat bu sefer daha beter oldu; sonun başlangıcı dedikleri.

Kendimi asıl onunlayken yalnız hissettiğim ikinci raunt başladı. Beraber olamayacağımız besbelliydi ama Cemal inadı; hiçbir türlü, hiçbir yolla kabul edemiyordum.

Ve bir gün, aniden, bitti. Biz'den Ben'e döndüm. Kimseye ait değildim artık. Nakavt. On saniyen vardır ya hani... Hakem kafanda bitip saymaya başlar: Bir... İki... Üç... Boşuna heveslenme dostum. Yerden kalkmam en iyi ihtimalle bir ömür sürecek.

Yalnızken aklıma, bir ona karşı duyduğum özlem, bir nefretim geliyordu. Ev basıyor, kendimi sokaklara atıyor, saçmalıyordum.

Ve kapanış cümlesi: *İyi ki olmamış.* Varsa aranızda o kalleş acının hiç bitmeyeceğini düşünenler, size benden söz; bir zaman gelecek, koca bir günü onu hiç düşünmeden geçireceksiniz; bir zaman gelecek, neden olmadığını anlayacaksınız ve şükredeceksiniz.

Erkek, kadın fark etmez; her aşk, üç aşağı beş yukarı böyle biter bence. Böyle bitmezse, aşk değildir zaten.

Terk edilen kadınların ayrılık sürecini nasıl yaşadığı ise malum. *Sıcak haberi* birinci, ikinci ve üçüncü çember olmak üzere yirmi sekiz kadar arkadaşıyla paylaşır, bıkmadan usanmadan anlatır, ağlar, bağırır, çağırır, isyan eder, Sezen Aksu antolojisine giriş yapar, sosyal medyadan laf sokan sözler paylaşır. Misal, iki gün önce benim Zülal şunu paylaşmış *Instagram*'ından;

Çok seviyorsun o çiçeği ama bir süre sonra ölüyor. Hatta sen çok su verdin diye ölüyor bazen. Bazı şeyler tam olarak böyle.

Hemen arayıp rüzgâr yaptım, *Kimi çok seviyorsun kız sen? Çiçeğime su verdin falan... Ne film dönüyor orada?* Bu hemen süklüm püklüm oldu, *Yok abi, öylesine paylaştım. Silerim şimdi.* Sırf beğendiği için özlü söz paylaşan kız kardeşim gibi kızları siz bir de aşk acısında düşünün. Gerçi bizim Zülal'i üzecek adam çıkmaz buralardan. Ama oldu da yedi tepeden bir hıyar çıktı; kuş olup uçmadı, balık olup deryaya dalmadı, köstebek gibi toprağa girmediyse elimden kurtulamaz.

Neyse, ne diyordum ben? Kadınlar yaşadıkları her şeyi tez elden anlamlandırabilmek için falcıya gider, kesmez, kendi yıldız haritasını çıkartır, o da kesmez, adamın yıldız haritasını çıkarttırır. Biliyorum, çünkü Süreyya'yla ayrıldığımız zaman, sıcağı sıcağına astrologa giden annem, elindeki kâğıdı sallayarak eve gelmişti, "*Oğlum, dördüncü evin boşmuş meğerse! Yuva ve aile evi. Şefike gelip kurşun dökecek, e mi? Düzelecek tüm sorunlar, sen anana güven.*"

Efendim, sonuç olarak kadın herkesten *Tamam, hayatına devam edebilirsin,* yorumunu duyduğunda rahatlar. Oh, kafa pırıl pırıl, mis gibi sıfırlar her şeyi ve başlar yeniden aynı şevkle.

Erkeklerin aşk acısı çekmediğini sanıyorsunuz değil mi? İçimizden geçenleri kadınlar kadar rahat dışımıza vuramadığımızdan *duygusuz* yaftası yapışmış üzerimize. Yok babam, kazısan da gitmiyor. Terk edilince, *Ne bok yerse yesin, ben önüme bakarım* deyip kendimize bir açık ayran sipariş ederek dalgamıza bakıyoruz, değil mi? Hiçbir şeyden etkilenmeyip kaya gibi sağlam duruyoruz; *Biri giderse biri gelir güzelim. Bu hayatta boş kalmaya değer mi?* O ayrılık gününü ise ölüm döşeğindeyken kısa bir anlığına hatırlayıp kendimizi azıcık kötü hissedip sonra da ölüyoruz. Değil mi?

Bilmiyorsunuz tabii, âşıkken terk edilen her dört erkekten birinin bunalıma girdiğini, balataları yaktığını, eski haline asla dönemediğini. Çünkü halka açık alanlarda konuşmuyoruz. Ve siz kadınlara göre, yaşadığınız her bok, ıncığına cıncığına kadar anlatılmazsa zaten yaşanmış sayılmıyor.

Sanıyor musunuz ki o uçana kaçana atlayan erkekler analarının karnından böyle doğdu? Terk edilmiştir, aldatılmıştır, hisleriyle dalga geçilmiştir, aşkına karşılık alamamıştır. Bünyeye zehir zerk edildikten sonra da intikam almaya karar vermişlerdir. Teselliyi başka kadınlarda ararken can acıtmaları hep bundandır. Bir makinenin bozulması gibi, bozulmuştur erkek.

Süreyya beni terk etmeden önce, onu ders kitaplarını ateşe verirken izlediğimi anlatmıştım size. Hatırlarsanız, bir çakmakla tutuşturduğu çalıları alevlere teslim edip cinayet mahallini terk etmişti. Nasıl pişmandım. Canına kıydığı kitapların aynısından alıp ondan özür dilemek için ateşin yanına gittim. Neredeyse tamamı yanmış kâğıtları ayağımla şöyle bir ittirdiğimde, bir fotoğraf çıkıvermişti aradan; bir yarısında Süreyya'nın babasının durduğu, diğer yarısının ise kül olduğu, siyah-beyaz bir fotoğraf. Kameranın merceğine gülümseyen gencecik babasının eli, muhtemelen Gülfem Anne'nin eline uzanıyordu.

İtiraf etmem gerekirse, aslında o an anlamıştım Süreyya'nın beni terk etmek üzere olduğunu. Ders kitaplarını geçtim, anasının babasının fotoğrafını yakan seni, beni, Feza'yı, tüm dünyayı yakar geçerdi.

Aşk acısı yaşayan her insan gibi, ben de kabullenemedim ayrılığı. Normal düşünemiyordum. Bana göre bütün kadınlar iki yüzlüydü, yalancıydı, sırtından bıçaklardı... Sanki karşı cinsin ciğerini biliyormuşum gibi, *Bunların alayı aynı* diyerek, Süreyya'ya duyduğum öfkeyi, gençliğin de etkisiyle yeryüzündeki tüm kadınlara karşı hissettiğim birkaç yıl geçirdim ve birkaç kişiyi istemeden de olsa harcadım; kalp kırdım.

Bir ara, olur da yine aldatılırsam diye ruh hastası gibi kafamdan intikam planları kuruyordum, ötesi var mı? Bakın bunu ise akrep burcu olmama bağlamıştı Feza, *Burcunun Arapçasında bile hayır yok, Haşarat-ül Zehr-i Zıkkım!*

Hiç anlamam burçlardan. O işin uzmanı Feza'dır. Akrep burcunun bağımsız takıldığını, duygularını yoğun yaşadığını, bu sebepten sinirlendiğinde karşısındakinin kalbini kırabildiğini, tutkulu, kıskanç, sadık, fedakâr ve kindar olduğunu hep Feza'dan öğrendim. *Biriyle ilk tanıştığında akrep olduğunu sakın söyleme,* yorumunu yapan da oydu. *Saçma saçma konuşma kızım! Akrep olan ben değilim ki, burcum!*

Neyse, ben bu kafada devam ederken, Feza bir gün elleri belinde karşıma geçti ve *Asıl bütün salaklar aynıdır, aynı senin gibi* diye ayarı verdi. İşte sonra hıyarlığı bıraktım. Aynı evin içinde iki kardeş bile birbirinden farklıyken, nasıl tüm kadınlar Süreyya olabilirdi? Kalbim kırılmıştı ama bu öfkeli ve kötü bir insana dönüşmem için asla bir sebep olamazdı. Kendi kendime bir söz verdim: İşinde gücünde, dürüst, mütevazı ve mert bir adam olacaktım. Ya da ölecektim.

Kadınlar da pamuk değil hani! Süreyya'dan çok sonra ama hâlâ kafayı tam toparlayamadığım zamanlar, Filiz diye bir kız girdi hayatıma. Bizim buralardan değildi, yaşı da benden küçüktü. Kılçık'ın dolduruşuyla görüşmeye başladık, *Abi yaşı küçük iyidir, dert, tasa anlatmaz* diyerek beni itekledi. *Hadi Cemal* dedim, *Bu sefer düzgün davran bari.* Bir buluşmamızda, kızı deniz kenarında bir kafeye götürdüm. Ben sırtımı denize döndüm, onu Boğaz'a karşı oturttum. Derken mekâna güzel bir kız girdi, herhâlde fark ettim, kör değiliz sonuçta. Ama dönüp bakmadım bile. Bu durumla ilgili Kılçık'ın her zamanki gibi bir tezi var; *Mekâna giren o güzel kızı senden önce yanındaki kız görür. Eğer sen kafanı çevirip bakarsan, abi zaten senden ne köy olur ne kasaba, ben boşuna dilimi yormayayım. Biraz zekân varsa, kafanı milim oynatmazsın, böylece hem kız arkadaşından hem de diğer kızdan tam puan alırsın. Hayatın ne getireceği belli değil ve yedekli gitmekte her zaman fayda var.* Allah, Kılçık'ın eline düşecek kıza sabır versin. Dediğim gibi, ben mekâna giren o güzel kıza hiç bakmadım ama Filiz başladı,

-Ay çok güzel bir kız girdi içeri.
-Öyle mi? Fark etmedim.
-Baksana çok güzel. Manken gibi bak bak...
-Hı evet güzelmiş.
-Sence o mu güzel, ben mi? Doğruyu söyle.
-Valla ne bileyim, ikiniz de güzelsiniz.
-Tamam, ben de güzelim de onunki daha net bir güzellik sanki...

Sessizlik.

-Mezelere mi baksak?

Güzelden daha güzeli olduğu gibi, yakışıklıdan daha yakışıklısı da var. Nedir bu kadınlardaki bitmek tükenmek bilmeyen kıyaslama durumu? Kâinat Güzeli olsa, kendini Dünya Güzeli ile kıyaslar. *Yaşı küçük iyidir, dert, tasa anlatmaz*'mış! Kılçık'ın lafıyla hareket edersen böyle olur. Filiz tabii ki de yediğimiz yemeği burnumuzdan getirmeye devam etti.

-Şimdiye kadar birine çok âşık oldun mu Cemal?
-Bence, geçmişe değil, geleceğe bakalım.
-Kıskanacağımı falan mı sanıyorsun yoksa?

-Hayır da... Gerek yok bu konulara girmeye.

-Haklısın... Ama, insan merak ediyor. Kişisel tarihimizi bilmezsek birbirimizi ne kadar tanıdığımızı söyleyebiliriz ki? Diğer yandan, iki insanın birbirini gerçekten tanıması mümkün mü? Herkes bir oyun derdinde. Birkaç tane rol var, sırasıyla oynuyoruz hayat denen şu sahnede. Âşık...

Susmayacak, belli.

-Tamam. Vardı işte biri...

-Aaaa ne güzel, bak çok sevindim senin adına. İsmi neydi?

-Süreyya.

Sessizlik.

-Üzerindeki çok yakışmış bu arada.

-Süreyya'ya da böyle mi diyordun?

Neden asla duymak istemediğiniz şeyleri duymak için bu kadar kanırtıyorsunuz? Karşınızda oturuyoruz, elinizi tutuyoruz, gözünüzün içine bakıyoruz. O an sizinleyiz. Şart mı yani o anın büyüsünü bozmanız? Ama yok, kendinizi tutamazsınız. Tabii başladığınız işi asla yarım bırakmayıp laf sokmayı, trip atmayı, mutlaka bir sonraki buluşmaya da taşırsınız.

-Cemal saçlarımı kestirdim, nasıl olmuş?

-Çok güzel olmuş.

Sessizlik.

-Aslında saçlarımı kestirmedim.
-Hı. Niye kestirdim dedin?
-Benimle gerçekten ilgili misin merak ettim.

Bu kadın milletinin saçlarıyla bir derdi var. Saçlarına gösterdikleri ilginin beşte birini bize gösterseler, kuaförde harcadıkları zamanın üçte birini bize harcasalar, kadın-erkek ilişkileri daha sorunsuz ilerler. İşin gerçeği, biz sizin saçınızla il-gi-len-mi-yo-ruz! *Saçlarımı ucundan üç santim düzelttirdim, önlere doğal bilmemne yaptırdım, kâkül kestirdim...* Saçınızı üç numaraya vurdurmadığınız sürece, şunların tekini bile anlamıyoruz, net diyeyim.

Eski ilişkinizi yeni aşkınıza anlatmayın, erkeği bozar diye bir laf var. Ben katılıyorum. Kız arkadaşımın benden önce ne yaptığını zerre kadar duymak istemem. Ama bir yandan Feza'yı düşününce eşit şartlarda yarışmadığımızı hissediyorum. Şimdi biz ilk defa tanışan iki yabancı olsaydık, ona hayatta anlatmazdım Süreyya'yı. Gerek yok aramıza bir hayalet sokmaya. Feza'ysa, Süreyya'yı geçtim, ciğerimi biliyor. Bir Kılçık, bir de o. Diğer yandan, Feza'nın hayatına biri girmediğini adım gibi biliyorum. Ama eğer girseydi ve ben de tüm ayrıntısıyla bilseydim, Feza kadar rahat edebilir miydim emin değilim. *Benden önce kimseyle görüşmüş olamaz!* anlamında demiyorum; görüşseydi de bilmek istemezdim anlamında. Gerçi bunu söylediğimi duysa küplere biner bizimki, *Kıro musun oğlum sen?*

Tam düğün arifesinde eve düşen yıldırım misali,

Süreyya'nın mahalleye düşmesi beni etkilediği kadar Feza'yı da etkilemiştir. Boşanıyor olduğuna gerçekten şaşırdım, bir afalladım. Ama uzatmaya gerek yok. Onun medeni durumu beni zerre kadar ilgilendirmiyor artık.

Her şeye rağmen, yine de iyi ilerlediğimizi düşünüyorum Feza'yla. Bir tek geçen hafta başı, Şenses Manav'ın orada konuştuğumuz gün onda bir gariplik sezdim. Kendisinden beklenmeyecek halde, *Gelin bohçası isterim, kına isterim* diye sayıp ertesi gün aradığımda açmadı, bildiğin sessizliğe gömüldü. Ben bu sessizlikleri bilirim, hayra alamet değildir. Tekrar aradığımda, *Nasıl istersen öyle yapalım,* diye başladım konuşmaya, *Olur* deyip lafı fazla uzatmadan kapattı.

Son konuşmamıza, *nikâh dairesinden gün alalım* diye giriş yaptığımda ise, *Sen ne zamana istersen al, ben uyarım,* dedi. Sanki sinemaya bilet alıyoruz! Heyecanına vermeye çalışıyorum. İyi de, sanki biz heyecanlı değiliz? Benim kitabımda bir kere evlenir insan. Ne olursa olsun, doğru kararı verdiğime inanmak istiyorum...

Feza'yla birbirimize iki yabancıymışız gibi davranmaya ve sıfırdan başlamaya hevesliyiz. Şans bizden yana olsun.

Bu öğleden sonra damatlık provam vardı. Kılçık'la beraber gittik. Ben kravat seçiyorum, bu tutturdu, *Abi papyon tak da İssegram'da şöyle afili damat foton olsun!* diye. İlk başta, İbiş gibi papyon takmam dediysem de ne yalan söyleyeyim, sonradan hoşuma gitti.

Damatlık provasından çıkıp nikâh tarihimizin müjdesini vermek üzere Fezaların eve geliyorum. Zili şevkle çalıyorum ve kısa bir süre sonra Feza açıyor kapıyı. O da nesi? Üzerinde gelinlik var!

Feza şaşkın gözlerle bana bakarken bir anda, *HA-YIIIIRR!* haykırışıyla yan taraftan biri atlıyor üzerine ve ikisi birden yere düşüyor. Safiye Teyze'nin torunu Alev bu. Ben daha ne olduğunu anlayamadan, Safiye Teyze beliriveriyor önümde. *Düğünden önce gelini görmek kötü şans getirir!* diyerek çaaat! diye kapatıyor kapıyı yüzüme.

Kötü şans mı? Yo...

O şans bizden yana olacak. Akrep burcuyum ben. Bozmayın asabımı.

Bu akşam, Feza'yla baş başa yemek yemeyi planlıyorum. Kaç haftadır harala gürele derken yalnız kalamadık. Bizim apartmanın teras katındaki kartal yuvasını şöyle güzelce hazırlarsam efsane olur. Feza'yı en kral yere de götürebilirim, orası ayrı ama maksat, olaya kendimden bir şeyler katabilmek. Elbette ki yemeği ben yapacağım. Siz henüz Cemal'in mangalını tatmadınız tabii.

Bakın, bir erkeği tabi tutmanız gereken birkaç önemli test vardır:

Evdeki ufak tefek tamirat işlerinden anlaması.
Arabanın lastiğini değiştirmesi.
Takviye ile arabayı çalıştırabilmesi.
Paralel park etmesi.

Kavga ayırmayı ve yeri geldiğinde kavga etmeyi bilmesi.

Çevirme yapan trafik polisiyle usturuplu konuşabilmesi.

Kendi düğmesini ve söküğünü dikebilmesi.

Sevdiği kadının gönlünü alması.

Karpuzun iyisini seçmesi.

Ve elbette ki mangal yapması.

Mangal yakmak bir sanattır. Mangalla birlikte karizmayı da yakan nice delikanlılar görüp üzülmüşüzdür; mangalı araba egzozuyla yakmaya çalışan nice dangalaklar görüp müdahale etmişizdir. Geniş mangalda çabuk ve dumansız ateş yakmak yürek ister, o yürek de bende var işte.

Odun kömürleri mangala yayılır, ortasına yumruk kadar bir delik açılır, nemsiz küçük tahta parçaları deliğin ortasına yerleştirilir, ortadan bölünmüş çırayla, tahta parçaları tutuşturulur, alev yayılmaya başlayınca da kömürler açılan deliğin çevresinde yükselen bir halka şeklinde dizilip, köz olunca yayılır. Püf noktasıysa, közü alev aldırmamak ve malzemeyi dinlenmiş ateşin ısısında pişirmektir. Kimisi mangalı yellemek için takar fön makinesini uzatma kablosunun ucuna ve kırk beş derecelik açıyla rüzgâr yapar. Bense kendi yelpazemi kullanırım, eski usul.

Köfteydi, antrikottu, pirzolaydı bir potpuri yapıp Feza'yı etkilemek niyetindeyim bu akşam. Güzel bir sofra, renkli ışıklar, fonda favorisi Sezen'den bir şarkı, *Haydi gel benimle ol, oturup yıldızlardan bakalım dünyadaki neslimize...* Nasıl, kulağa hiç fena gelmiyor, değil mi? Bu arada, bu akşamki yemeğin esas amacını da çıtlatayım size, Feza'ya yüzükle evlenme teklifi edeceğim. Bir parça tersten gidiyoruz ama geç olsun, güç olmasın.

Akşam için hazırlıklara başlamadan önce eve girip üzerimi değiştirmek üzere odama yönelirken mutfaktan, *Oğlum sen misin?* diye sesleniyor annem. Otuzumu görmek üzere olduğum halde hâlâ ailemle yaşıyor olmam size garip gelebilir ama bizde böyle, ailesinden ayrılmak isteyen, ancak kendi ailesini kurup ayrılır.

Mutfağın kapısından başımı uzatıp anneme selam verdikten sonra, *Zülal nerde?* diye sorduğumda Naz'la buluşmaya gittiğini söylüyor. Bu iki akran, yakın arkadaştır ama son zamanlar daha bir sık buluşmaya başladılar. Buluşsunlar da kontrolü elden bırakmamakta fayda var her zaman. Zülal iyi de ortam kötü.

Odama girdiğimde, tek kişilik yatağımın üzerinde oturan Gülfem Anne'yi gördüğümde şaşırıyorum çünkü normalde misafir odasında yatıyor. Bu yeni taşındığımız ev dört odalı, hepimize yetecek kadar yer var. Geçen yıl satın aldım burayı. Önümden arkamdan koşturarak beni bu yaşıma getiren annemle babama az bile.

Hiç ses etmeden Gülfem Anne'nin yanına ilişiyorum. Diz altı eteğinin üzerine her zamanki gibi gömleğini ve ince hırkasını giymiş, saçlarını ensesinde toplamış. Birbirine bitiştirdiği dizlerinin üzerinde bir fotoğraf duruyor. Fotoğrafa biraz daha dikkatli bakınca, yıllar önce yarısını Süreyya'nın yaktığı o fotoğraf olduğunu fark ediyorum. Zaman geçince nasıl olsa o da yaktığı için pişman olur, aramız düzeldiğinde de veririm sevinir diye alevlerin içinden çekip almıştım. Tabii aramız hiçbir zaman düzelmedi, ben de fotoğrafı unuttum gitti. Hayret nerden bulmuş?

"Annem? Bak burada Mehmet Amca'nın elini tutuyormuşsun ama senin olduğun kısım yanmış... Boş ver, sende daha güzelleri vardır."

Gülfem Anne yüzüme bakmadan mırıldanıyor, "Benim elimi tutmuyordu..."

Yanlış mı duyuyorum? Başka kimin elini tutabilir ki?

Hiç dokunmadan dizlerinin üzerinde tuttuğu fotoğraftan başını kaldırıp bana bakıyor, "Ne zaman evleniyorsunuz Süreyya'yla?"

Uzun zamandır bir gerçeklik içinde yaşamadığından kafasını karıştırmamak adına ne dese *He* diyoruz ama belki de söylemem gerek, "Biz Süreyya'yla evlenmiyoruz Gülfem Anne."

Çok şaşırmış gibi elini dudaklarına götürüyor. Bir parça da gözleri doluyor sanki.

"Her şey benim yüzümden oldu. Her şey."

Aklı yerinde olmayan birinin sözlerini ciddiye alamazsınız... Bugün vaktim de yok zaten, bin tane işim var. Akşam yemeği için malzeme almam lazım. Feza'ya sofra kuracağım. Feza'ya adabıyla evlenme teklif edeceğim. Evden çıktığımda, sırf bu sebeple, Gülfem Anne'nin yarım ağız gevelediği şeyleri *duy, unut* hesabı rafa kaldırmak istiyorum, fakat bir taraftan da kotumun arka cebine sıkıştırdığım fotoğrafta aklım. *Süreyya'nın babası, o fotoğrafta başka birinin elini tutuyor olabilir miydi?* Hadi Mehmet Amca'nın çocukluk hali olsa neyse de, orada gayet büyük duruyor, sanki Gülfem Anne'yle evli olduğu yaşlarda gibi.

Mahalle kasabımıza uğramadan önce, ne halt yediklerini çözemediğim Zülal ve Naz'ın buluştuğu yere, kapalı garajın hemen yanındaki kafeye doğru çark ediyorum. Yürüye yürüye sokağın başından ortasına vardığımda, kaldırıma kondurulmuş masada baş başa oturan Zülal ve Naz, oldukça ciddi birer selam çakıyorlar bana. Açık oturum sunar gibi ellerini masada kenetleyen Zülal, "N'aber Abi?" diye soruyor. Başımı, *İyilik* şeklinde sallayıp ekliyorum, "Akşam yemeğe geç kalma."

Aynen anneme rapor ettiği gibi Naz'la baş başa oturuyorlar. Şeklen bir problem yok.

Peki, masada dumanı tüten üçüncü çay bardağı kimindi o zaman?

"Açayım mı gözlerimi?"

"Az daha sabret!"

Feza'nın gözlerine bağladığım kırmızı ipek eşarbı kaldırmamla hayret çığlığı atması bir oluyor. Nasıl atmasın, dört bir tarafını rengârenk ışıklarla donattığım teras, adeta büyülü bir bahçeye dönüştü.

Hiç ses etmeden terasın ortasında duran masaya doğru yürüyüp beyaz masa örtüsüne dokunuyor, eğilip vazoya yerleştirdiğim kırmızı gülleri koklarken konuşmaya başlıyor, "Vay be Cemal... Bilmiyordum bu kadar romantik olduğunu."

Üzerinde bordo renkli, belden bağlamalı bir elbise var. Kız isteme faslı ilk olmak üzere, onu elbiseyle ikinci görüşüm bu. Güzel olmuş be!

Tek gözümü kısıp, "Ne güzel olmuşsun kız," dediğimde eteğinin iki yanını tutup reverans yapıyor dalgacı. Bana bunlarla gelin işte! Ne o öyle, *Süreyya'ya da böyle diyor muydun?* falanlar!

O mutlu oldu ya, keyiften dört köşe haldeyim. Bir de alttan müziği verdim mi tamamdır. Bu akşama özel, Furkan'la beraber kurduk terasın müzik sistemini.

Kotumun ön cebindeki uzaktan kumandaya dokunmamla birlikte hoparlörden son ses Müslüm Baba yükseliyor.

Bağlama ömrünü duygularına
Bu zamanda aşka bağlı kalan kim?

Beyinsiz Furkan yine kendi kafasına göre sıralamış listeyi. Hakikaten elimde kalacak bir gün.

Ben kumandaya sertçe bastırıp şarkıyı kapatmaya çalışırken etrafta kaç zamandır asık suratla dolanan Feza'nın buzları çözülür gibi oluyor. O gülmeye başlayınca ben de gülüyorum, sonuçta biz ikimiz aynı buzdan kesilen parçalarız.

Elimdeki kumandayı çatıya attığımız eski köhne koltuğun üzerine fırlatıp Feza'yı belinden kavrayarak kendime doğru çekiyorum.

"Bu dansı bana lütfeder misiniz?"

Kollarını boynuma doluyor, başını göğsüme yaslıyor. Müslüm Baba söylemeye devam ediyor.

O büyük sevgiler bir zamanlardı
Leylalar, Mecnunlar, Keremler vardı

Bir erkeğin mutlaka yapması gereken şeyler listesine eklemeyi unuttum... Bir iki dans figürü bileceksin arkadaş. Kadınlar sever dans etmeyi.

Tek bir aksilik olmadan başarıyla tutuşturduğum mangal ateşini gururla yellerken, hemen az ötemdeki ikili koltuğa bacaklarını altına almış halde yerleşen Feza laf sokuşturuyor, "Tamam anladık, mangalda bir dünya markasısın ama biraz daha öyle bön bön izlersen, etler yanacak!"

Yelpazeyi bırakıp tabağı alıyor ve annemin gizli tarifini uygulayarak kendi ellerimle yoğurdum davul gibi şişen köfteleri maşayla birer ikişer attırıyorum tabağa. Gel bakalım Feza. Gel de şimdiye dek böylesini yedin mi söyle!

Masaya karşılıklı oturduğumuzda annemin hazırladığı birkaç çeşit zeytinyağlıdan Feza'nın tabağına servis yapıyorum.

"Fasulyeyi de mi sen pişirdin?" diye hayretle sorduğunda gülümsüyor ve *Yok* anlamında kaldırıyorum başımı.

"Ha ben de yuh diyecektim..."

Tabağını hazırladıktan sonra, "Ne içersin? İstersen kırmızı şarap, istersen rakı var."

Sandalyesinde geriye yaslanırken keyifleniyor, "E bir teklik koy bakalım."

Onun her bir şeyini hazır edip yerime geçtiğimde şalgam suyumu kaldırıyorum havaya. Şerefimize, mutluluğumuza, huzurumuza tokuşturuyoruz bardaklarımızı. Yemeğin ardından yüzüğü vereceğim ya, hafiften bir telaş da basmaya başlıyor beni. İnsanın bin yıllık arkadaşına evlenme teklifi etmesi öyle kolay değil.

"Tam bir çilingir sofrası oldu," diyor Feza rakısından bir yudum alıp. Ben de telaşımı hafifletmek için lafa giriyorum hemen, "Bilir misin neden çilingir sofrası derler?"

Omuzlarını *Bilmem* manasında kaldırınca anlatmaya başlıyorum, "Başında derdi olan, sofraya oturur ve masadakiler bir çilingir edasıyla onu açmaya, konuşturmaya, derdini söyletmeye çalışırlar. Ondan çilingir sofrası denir."

Bir yudum daha alıyor rakısından, "Ne dersin, var mı birbirimize çilingirlik yapmamızı gerektiren bir durum?"

Aslında var. Şu cebimdeki fotoğraf çok karıştırdı kafamı. Hoş, Gülfem Anne ne anlattığının kesin farkında değildi ama yine de Feza'nın fikrini almak istiyorum.

Cebimdeki fotoğrafı çıkartıp Feza'nın önüne koyuyorum, "Bu fotoyu biliyor musun?"

Eline alıp evirip çevirip, "Süreyya'nın babası Mehmet Amca," dediğinde devam ediyorum, "Yarısı yanmış ya. Kiminle el ele tutuşuyor olabilir sence?"

Bu ne manasız soru gibisinden yüzüme bakıyor, "Kiminle olacak? Karısı Gülfem Anne'yle."

"O", diyorum, "Bana bugün fotoğrafın diğer yarısındaki kişinin bir başkası olduğunu söyledi."

Feza şöyle bir fotoğrafa bakıyor, "Hadi be! Mehmet Amca çapkınmış ha! Vay anasını sayın seyirciler. Ama Gülfem Anne'den önceki bir manitadır bu kesin, yoksa hayatta affetmezdi... Sen ver bakayım fotoğrafı, ben ufak çapta bir bakınayım şuna."

"Üzülüyorum be Gülfem Anne'ye, herkes gitti, geçmişinde takılı kaldı..."

Feza ile sessizleşiyoruz. Kısa bir zaman geçtikten sonra Feza konuşmaya başlıyor, "Aslında benim de çilingirlik bir konum var... Kocasının Süreyya'yı kiminle aldattığını öğrendim. Kaç gündür de kıvranıyorum sana söylemek için."

Önce bir *Kimmiş?* diye soracak gibi olup hemen konuyu değiştiriyorum, "Boş ver şimdi. Benim sana soracağım başka bir şey var."

Kafasını sallıyor, "Ne ki?"

Kotumun diğer cebinde sakladığım kırmızı kadife yüzük kutusunu çıkarıyorum. Ayağa kalkıp Feza'nın önüne geliyor ve tek dizimin üzerine çömeliyorum.

Yok artık! der gibi bakıyor Feza.

Onun gözlerindeki pırıltıyı gördüğüm anda, Gülfem Anne'nin anlattığı bir hikâye geliveriyor aklıma.

Soğuk bir kış günü, bir kar tanesi, gökyüzünden yeryüzüne doğru süzülürken başka bir kar tanesine âşık olmuş. Demiş, "Gel, hemen evlenelim seninle." Diğer kar tanesi şaşırmış, "E biraz sonra yere düşüp eriyeceğiz?" Niyetinin ciddi olduğuna onu inandırmak isteyen kar tanesi azıcık daha sokulmuş diğerinin ya-

nına, "Eriyip su olacağız, ardından yine havaya karışıp kar tanesine dönüşeceğiz. Söyle, birbirimizi her halimizle kabul edip sevmek bu değildir de nedir?"

Feza'yla birbirimizi her halimizle seveceğimize inanarak açıyorum kadife kutuyu, "Benimle evlenir misin?"

IX. Bölüm

Süreyya

Uzunca bir gezintiden sonra yorgun düşen sivrisinek, durup dinlenmeye karar vermiş. Pek kibirli bir şeymiş bu sivrisinek, kendini çok önemsediğinden, dinleneceği yer konusunda da çok titizmiş. Etrafına bakınırken, az ötedeki tarlada irice bir boğa ilişmiş gözüne. Hızla alçalarak boğanın boynuzunun tepesine konup kulağına vızıldamış, "Efendim, eğer size ağır geliyorsam söyleyiniz. Emin olunuz, kalkar giderim hemen." Boğa hiç oralı olmadan cevap vermiş, "Nasıl isterseniz küçük hanım. Gerçeği söylemek gerekirse konduğunuzu hissetmedim bile, bu demektir ki gidişinizi de fark etmeyeceğim kesinlikle."

Hayatımda ilk defa metrobüse biniyorum. Kucağımda Can'la, şans eseri boş bulduğumuz koltuğa tam oturacakken kadının teki hamile taklidi yaparak yerimizi kapınca, biz de hemen çapraz köşedeki bonus koltuğa atıyoruz kendimizi. Zaten sesi soluğu çıkmayan oğluma, *Sessiz ol Can'ım*, diye tembihleyip başımı cama yaslıyor ve tekrar yerimizden olmayalım diye ölü taklidi yapıyorum. Nuh'un gemisi misali tıklım tıkış haldeki metrobüsün uç taraflarından bir yerden neşeli bir gitar sesi gelmekte. Toplu taşıma araçlarında müzik yapılması hoş; ancak emin olun bu ortamdaki insanlar neşesini bulmaktan ziyade gideceği yere tek parça varabilmenin telaşında.

Ne zaman ki araç hareket ediyor, gözlerimi açıp oturduğum yerde dikleşiyor ve bakışlarımı etrafımdaki yorgun yüzlü insanların üzerinde gezdiriyorum. Bundan daha birkaç gün önce, özel aracımın arka koltuğuna kurulmuş halde giderken, yıllardır direksiyon sallamasına rağmen her seferinde İstanbul trafiğine takılmayı başaran şoförümüz Nuri'ye söylenmem aklıma geliyor, *Bravo Nuri, yine geç kaldık! Bir öğrenemedin şu kestirme yolları!*

Nergis başta olmak üzere, evde çalışan tüm hizmetlilerle sürekli bir kavga halindeydim ben. İçimdeki boşluk, yüksek voltajda elektrik olarak aksediyordu dışıma:

Misafir tuvaletini yalnızca misafir kullanacak!

Elli kere söyledim, yemeklik yağ ve salataya konulan yağ ayrıdır diye!

Koltuk ve yastık kılıflarını haftada bir duruma göre ya yıkayacaksınız ya da sileceksiniz!

Bu elmayı Can'a sirkeli sudan geçirmeden mi verdin?

Haluk Bey'in gömleklerini renk sırasına göre asmak bu kadar mı zor?

Yoğurdu marketten istedim ne demek? O yoğurt yapma makinesini süs diye mi aldık?

Bunların hepsi mutsuz bir kadının yakarışlarıydı işte. Mesela, villamıza aldığımız buzdolabı boyutundaki dipfriz geliyor da aklıma; içinde ayıklanmış on kilo fasulye, on kilo bamya, yüz adet sigara böreği, haşlanmış nohut torbaları, közlenmiş patlıcanlar, yok yoktu. Sanki savaşa giriyoruz. Ya villamızın kapısına sereceğim paspas için haftalarımı harcamama ne demeli? *S* ve *H* harfleri muntazam bir kaligrafiyle iç içe geçmediği için kaç paspasçı değiştirmiştim. Sonra tutup, kraliyet ailesinin yandan yemişi misali, Haluk'la ismimizin baş harflerini ağzımızı sildiğimiz kâğıt peçetelere, bornozlarımıza, yastık kılıflarımıza falan işlettirmiştim. Ne boş işler...

Açık konuşmak gerekirse, beni en çok zorlayan şey Haluk'un uzun yıllardır yanında çalışan Nergis oldu. Adeta kaynanam gibiydi. Benden önce evin düzeni ondan sorulduğu için bir türlü kontrolü bırakmak istemiyordu. Kendi evimde misafir gibi hissetmeye başlamıştım. Gençliğin verdiği toylukla beni parmağında oynatıyordu. Seneler geçip de ben büyüdükçe, elimden geldiğince kibar olmaya çalışarak sözümü sakınmamaya başladım. Ama her şeye rağmen Nergis ile birbirimizi anladığımızı ve sevdiğimizi sanıyordum. Ta ki bir gün, benim hakkımda yaptığı gizli telefon konuşmasına şahit olana kadar; *Düzgün toz alamıyormuşum... Aptal karı. Dün boktun, bugün koktun. Sabahleyin kahvesine tükürdüm de öyle servis ettim. Var ya, bir gün kocası bunu sepetleyecek elbet, işte o vakit kafasına tüküreceğim onun!*

Haluk'a bunları aynen nakledip Nergis'i kovmasını salık verdiğim akşam, enteresandır, hizmetlisinin tarafını tutmuş, *Yanlış duymuşsundur* demiş, hatta söylenenleri komik buluyormuş gibi hafif gülümsemişti bile. Sonra da, *Konu bende* deyip kapatmıştı mevzuyu. Ardından, Nergis'in bana karşı davranışları (en azından bir süreliğine) yüz seksen derece değişmişti. *Süreyya Hanım, bugün ne pişirelim?.. Süreyya Hanım, bugün gene prensesler gibisiniz... Süreyya Hanım kahvenizi nereye getireyim?* Haluk'un Nergis'i işten çıkartmamasını iyi niyetine vermiştim. Oysaki şu an anlıyorum, Haluk'un Varlık'la sürdürdüğü gizli ilişkisinin paravanlığını Nergis'e yaptırdığını. Kadın, evin kara kutusu, kovman ne mümkün!

Kucağımda oturan Can'ın gözleri kapanmış, başı cama düşmüş, derin bir uykuda. Bir süre masum yüzüne, uzun kirpiklerine, pamuk cildine bakıyorum. Her şey onun için. Yalnız olsam, kimsenin beni tanımadığı bir yerde sıfırdan başlardım. Ama Can'ın düzene, güvene ve maalesef babasına ihtiyacı var.

Avukatın tuttuğu dedektifin dosyasını çantamdan

çıkarıp ilk sayfayı açtığımda, sayfanın ucuna ataçla iliştirilmiş fotoğraf önüme çıkıyor. Varlık ve Haluk, dilleri dudaklarına girmiş bir şekilde öpüşüyor. Bakın ben kocamla böyle öpüşmemişimdir. Hem de bizim villanın kapısının önünde. Gösterdikleri cesaret, takdire şayan.

Bu ikisi hiç mi korkmadı benden, Faruk'tan, hadi bizi geçtim, Allah'tan? Bu kadar mı aptal sanıyorlardı bizi? Gerçi bu açıdan bakınca az bile sanıyorlarmış. Faruk ve ben, biz iki su katılmamış, saf aptal, öylece yaşayıp gitmişiz bunca yıl, diyeceğim de etrafımızda öyle *Yok artık* dediğimiz hikâyeler dönüyor ki, kitaba koysan, *Kesin sallıyor* derler; filme çeksen, çok Fransız bulurlar. Kimin niyetinin ne olduğunu anlayamıyorsun. Anladığındaysa, zaten Şekil 1-A'da görülüğü üzere çok geç oluyor. Tekinin karısı senin eşinin yanağından durup dururken bir makas alır, elinden tutup dansa kaldırır, *Ay senin bu kocan âlem adam* diyerek pat pat göbeğine vurur, teknede yemek yerken üzerine bir tişört geçirmeyip ipli bikinisinden taşan silikonlu memelerini senin eşinin ağzına sokar, fotoğraf çektirirken seninkine bir sarılır; sanırsınız siz değil de o ikisi evli.

Tekinin eşi tutup sana son derece uygunsuz bir iltifat eder, sen utançtan kıpkırmızı olunca da *Relax tatlım!* der; gecenin bir yarısı, kocanın iş seyahatinde olduğunu bilmiyormuş gibi yapıp elinde bir şişe şampanyayla kapını çalar; sergi açılışında kulağına eğilip, *Evlilik hayatı nasıl gidiyor?* diye sorar. Şuursuz şey. İşim gücüm yok, sana evlilik hayatımı mı anlatacağım?

Abartıyorsam ne olayım. Haluk'un *en yakınım* dediği bu kadın ve erkeklerin yavşaklıklarını kaç kez görmezden gelmişimdir. Haluk'a da tek laf etmemişimdir gerginlik çıkmasın diye. Oysaki adamın kendisinin bozuk olduğuna ancak aydım.

Dedektifin araştırmalarına göre, Varlık ve Haluk'un ilişkisi bizim evliliğimizden de eskiye dayanıyor. Varlık daha ikinci eşini boşarken Haluk'la tanışıyor. Haluk o zamanlar zengin bir ailenin oğlundan ve *Board Member of Hedehödö*'den başka bir şey değil. Babasıyla arası bozulan Haluk, Varlık'la tanışıyor. Varlık da onu parası olan başka adamlarla tanıştırıp kendi ayakları üzerinde durmasına yardım ediyor. Varlık üçüncü level'a, yani üçüncü eşe geçerken, sırf elinin altında dursun diye uzun yıllar kimselere yar etmiyor Haluk'u. Sonra diyor, *Buna şöyle görüntüde eş olabilecek bir salak bulayım, benim düzenim de sarsılmasın* ve sürpriiiiz! Beni buluyor. Aslen bir ayı olmasına rağmen sırf parası var diye evlendiği Faruk'un işleri ise son dönemde tepetaklak olup bir de bunların Suudi Arabistan'a taşınma durumu çıkınca, dümeni tamamen Haluk'a kırıp aralarındaki tek engeli kaldırmak için harekete geçiyor. Yine Sürpriiiiz! Engel, eşittir ben. Plansa şu, ben Haluk'tan çok da hatırı sayılır bir para almadan boşanıp ortadan toz olacağım ve Varlık da onunla evlenecek.

Nasıl? Aslında ne kadar kolay değil mi insanların hayatlarıyla oynamak?

Dün, Haluk'u arayıp boşanma davası kâğıdını imzaladığımı, davayı benim açacağımı, bir avukat tuttuğumu ve bu işin en kısa sürede bitmesini istediğimi söylediğimde, Varlık'la ilgili hiçbir şey bilmediğimi düşünen Haluk, *Benim eşime de ancak böyle şık davranmak yakışırdı* dedi.

Bekle Haluk'cuğum... Bekle ve gör eşinin zamansız şıklığını.

Seni gazete manşetlerinin tepesinde sallandırmazsam bana da Süreyya demesinler.

Lüks sitemizin giriş kapısından geçerken, içinde bulunduğum taksinin camına eğilen güvenlik görevlisi, *Ne kadar kalacaksınız Süreyya Hanım?* diye soruyor. Belli ki dört bir yana direktifler verilmiş, artık burada istenmiyorum.

Güvenlik görevlisine, *Çok değil* cevabını verip taksiye, *İlerleyelim* diyorum.

Bizim villanın kapısına geldiğimizde taksicinin, *Bekleyeyim mi abla?* sorusuna kesin ve net bir üslupla cevap veriyorum, *Bekleme.*

Yaşadığım o ilk beş günün şokunu takiben ben boşanmayı olaysız kabul ettikten sonra, Haluk tüm kredi kartlarımı belli bir limit koyarak açtırdı. Aslında Kurtuluş'tan buraya direkt taksiyle de gelebilirdim ama içimden onun parasını harcamak gelmiyor. Gerçi bozdurduğum *Cartier* bileziği de Haluk almıştı ama en azından *bilezik benimdi* diye avutuyorum kendimi.

On bir yıl boyunca tek bir gün çalışmadan, emeğimle tek bir kuruş kazanmadan baba evinden çıkıp koca evine girerken, hayret, hiç gurur yapmamıştım.

Hâlbuki şu birkaç gündür esas bununla boğuşuyorum kafamın içinde. Bir eş ve bir anneyim, peki bunların dışında, Süreyya Seylan olarak kimim ben? Kendi kişiliğime, duruşuma ne gibi bir yatırım yaptım? Ufak ya da büyük fark etmez, bu dünyaya ne fayda sağladım? Hem de elimin altında bir imkânlar denizi yüzerken. Bunca yıl, çevremdekiler piyangodan büyük ikramiyenin bana çıktığını tekrarlayıp ne kadar şanslı olduğumu söylüyorlardı ama işin gerçeği ben boğuluyordum ve bunu söylesem *Nankör, şımarık!* diye linç edilmekten korkuyordum. Birkaç kez derdimi Haluk'a açmayı denedim ve *Daha ne istiyorsun? Belanı mı?* çıkışıyla karşılaşınca sustum. Oysaki o susmuyordu. Yemeklerde, arkadaş toplantılarında, teknede, yani hitap edeceği bir topluluk bulduğu her noktada üstü kapalı olarak benimle ve evliliğimizle dalga geçmeye başlamıştı;

Şu melek yatırımcılık işine girdiğimden beri biri de çıkıp demedi, "Haluk Bey sizinle bir web projesi yapıp, www.zenginkoca.com'u hayata geçirelim" diye!
HAHAHAHAH!

Eşim diye demiyorum klas kadındır, öyle herkes gibi başı dönmez Süreyya'nın, onun vertigosu var!
HAHAHAHAH!

Pilav yapmak zordur ama siz bir de Süreyya'dan yumurta kırmanın zorluğunu dinleyin!
HAHAHAHAH!

Böyle işte. Önce soğudum, sonra nefret etmeye başladım Haluk'tan. Evliliğe, bir şirketi yönetir gibi yaklaşan biriyle nereye kadar gider, değil mi?

Belki bu zümre için bir ilk olacağım ama bu boşanma davasından bir servet kazanmayı falan istemiyorum. Parası yerin dibine batsın. İstediğim tek şey, Can'ın geleceğini garanti altına almak ve Varlık'la Haluk'u rezil etmek. İğrençlikleri gazetelere, dergilere düşünce, görsünler bakalım aptal yerine koydukları Süreyya kimmiş.

İçeriye girer girmez alarmı kapatıyorum. Alarmımızın şifresi, *11675.* Hayır, bu öyle bizim için özel anlamı olan bir tarih değil. Haluk bir ara numerolojiye sardı. Bundan önce koçluk seminerlerine takmıştı kafayı, ondan önce viski kursuna, ondan önce de yelkenliye. Haluk, bu numeroloji dalgasına başlayınca, evrendeki hiçbir şeyin tesadüf olmadığına, her şeyin sayısal bir düzen içinde meydana geldiğine inandı. Numerolojiye göre her rakam bir harfi temsil ediyor ve sıkı durun, *11675, HALUK* demek. Normal şartlarda kadın isimleri konur ya teknelere, mesela bizim teknenin ismi de *HALUK.* Kendisinin ne denli mütevazı olduğunu buradan anlayabilirsiniz. Neyse, bu rakamları toplayınca 20 ediyor, onu da 2+0 şeklinde toplayarak seni 2 sayısının temsil ettiğini buluyorsun. Peki nasıl bu 2'ler? Sezgileri çok kuvvetli, barış yanlısı, dürüst, son derece duygusal. Adeta eşim HALUK!

Eşim, eşim, eşim... Sıçtırtmayın eşime! Kocam işte kocam!

* * *

Oğlumla eve adım atar atmaz büyük bir sevinçle yanımıza koşan King Charles cinsi köpeğimiz Daisy etrafımızda fır dönüyor. Ama Can'ın gözü hiçbir şey görmüyor, elimden kurtulup üst kattaki odasına koşmaya yelteniyor. Ben toparlanırken evde olmasını istemediğim için, *Bak Daisy seni ne kadar özlemiş. Hadi onunla bahçeye çıkın biraz oynayın* diyerek dikkatini dağıtıyorum. Can ve Daisy, birlikte bahçedeki kum havuzuna gidiyorlar. Tüm oyuncakları bıraktığı gibi duruyor; kova, kürek, kalıplar. Bir süre ikisine uzaktan iç geçirerek bakıyorum... Çok işim var. Haluk'tan evdeki çalışanlara izin vermesini rica ettim. Hele ki o Nergis'in sesini bile duymak istemiyorum. Artık bu evin hanımı olmadığım için Nergis'in yüzüme tükürebilme ihtimalini düşünüp Haluk da korktu herhâlde ki, isteğimi kabul etti. Ah Nergis ah... *Gelen gideni aratır* lafını hatırlatırım sana.

Mutfağa girip kendime bir espresso yapmaya heves ediyorum ama ne mümkün? Kahve makinesini çalıştırmayı bilmiyorum ki! Oraya basıyorum, buraya basıyorum, makineye vuruyorum ve sonunda, o kahve o bardağa akıyor. Hah! İsteyince her şey olur!

Kahvemi alıp geniş mutfağımızın tavandan yere kadar sürgülü camla kapanan ön tarafına geçiyor, bahçeye bakan masamıza kuruluyorum. Masamızmış... Dilini eşek arısı soksun Süreyya, artık ne bu mutfak, ne bu masa ne de bu villa senin. Zaten hiç senin olmamıştı ki. Sen konuyu tek taraflı bir sahiplenme halindeydin sadece.

Küçük bir yudum alıyorum kahvemden. Ohhhh! Şu anda sinir krizi geçirip villayı darmaduman etmem gerek belki de, lakin içimde garip bir huzur var. Şu koca evde, on bir yıldır ilk defa tek başımayım. Keşke hep böyle boş olsaydı, böyle sessiz. Telefon konuşmamı Nergis dinliyor mu diye huzursuzlanmıyorum, ayıp olur diye düşünmeden iki bacağımı birden yemek masasına uzatıyorum, sütyenimi çıkarıp otursam bile kimse görmez.

Kahvemi bitirip bahçede Daisy'yle oynayan Can'ı kontrol ettikten sonra sanki ilk defa ayak basıyormuşum gibi villayı adımlıyorum. Affedersiniz ama YUH! Amma büyükmüş. Bir de bundan daha büyüğüne çıkmak için Haluk'un başının etini yiyordum. Düşünün, şimdikinin iki katı hizmetliyle! Neymiş ki derdim? Hayır, bundan fazla ne yaptırabilirdim o evin içine? Buz pateni pisti mi?

Şu dört katlı villada bile oturduğumuz tek yer, televizyon odasıydı. Salonu ancak misafirler geldiğinde kullanıyorduk. Gerçi bu da neredeyse gün aşırıydı ama tek başıma ya da Haluk'la oturup sohbet etmişliğim yoktur şu kocaman gri kanepelerde.

Karşılıklı konumlandırılmış, bol yastıklı kanepelerden birini seçip üzerine bırakıveriyorum kendimi.

Hadi evlendim, bari her şeye farklı başlasaydım. Haluk'un bekârlık evi yerine daha şehir içi, ufak, pratik bir eve taşınmayı talep etseydim. Keşke bu kadar hizmetçi, şoför, bahçıvan ile uğraşmanın çalışmak olduğunu düşünmeyip kendime yatırım yapacağım, işe yarar bir şeylerle uğraşsaydım. O kadar genç, saf ve bilgisizdim ki... Ay sanki bunları isteseydim, Haluk tamam diyecekti, adam bayağı sesi soluğu çıkmayan, domestik bir tipin peşindeymiş. Biliyorum, her boşanan kadın bu süreçten geçiyor ama çıldıracağım bu geçmiş sorgulamalarından. *Keşke'ler, acaba'lar* bitecek mi bir gün?

BİRİ BANA SÖYLESİİİİİNNN!

Şu bağıran iç sesim. Lanet olsun, yüksek sesle bile çığlık atamıyorum.

Bunları rezil edeceğim falan diyorum da nereye ediyorum? Bu çocuk biraz aklı erdiğinde Google'a girip, *Benim ne biçim ailem varmış demeyecek mi?* Okul arkadaşları hem arkasından hem de yüzüne konuşmayacak mı? Hayatta yapamam böyle bir şey. Okuyoruz işte, çocuklarına rağmen boşanma davasını sakız gibi uzatıp cümle âleme rezil olanları. Fakat inanın, insanın içine öyle bir ateş düşüyor ki, vallahi gözü dönüyor, intikam için her şeyi yapabilir yani. Şimdi anlıyorum, *Nasıl bana bunu yapabilir?, Ben bunu hak edecek ne yaptım?, Neden ben?* diye soran kadınları. Bunlar banko sorular. Gururun kırılıyor, inciniyorsun, ölüyor gibi oluyorsun. Yani, aslında içinde bir şeyler gerçekten de ölüyor. Anne olduğumda büyüdüğümü sanmıştım ama asıl şimdi büyüyorum. Bir boşanma nelere kadirmiş...

Bir şey diyeyim mi size, dünyanın en güzel ve en zor şeyi çocuk sahibi olmak. Can doğmamış olsaydı, ben tek başıma çok daha farklı geçerdim bu derdin içinden. Ama ortada etten kemikten, senden çıkma bir can var. Aşağılığın önde gideni de olsa, bu canın bir babası var. Kahretsin ki, görünmez ve kopamayan bir ip bizi birbirimize bağlayacak Haluk şerefsiziyle.

Haluk yerine Cemal'le evlenmiş olsaydım, mutlu olur muydum? Geldiğimden beri bu düşünceyi kafamda evirip çeviriyorum. Cemal'e deli gibi âşıktım ve bir yanım, *masal gibi bir evliliğiniz olurdu* diyor. Ama gerçekçi ve dürüst olmak gerekirse; bütün bu deneyimlerden geçmemiş Süreyya'nın o evlilikte de çok mutlu olacağını söylemek zor. Muhtemelen sahip olamadığım şeylerin önemli olduğunu düşünüp içten içe daha fazlasını isteyecek ama bunu söylemeyecektim. Konuşmama gerek kalmadan karşı taraf kafamın içinden geçenleri anlasın istiyorum hep, anlamayınca da öfkeleniyorum, Cemal ile ayrıldığımız dönem ona kızgın olmam gibi. Kendimi haklı buluyordum ama ona nedenlerini açıklamıyordum. Belki üniversite konusunda ısrarcı olsaydım, Cemal fikrini değiştirirdi. Ama bu sefer de, onun tahmin ettiği gibi birbirimizden iyice kopacaktık. Eminim, bir süre sonra hamile kalamamam da aramızda bir gerginlik yaratacaktı.

Bana öyle geliyor ki, on sekiz yaşımda hangi erkeği seçersem seçeyim mutluluğu yakalayamayacaktım. Ama emin olduğum bir şey var ki, eğer Cemal ile konuşabilseydim, güvensizliklerimi ve korkularımı ona açabilseydim, o zaman Haluk gibi, beni sözleriyle ve davranışlarıyla incitmez, yanımda olurdu. *Aşk emektir* derler ya, Cemal o emeği verirdi. Hayatımda tek bir büyük karar verdim, o da hayatımın hatası oldu. Ortada gerçek bir sevgi olmadan kurduğun yuva, ancak kumdan oluyor ve ilk rüzgârda dağılıveriyor.

İtiraf etmem gerekirse; kalbimde ne zaman aşka ihtiyaç duysam, hasret kalsam, gözlerimi kapatıp Cemal'e karşı hissettiklerimi aklıma getirmem bana yetiyordu. İçimden, *En azından bir kere gerçek aşkı yaşadım* diyordum. Mutsuzluğumda, geçmişime şükrediyordum. Cemal ile yaşadığımız aşk öylesine yapmacıksız, öylesine saftı ki... Ah Süreyya, bal gibi biliyorsun, bir daha kimse seni onun gibi sevemeyecek.

Cemal'i tekrar görmek, karakterinde en ufak bir bozulma olmadığını fark etmek, bunca yıldır evlenmediğini öğrenmek, yaşadığım pişmanlığı daha çok artırdı. Keşke Süreyya on sekizinde şimdiki akla sahip olsaydı, keşke Cemal gibi adamların kolay bulunmadığını bilseydi, keşke aşkına sahip çıksaydı. Cemal bana ne zaman baksa, kalbim deli gibi çarpar, yüzüm kızarır, karnımda kelebekler uçuşurdu. Bunca yıl masum bir iç geçirmeyle andığım o duygular, aynı şiddetiyle bugün tekrar gün ışığına çıktı. Açıkçası şok geçirdim. Haluk ve çevresindeki adam tipine o kadar alışmıştım ki, artık Cemal gibi bir erkeği çekici bulacağımı sanmıyordum. Ama aynı kot, aynı tişört gezen, kirli sakallı, yamuk burunlu, dağınık saçlı, derin bakışlı Cemal yine beni derinden sarstı.

Eğer tek bir şansım daha olsaydı...

Gözlerimden akmak üzere olan yaşları engellemek için başımı geriye doğru yaslamamla site güvenliğinin araması bir oluyor. Bana ayrılan sürenin sonuna mı geldim yoksa?! Haluk'tan artık her şeyi beklerim.

Yerimden kalkıp kapıya yöneliyor ve diyafonun ahizesini kaldırıyorum.

"Misafiriniz var Süreyya Hanım."

Misafir mi? Bu hayatta bir başıma kaldım dostum ben. Yanlış anlamışsındır, bana gelmemiştir o.

Yine de usulen soruyorum, "Kimmiş?"

Kısa bir sessizlik sonrası cevap veriyor adam.

"Feza Hanım."

Beş metrelik tavandan sarkan, Haluk'un İtalya'dan özel olarak sipariş ettiği Murano camından avizeye bakıyor ve *Oha!* diyor Feza.

Onun burada, karşımda durduğuna inanamıyorum. Ne için geldiyse gelsin, kendimi Feza'nın kollarına atmak ve on dakika kadar sarılmak istiyorum aslında ama "Sen, burada, ne alaka?" çıkıyor ağzımdan.

Beni eliyle fütursuzca kenara ittirip salon kapısına doğru ilerlerken konuşuyor, "Bir beş çayını içmeye geldim. Yalnız benimki sütlü olsun, İngiliz usulü."

Belli ki kavgaya geldi. E hiç gerek yoktu, mahallede mis gibi ederdik kavgamızı.

Bir hafta önce, kocamla Varlık'ın gizli ilişkisini aynı anda öğrendiğimizden beri tek kelime konuşmadık Feza'yla. Yine Kurtuluş'un her köşesinde karşılaşıp durduk; ama ne o bana ilişti ne de ben ona. Bu sırrı öğrendiği için önce çok rahatsız oldum, fakat sonra bunun ağırlığını uzaktan da olsa biriyle paylaşmak iyi geldi, bana acıyan biriyle olsa bile.

Ben hâlâ belki ne için geldiğini söyler ve gider diye elim sokak kapısının kolunda beklerken salonun orta yerine geçiyor Feza.

"Vay be... Zenginlik derken böyle bir şeyi kastediyordun demek ki. Dergilerde göründüğünden daha da zenginmişsin. Tabii insan bilmediği bir şeyi tahayyül edemiyor."

Kapıyı kapatıyorum, "Bakıyorum, benimle ilgili gelişmeleri yakından takip ediyormuşsun."

Dudağını büküyor, "Yok be ne takip edeceğim seni! Öyle sağdan soldan gördük işte. Paranızı milletin gözüne bu kadar sokarsanız normal yani görmemiz."

Cevap vermiyorum. Sessizlik uzuyor. Bu sefer Feza, ileri gittiğini fark ettiği için mi, yoksa gerçekten beğendiğinden mi bilinmez, "Eviniz çok güzel," diyor. Soğuk bir tonda, "Benim evim değil," diye karşılık verip, koltuğu gösteriyorum. Sanki aramıza bunca yıl girmemiş, sanki iki yakın dostmuşuz gibi karşılıklı oturuyoruz gri koltuklara.

"Bir örtü falan ser altıma istersen. Kirletmeyeyim şimdi bunları. Zenginler hassas olur."

Beraberken de yapardık hep bunu, yani eskiden, mahallemizde kendi yağımızla kavrulmaya çalışırken zenginliği yerin dibine sokup çıkarırdık. *Kadının aldığı çantaya bak, şuna verdiği parayla kabile doyar be. Bak bak arabasını herkesin göreceği yere park etmiş, çizsinler de gör gününü...* Bir şey diyeyim mi, zengin olduğunda o çantayı da o arabayı da çatır çatır alıyorsun. Çünkü o kadar paraya sahip olduğunu göstermenin tek yolu bu. O yüzden lüksün de lüksünü, hiper lüksünü üretiyor firmalar. Eğer üretmezlerse zenginler üzüntüden ölür.

"Fazla kalmayacağım," diyerek çantasından bir kâğıt parçası çıkarıyor ve aramızda duran geniş sehpanın üzerine çat diye yapıştırıyor, "Bununla ilgili bir fikrin var mı?"

Eğilip bakıyorum, yarısı olmayan, siyah-beyaz bir fotoğraf bu. Elime alıyorum. Babam fotoğraftan bana bakmakta. Hayır, olamaz. OLAMAZ!

Hafiften sertleşiyor sesim, "Nereden buldun bunu?"

Umursamaz bir halde bacak bacak üstüne atıyor Feza, "Nereden buldumsa buldum, sana ne? Bunun diğer yarısında kim vardı? Sen bana onu söyle."

Yüzük parmağındaki tek taş parlıyor. Cemal paraya kıymış. Muhtemelen düğün yakın. Allah'ım her şey mi üst üste gelir? Hele bu fotoğraf... Nasıl olur ya, Feza'nın eline nasıl geçer bu? On bir yıl önce, o akşam ateşe atmıştım bunu. Yanıp kül olmuştu. Kendi gözlerimle gördüm. Şu an elimde tutuyor olmam imkânsız!

Feza tekrarlıyor, "Kim diyorum?"

Fotoğrafı masadan aldığım yere bırakıyorum "Annem."

Gözlerini kısarak "İnanmıyorum sana. Babanın elini tuttuğu kadın kim? Bak son defa soruyorum," şeklinde ültimatom veriyor.

Neden insanlar belasını bulmak ister? Neden kurcalarlar her şeyi? Adalet, Haluk'un metresinin Varlık olduğunu söyledikten sonra, canımın acıyacağını bile bile her şeyi en ince detayına kadar bilmek, her fotoğrafı görmek istedim. Kokusunu aldığın anda, yürüyorsun işte belana doğru.

Ayağa kalkıyorum ve bu sefer net bir şekilde konuşuyorum, "Hadi git Feza."

O ise yerinden kıpırdamıyor, "Biz sana diyor muyuz mahalleden git diye? Farz edelim dedik, gider misin? Zaten ağzıma sıçtın, bari hayatında bir kez iyiliğin dokunsun. Bunu bana borçlusun."

Bense, bunca yıl sana iyilik yaptığımı düşünüyordum arkadaşım. Bunca yıl, kimselere anlatamadığım bu gerçekle boğuştum durdum. Bunca yıl, bu sırrın yüküyle yaşadım. Senin yüzüne bakarsam, dayanamam anlatırım diye kaçtım hep. Şimdi, lütfen benden bunu isteme, diyemem bir şey. Yoksa her şey, tüm çabam, bir hiç uğruna mıydı?

Genzimi temizliyorum, "Anlatacak bir şeyim yok."

Ayaklanıyor Feza. Sehpanın iki tarafında, birbirine saldırmaya hazır iki boğa gibi bakışıyoruz. Söylemiştim size, Kurtuluş'tan ayrılmamın esas sebebini anlatmaya henüz hazır olmadığımı. Fakat yakıp kül ederek kurtulmak istediğim geçmiş, buraya, önüme kadar geldi. Ah... Bu geçmiş gökyüzü gibi, hiç bırakmıyor peşimizi.

Orta sehpanın üzerinde, camdan bir fanusun içinde duran orijinal Faberge yumurtasını fanusundan kurtarıp baş ve işaret parmaklarıyla tepesinden kavrıyor ve havaya kaldırıyor. Yok, atmaz herhâlde.

"Emin misin Süreyya?"

Tek gözüm seğirmeye başlarken ayağımın tekini de geriye doğru sürtüyorum, "Eminim."

ÇAAAAT! Elinden bıraktığı porselen yumurta, sehpanın üzerinde patlarken ikimiz de kolumuzla yüzümüzü siper alıyoruz aynı anda. Ben serinkanlılığımı korurken yumurtayla yetinmeyen Bipolar Feza, tutuyor sehpanın ortasındaki kristal puro küllüğünü bana doğru fırlatıyor. Can havliyle başımı eğiyorum ve küllük arkamdaki duvara çarparak tuzla buz oluyor.

Kendimi dahi korkutan bir sakinlikle soruyorum, "Beni öldürmek mi istiyorsun?"

Gözü dönmüş bir halde konuşuyor, "Bilmem? Belki de ikimiz birden ölürüz. Zira yetti bana bu sırlar, yalanlar, şerefsizlikler..."

Acı ile yutkunuyorum, "Buraya kadar gelip yorulacağına neden biricik Gülfem Anne'ne sormadın Feza?"

Kapının girişindeki samuray zırhına bakarken bana laf yetiştiriyor, "Nereden biliyorsun sormadığımı? Zehir Feza karşındaki! İçime bir kurt düşünce, Cemal'den aldım fotoğrafı. Gülfem Anne'ye gittim, sordum. Gidişinle kadının kafasında öyle bir travma yarattın ki, ne aklı kaldı ne de hafızası. Ama belli ki onu üzen bir konu, dolayısıyla bilmek istiyorum. Çünkü senden farklı olarak, annen benim için önemli! Şimdi, ne biliyorsan çabuk sökül, yoksa şu zırhı kafana geçireceğim!"

Ne yapsam yaranamıyorum. Kimin sırrını kimden saklıyorum bunca yıldır. Yapacak başka bir şey yok; cin şişeden, macun tüpten çıksın artık!

"Fotoğrafta babamın elini tutan kadın senin annen Feza. Birbirlerine âşıklarmış."

* * *

Bundan sonrasında hatırladığım tek şey Feza'nın, "Biz kız kardeş değil miydik kalleş! Nasıl benden saklarsın?" diye haykırışıdır.

On beş dakika önce üzerinde efendi gibi oturduğumuz kanepeler delik deşik olmuş, yastıklar parçalanmış, havada kuş tüyleri uçuşuyor. Koca orta sehpa kırılmış. Yemek odasında asılı iç içe geçen daireli tablonun tam ortasında Haluk'un gümüş mektup açacağı saplı. Gören der ki, *Burada kesin galaksiler arası bir savaş oldu*, ortalık öylesine korkunç bir halde!

Feza'yla birbirimizi henüz öldüremedik. Ama evi bu şekilde gören Haluk'un bizi öldüreceği garanti.

Kavgadan bitap düşüp kuyruklu piyanonun iki bacağına nefes nefese yaslanıyoruz Feza'yla. İlk konuşan ben oluyorum, "Nasıl bir manyaksın ya sen?"

Kelimeler zar zor çıkıyor ağzından, "Nasıl bir kalleşsin..."

Artık dayanacak gücüm kalmadığından dizlerimi kendime doğru çekip başımı arasına gömüyorum, "Ne diyecektim sana? Öz annem orospu, babamla anneni ayırmış... birbirini çok seven iki insanı ayırmış mı?.."

Yan taraftan ses gelmeyince kaldırıyorum başımı. Ve her sakinliğin bir sonu olduğundan beklenen gerçekleşiyor, Feza'ya doğru dönüyor ve kontrolümü kaybedip avazım çıktığı kadar bağırıyorum, "Özür dilerim sakladığım için. Ama nasıl bakacaktım senin yüzüne ha? Annem herkesin mutsuzluğuna sebep olmuştu. Söyle nasıl bakacaktım? Utancımdan kaçacak delik aradım! Sağ olsun, o yere göğe sığdıramadığınız Gülfem Anne'niz bana kaçacak delik de buldu!

Kim beni yamadı sanıyorsun Haluk'a? KİM?"

Katıla katıla ağlamaya başlıyorum. Ama böyle tüm iç organlarım dışıma çıkacak gibi bir ağlama. Susmak istiyorum, susamıyorum.

Ne zaman ki omzuma Feza'nın eli değiyor, susuyorum. Yerde emekleyen iki bebek gibiyiz şu anda. Keşke bebekliğimize dönüp her şeye en başından başlayabilsek.

Kendine doğru çekiyor beni. Sarılıyoruz.

Ve sarılmamız, on bir yıl sürüyor.

X. Bölüm

Feza

Bir varmış bir yokmuş... Evvel zaman içinde, kalbur saman içinde, develer tellaklık eder eski hamam içinde. Hamamın tası yok, külhancının baltası yok. Arap bacı hamama gider, koltuğunda bohçası yok. Handır handa, yetmiş iki deli bir manda. Denizin ortasına vardık kıyıdır diye, Tophane güllesini cebimize doldurduk darıdır diye. Kız Kulesi'ni belimize soktuk borudur diye. Tuttu bizi bir zaptiye delidir diye. Masaldır bunun adı, söylemekle çıkar tadı, her kim ki dinlemezse hakkından gelsin topal dadı...

Zaman ve mekân olmadan; iyilik-kötülük, doğruluk-haksızlık, adalet-zulüm, alçakgönüllülük-kibir gibi birbirine zıt durumları yaşayanların mücadelesini veya insanların ulaşması güç hayallerini anlatır masallar. Masal anlatmaksa bir sanattır. Her kim ki masalı iyi anlatıyorsa, karşısındaki dinleyici sorgusuz sualsiz onun sözlerine inanır ama bugün, hayatımda tanıdığım en iyi masal anlatıcısının bana anlatacağı masallara inanmak niyetinde değilim.

İstanbul'a mahsus bu güneşli Haziran gününde, Gülfem Anne'yle, her ikimiz için de tarafsız bölge olan Üsküdar'da, Kız Kulesi'ni tam karşımıza alan bankta oturmaktayız. Hemen az ötemizde duran sokak simitçisinden simit ve ayran aldık, hiç konuşmadan elimizdekileri yiyoruz.

Yüzleşmemiz farz oldu; ama *annem* dediğim kadınla yüzleşmek hiç öyle kolay değil. Şu an için susuyor ve karnımızı doyuruyoruz. Nasılsa bunlar bitince konuşacağımız bir ömürlük konu var.

Pipetle ayranımdan bir yudum çekerken, çaktırmadan Gülfem Anne'ye bakıyorum yandan. İnce şeffaf çorabının altına giydiği lastik tabanlı, yumurta burunlu ayakkabıları; diz kapaklarını örten kahverengi eteği; gömleğinin üzerine geçirdiği sütlü kahve merserize hırkası; beyazlarla karışık koyu kumral saçlarıyla neredeyse seksen yaşında gösteriyor. Oysaki henüz altmışında. Neler karıştırdın sen Gülfem Anne? Omuzlarına nasıl bir yük aldın da bu kadar yaşlandın?

Az sonra söyleyeceklerimin peşi sıra, Gülfem Anne'nin, *Yalan bunlar, eğer inandıysan yazıklar olsun sana!* demesini istiyorum. Eğer öyle demezse, canın kadar sevdiğin birinin, canını alıp gitmesi gibi bir şey olacak çünkü.

Sanki çok normalmiş gibi, simidini ayrana batırıyor. Belki de çay sanmakta içtiğini. Bense, son lokmamı ağzıma atıp simidin sarılı olduğu saman kâğıdın üzerine düşen susamları, yaladığım işaret parmağıma tek tek yapıştırarak topluyorum. Zaman kazanmak istediğim belli ama bir taraftan da çok zaman kaybetmişiz, başlamamız gerek.

"Annemle neden küsmüştünüz?" diye sorarak okumu yayımdan çıkarıyorum. Böyle bir olayı başkasıyla konuşacak olsam kılıç kalkan ekibimle gelirdim fakat söz konusu *Gülfem Anne.* Dökül bakalım, sana *ikinci annem* diyerek ederinden fazla bir anlam mı yükledim ben bunca yıl?

Gözlerini Kız Kulesi'ne sabitlemiş halde, ayrana batırdığı simidinden beyaz damlalar süzülürken bir ısırık alıyor, ağzında yavaşça çiğneyip yutuyor.

Sanki nerede olduğunun tam şu anda farkına varmış gibi garip bir hal alıyor yüzü, "Nasıl geldik buraya biz?"

Saman kâğıdı buruşturup topak yaparak çantama atıyor, boş ayranı da sanki bir üçüncü kişiymiş gibi, ikimizin ortasına yerleştiriyorum.

"Cemal arabayla getirdi bizi."

"Feza... Bilir misin sen Kız Kulesi'nin masalını?"

Laf salatasını geçelim, masallarına karnımız tok, "Bilirim de... Ben sana başka bir şey sordum."

Cemal'le düğünümüze günler kala, ancak cesaretimi topladım ve Gülfem Anne'yle yüzleşip geçmişi deşmeye karar verdim. Cemal'inse hiçbir şeyden haberi yok. Birbirimizden hiç sır saklamayız. Artık nişanlandığımıza göre şeffaflığın, dürüstlüğün daha da önemli olduğuna inanıyorum. Görüyoruz, kimseye zararı olmadığı düşünülen o küçük sırlar, zaman içinde ilişkiyi güve gibi kemirip parça pinçik ediyor. Ona mutlaka anlatacağım ama önce ben konuşmalıyım Gülfem Anne'yle. Bir kadın olarak onu önce ben anlayayım ki sonra Cemal'e, en sonunda da Allah'a havale edeyim.

Muhabbetin hangi sayfasında kaldığımızı unutup, "Bir kralın çok güzel bir kızı varmış..." diye başladığında tansiyonum fırlar gibi oluyor. Ben artık baş göz edilmiş hanım kadın çizgimi bozmak üzereyken devam ediyor, "...Kurtuluş'un kralıymış bu..."

Belki de aynı sayfadayızdır deyip sesimi kısıyor ve kulaklarımı açıyorum.

"...Başında dökme bakırdan sihirli bir taç, elinde demirden sihirli bir asa varmış prensesin. Periruhsar, şekergüftar, yüzü akça pakça zararsızca; gözünün teki mavi, teki ise yeşile çalarmış..."

Benim annemden bahsediyor. Aynen böyle, Van kedisi gibiydi annemin gözleri.

"...Prensesin bir kız arkadaşı varmış, güzel desen güzel değil, şeker desen şeker değil. Ayağında donu yok, fesleğen takar başına. *Bu kızı tek bir kelimeyle anlat* deseler *Kız işte* der geçerlermiş..."

Süreyya'yla Feza'ya gönderme yapıp beni mi gömmeye çalışıyor acaba?

"...Bir gün, âşık olmuş prenses. Hem de bir prense. O prensi de görsen, Kurtuluş Krallığı'ndaki tüm kızların aklını çelecek mertebede yakışıklı, hüsnü cemal sahibi bir yiğit..."

Şair sanırım rahmetli kocasından bahsediyor.

"...*Ateşe bas* deseler basacak bu iki âşık, tam evlenmeye niyet etmişken, prensesin en yakın arkadaşı, kısmeti çıkmamış bakirenin cinneti misali girmiş sevenlerin arasına..."

Şair burada kesinlikle kendinden bahsediyor.

"...*Prensesle ilgili önemli bir bilgi vereceğim sana* diyerek, bir akşam vakti buluşmaya davet etmiş prensi. Aynı yer ve aynı saatte buluşmak üzere prenses ile de sözleşmiş. Güneş batmış, akşam olmuş, prens merak içinde varmış buluşma yerine. Cinnet, prensin yanına gelmiş, ellerini tutmuş, dudağını dudağına yapıştırmış. Prens daha *Neler oluyor?* diyemeden prenses görmüş onları. Görmüş de inanamamış gözlerine. Arkasına bakmadan, ağlaya ağlaya koşarak uzaklaşmış..."

İçimden Gülfem Anne'nin ümüğünü sıkmak gelse de, hiddetimi kontrol altına alıp iki dizimi sıkıyorum. Zalim kadın. Böyle mi ayırdın sevenleri?

"...Prenses, işte şu Kız Kulesi'ne kapatmış kendini o gün. Kapıları ördürmüş, pencereleri ördürmüş. Tacıyla asasının sihrini kullanarak, kuleye geliş yollarını tıkamış. Kral babasına bile göstermemiş kendini. Ta ki bir gün, babası sihri bozup da onu hayırsızın biriyle zorla evlendirene kadar bu böyle sürüp gitmiş..."

Hayırsız dediği de babam olmalı, zira daha hayırsız birini tanımıyorum.

"...Prenses ne o evlendiği adamı sevmiş, ne de evlendiği adam onu. Gel zaman git zaman, Cinnet ve prensin evlendiği haber gelmiş. Prenses isyan etmiş, *Allah'ım al canımı. Al da kurtulayım* diye. Öylesine içten, öylesine kalpten istemiş ki, dileği sonunda gerçekleşmiş."

Ağzım iki karış açılıyor ve katiyetle kapatamıyorum. Yok, mümkün değil. Kendimi daha fazla frenleyemeyeceğim.

Ayağa fırlıyorum, "Boğa burcu dedim, bağrıma bastım! Ben şimdi annemin ölümüne sebep olan kadına mı *anne* dedim bunca zaman?"

Saçlarımı yolacakmış gibi başımı ellerimin arasına alıyorum.

"Vicdanını rahatlatmak için bana kızınmışım gibi davrandın, dükkânı üstüme yaptın. O da kesin ben kuaförü döndüreyim ki işlerin bozulmasın diyedir. Var ya ara sıra hoşuma bile gidiyordu beni Süreyya'dan daha fazla sevmen. Oysaki tek sebep, pişmanlık duymanmış. Gerçi senin kalbin yok ki! Nasıl duyacaksın pişmanlık?"

Tek laf etmeden, bankta balmumu heykel gibi oturan Gülfem Anne'nin önünde ellerimi arkamda kavuşturup bir ileri bir geri volta atarken, ağzıma ne gelirse filtrelemeden haykırıyorum.

"Zincirleme kötülük tamlaması! Süreyya'yla Cemal'i de sen ayırdın, değil mi? Söyle, Kurtuluş'tan daha kaç kişinin canını yaktın?"

Mümkün olsa Gülfem Anne'yi bankla birlikte yerinden söküp denize fırlatacağım. Sinirden suratına bakamadığımdan ona arkamı dönüyorum. Şu an itibariyle boğa burçları bitmiştir benim için! Naz'ın da doğum tarihini değiştireceğim mahkeme kararıyla! Kendi kendime söylenmeye başlıyorum.

"Var ya... var ya, boynuna taş bağlayıp kendini şu suya atman lazım senin!"

İşte tam o sırada, önüme bir dönüyorum ki, kadın yerinde yok. Sağa, sola bakındıktan sonra birkaç adımda denizin kenarına varmaya çalışırken hemen yan tarafımda, annesinin elinden tutmuş yürüyen küçük bir kız çocuğu "Teyze su gibi gidiyor anneee!" diye bağırıyor.

Dalgalarla sürüklenen cisim, Gülfem Anne'den başkası değil.

Sus yavrum, ağzından yel alsın. Teyzen su gibi geri gelir inşallah.

"Tansiyonu normale döndü, biraz da sakinleştirici verdik."

Hemşireye başımla teşekkür edip, o odadan çıkarken ben de Gülfem Anne'nin boylu boyunca uzandığı yatağın yanındaki koltuğa ilişiyorum. Kadın resmen atıverdi kendini Boğaz'ın serin sularına. Bildiğin intihar etti. Ya ölseydi? Sülalemin hayatını yeterince mahvetmediği gibi bir de bunun vicdan azabıyla yaşayacaktım.

Onun peşi sıra kendimi denize attıktan sonra, yoldan geçen iki vatandaş yardım etmeseydi, nah çıkarırdım Gülfem Anne'yi denizden. Zor yetiştirirdim hastaneye. Verilmiş sadakası varmış. Düşünün, hem de tüm bu yaptıklarına rağmen.

Saçlarımızdan şıpır şıpır sular damlayarak buraya geldiğimizde, ona hasta önlüğü giydirdiler, bana da hemşirelerin giydiği yeşil takımlardan verdiler.

İşaret parmağımla *Sus* işareti yapsam sırıtmam, gerçek bir hemşire gibi duruyorum odanın içinde.

Gülfem Anne'nin saçlarını okşamak için elimi kardırmamla neden burada olduğumuzu hatırlayıp indirmem bir oluyor. Düşüncelerim bir o yana bir bu yana pinpon topu gibi gidip geliyor. Tamam, büyük kötülüklere sebep olduğu çok bariz ama aklının yarısı yerinde olmayan, kendini doğru düzgün savunamayan birini suçlayarak, onu ben intihara sürükledim.

Sanki yorgun yılların acısını çıkarmak istermişçesine derin bir uyku çekmekte olan Gülfem Anne'ye bakıyorum. *Tüm bunları aşktan mı yaptın sen? Keşke açıklayabilsen, çünkü ben kimseye böyle âşık olmadım, istesem de hak veremiyorum sana.*

Birini kendine âşık ettirmeye çalışmak... Hele ki o biri, başka birine âşıkken... İmkânsız. *Belki sever* diye denedi herhâlde. Ve sırf Mehmet Amca'nın onu sevebilme ihtimali için annemi, yani en yakın arkadaşını harcadı. Annem, bunca yıl sorumlu tuttuğum babam yüzünden değil, en yakın arkadaşından yediği kazığın acısı yüzünden öldü. İnsan bu kadar severken nasıl dayanır sevdiğinin başkasıyla evlenip burnunun dibinde yaşamasına? Annemin hemen ardından Mehmet Amca göçtü gitti bu dünyadan. Büyük ihtimalle o da dayanamadı. Belki babam da bu ikisinin aşkını bildiğinden, hiçbir zaman tam anlamıyla sahip çıkmadı evliliğine, bir yabancı gibi takıldı. Bunlar yetmezmiş gibi, Gülfem Anne kızını kaybetti, beni kaybetti, Cemal'i kaybedecek. Meraklar içindeyim, değdi mi?

Gözleri sımsıkı kapalıyken dudakları aralanıyor Gülfem Anne'nin. Çok önemli bir şey söylemek için tüm gücünü topluyor sanki.

"Meh... Mehmet geldi mi?"

E pes! Allah korusun ama son nefesinde bile birinin ismini sayıklamak budur herhâlde.

Gülfem Anne'ye elimi sürmeden, sanki aramızda görünmez bir cam varmış gibi cevap veriyorum soğuk bir sesle, "Mesaj attı, gelmeyecekmiş."

Odanın fütursuzca açılan kapısında Şehvetengiz Alev'in kafası beliriyor. Kısık sesle soruyor, "Feza? Hemşire mi oldun sen?"

Gülfem Anne yatakta can çekişirken salağın sorduğu şeye bak.

"He evet, diploma törenim için çağırdım sizi."

Alev'i içeri girmesi için itekleyen Sinekli Safiye, yaşından beklenmeyen bir atiklikle yatağın yanı başına geliyor, "Kızım ne oldu? Ay sen aradığında aklım çıktı vallahi! Dediğin gibi haber verdim herkese."

Sana öyle bir şey demedim Safiye Teyze şeklindeki düzeltmemi yapmama fırsat kalmadan, Pilli Aysel, Cemal'in anne ve babası, Zülal, Cemal, Kılçık, Naz ve Furkan doluşuveriyorlar fincan kadar odanın içine. Ben tam ayağa kalkıp başka kimse girmesin diye kapıyı kapatacakken yüzümde aniden patlayan flaşla gözlerimden yıldızlar fışkırıyor. Gözlerimi ovuşturup bir de açıyorum ki, karşımda, elinde fotoğraf makinesiyle Fıttır Hıdır durmakta.

"Hıdır? Senin ne işin var burada?" dememe kalmadan açıklamaya girişiyor, "Önemli bir durum var dediler, belki fotoğrafını çekmek gerekir diye ben de geldim peşlerinden."

Evet, Gülfem Anne'nin intiharını kutluyorduk, iyi ki geldin! Tövbe tövbe...

Hıdır'ın ardından kapıyı kesinkes kapatıp kendime oksijen alabileceğim bir yer arıyorum odada. Herkes birbirine *Ne olmuş?* diye sormakta ve bu sorunun tek ilacı ne yazık ki benim.

Elimi, *Bir susun* anlamında havaya kaldırmamla herkes suspus olunca konuşmaya başlıyorum, "Talihsiz bir kaza yaşandı ve Gülfem Anne denize düştü. Şimdi durumu iyi. Başka da ekleyeceğim bir şey yok."

Beni çok sallamayıp kendi aralarında yeniden fısıldaşmaya başladıklarında Cemal geliyor yanıma.

"Nasıl oldu bu Feza? Yüzün diye değil, konuşun diye bırakmıştım sizi Üsküdar sahiline."

Tam ağzımı açıp Cemal'e gerçekle ilgili özet bir açıklama yapacakken, elinde bir fotoğrafla Hıdır bitiveriyor yanı başımızda.

Cemal'in eline tutuşturuyor siyah-beyaz fotoğrafı. İkimiz önce fotoğrafa, sonra birbirimize bakıyoruz. Yarısı yanmış fotoğrafın, yarısı yanmamış versiyonu bu. Yani Mehmet Amca ve annem, ayan beyan el ele tutuşuyor.

"Ben çekmiştim bunu. Hep yedekli giderim" diyen Hıdır, pimini çektiği bombayı elimize bırakıp diğerlerinin yanına geçiyor.

Farkındayım, zor yutkunuyor Cemal, "Feza, bu?.. Bu senin?.."

Bana da kal geldi, dilimizi unuttum.

İşte o anda, odanın kapısı açılınca içeri giren şahsa dönüyor tüm kafalar.

Aha! Hoş geldin Süreyya, bir sen eksiktin. Bütün oda aynı anda dönüp Süreyya'ya bakıyor.

Nasıl olduysa tüm mahalleli Varlık ve Haluk ilişkisini öğrendi. Nasıl olduysa diyorum, çünkü bunu tek bilen Adalet, Süreyya ve kazara da olsa bendenizdim fakat üçümüzden de laf çıkmayacağına göre hangi şekilde duyulduğunu aklım almıyor. Kimse konuyla ilgili tek kelime etmese de Süreyya'ya bakan gözlerde sevgi ve hoşgörü var. Eh, mahallede yaşamanın hem iyi hem kötü yanları bunlar. Tamam, bir yanda mahalle baskısı, mahalle dedikodusu vardır ama diğer yanda da aslanlar gibi mahalle şerefi vardır. Ve bir zamanlar Kurtuluş'un kızı olan Varlık, sadece Süreyya'ya değil, hepimize ihanet ederek yapılabilecek en büyük şerefsizliği yaptı.

"Feza Mercan, sanık kürsüsüne lütfen."

Gülfem Anne'yi düşünce gücüyle denize atıp öldürmeye teşebbüsten şu anda mahkemede yargılanıyorum dersem, inanmayın çünkü kendisi hastanede yalnızca bir gece yatıp sapasağlam bir şekilde taburcu oldu.

Ziyaretçiler ayrıldıktan sonra odada Cemal, Süreyya ve ben kaldık bir süreliğine. Ben akşam kalayım dediğimde Süreyya ısrar etti refakatçi olmak için. Ne yalan söyleyeyim, bir ara *Uyurken annesinin fişini çeker mi acaba?* diye içime bir kurt düşmedi değil. Ama belli ki o da en sonunda annesiyle yüzleşmek istedi. Tek taraflı da olsa, konuşacakları çok şey vardı.

Biz onu annesiyle baş başa bırakıp odadan ayrılırken tek kelime etmeyen Süreyya ve Cemal'in arasında küçücük bir bakışma yakaladım. Kadınız, bazen kanıtlayamayız ama hissederiz böyle şeyleri. Peki Süreyya bunca yıl nasıl hissetmemişti kocasıyla Varlık'ın bakışmalarını? Mümkün mü hiç fire vermemek? Bence kocasına âşık olmadığından ve kesinlikle mutlu olmadığından koyuvermişti Süreyya. Bunu kendine bile itiraf edemiyordu.

Hâlâ fotoğrafın etkisinde olan ve parçaları birbirine oturtmaya çalışan Cemal'in Süreyya'ya bakarken gözlerinde nefret değil, şefkat vardı bu sefer. Belki boşanacağı, belki de annesi hastanede olduğu için. Ne için olursa olsun, ona kızamazdım.

"Feza Mercan??"

Şu anda, Süreyya'nın boşanma davasında şahitlik yapmak üzere kürsüye çağrılıyorum. Televizyondaki her ağlak Türk dizisinde en azından bir adet mahkeme sahnesi izlemişimdir, fakat başınıza gelince öyle kolay olmuyormuş arkadaşlar. Gerçekten Allah düşürmesin.

Süreyya'nın tek şahidi olarak, başımızda Beşlik Adalet'le birlikte mahkeme koridorunda uzunca bir süre sıranın bizim davaya gelmesini bekledik. Görseniz, millet balık istifi gibi; kimi kurtuluyorum diye mutlu, kimiyse gözü yaşlı biçimde boşanmayı bekliyordu. O koridorda beklerken neler düşündüğümü aynen aktarıyorum sizlere. Bir kere, evlenmeye niyet eden her çift, bekârlığa veda partisinden önce mutlaka buraya gelip havayı şöyle bir koklamalı. Çünkü anladığım kadarıyla karşındaki kişiyi yemekte veyahut seyahatte değil, ancak boşanırken tanıyabiliyorsun. Evlenirken alınması gereken esas şey, *Evliliğe uygundur* belgesi; ki o belge de muhakkak üç yılda bir yenilenirken çiftler birtakım sorulara tabi tutulmalı:

Kaynana kelimesi sizde neyi çağrıştırıyor?
a-Şefkat
b-Nefret
c-Anakonda

Eşinizi aşağıdakilerden hangisiyle tanımlarsınız?
a-Basiretli
b-Basiretsiz
c-Tanımlanamayan bir cisim

Evliliğinizi bir kelimeyle anlatın
a-Mutluluk
b-Pişmanlık
c-Anlatamam, görmen lazım

"FEZA MERCAN???"

Gırtlağını yırtan mübaşirin sesiyle kendime gelip kürsüye çıkıyorum. Numaraları gözlüklerinin ardından hükümet ana gibi bana bakan Hâkime Hanım, ismimi bir de benim ağzımdan duymak istediğindeyse heyecandan dilim tutuluyor, dizlerim zangırdamaya başlıyor ve bir türlü cevap veremiyorum.

Kalın sesiyle konuşuyor Hâkime Hanım, "Evladım, adını elli kere seslendi mübaşir. Adını bile bilmiyorsan, yapma şahitlik."

F ile başlıyordu, ya tam dilimin ucunda...

"F... F... Feza Mercan," diyorum. Oh.

Sol tarafımda, Beşi Bir Yerde Adalet'le birlikte oturan Süreyya'ya dönüp sanki adımı başarıyla söylediğim için bir *aferin* bekliyorum. Artık nasıl çaresiz bakıyorsam, başını *Her şey yolunda* anlamında sallıyor Süreyya. Üzerinde sarı parlak düğmeli lacivert bir ceket, beyaz bir gömlek, altında da lacivert bir kumaş pantolon var. Saçlarını da *florayn* topuzu yapmış ensesinde. Ben de pantolon ceket giydim ama bunlar Pilli Aysel'e ait kıyafetler olduğundan altı kaval üstü şişhane, çöp torbasından halliceyim. İstanbul Adalet Sarayı'nın kapısında Süreyya ve Adalet'le buluştuğumuzda, *Ne bu hal?* diye sordular, o derece yani. Acilen bir stil koçuna ihtiyacım var. Şu dava bitsin, Kıvanç Tatlıtuğ'un eşi bana el verir artık.

Daha geçende Süreyya'nın evini *Taht Oyunları* dizisine çevirdiğimiz o öğleden sonra, birbirimize sarılıp salya sümük ağlarken, mahkemede şahidi olmamı teklif etti Süreyya. Ben de hiç düşünmeden, *Olurum* dedim. Dedim de, öyle *Gelinim Olur musun?* programına katılmak gibi değilmiş bu iş. Süreyya, şahit olarak dinleneceğin günü mutlaka önceden haber verecek Adalet demişti ama gelin görün ki bu sabah sol tarafından kalkan hükümet ananın canı beni hemen dinlemek istemiş.

"Davacı Süreyya Soylu ile yakınlık derecen nedir?"

Şahitlik yapmak için en azından üç provaya ihtiyacım vardı. Hatta dört. Bizim kuaförde Naz'ı falan da yanımıza alıp mini bir mahkeme kursak, bir ön hazırlık yapsak iyiydi de, şu an için elimdeki tek bilgi, içeri girmeden önce Adalet'in kulağımı çektiği, *Yalancı şahitlik diye bir şey yok. Hâkime Hanım ne sorarsa doğruyu söyleyeceksin* bilgisi.

"Arkadaşımdır," derken, ayakta sıkıca tuttuğum kürsüye adeta zamklıyorum ellerimi.

Hükümet Ana, ahiret sorularına devam ediyor, "Kaç yıldır arkadaşsınız?"

"Doğduğumuzdan beri," girizgâhımı takiben duraklıyorum. Sonuçta gerçeği, yalnızca gerçeği anlatmam şart, "Fakat son on bir yıldır görüşmüyorduk."

Tombul suratının ortasında küçücük kalan yuvarlak gözlüklerinin üzerinden konuşuyor Hâkime Hanım, "Neden?"

Anası yüzünden. Daha geçende, başımıza ördüğü çoraplar sebebiyle az kalsın öldürüyordum kadını! Evet Feza, aynen böyle söyle ki, boşanma davasına edeceğin şahitlik hapis cezasına çevrilsin.

"Birtakım yanlış anlaşılmalar sebebiyle görüşmedik..." şeklinde süper yuvarlak bir açıklamaya girişiyor ve tam kendimle gurur duyacakken cümlemi şu şekilde bitiriyorum, "...İkimizden de kaynaklanmıyordu Hâkim Bey."

İlk başta yaptığım gafın farkına varmazken, gözlerim Adalet'e doğru kaydığında havaya kalkan kaşlarını görüp duruma ayıyorum da tabii artık her şey için çok geç.

Hükümet ana, "Hâkime Hanım!" derken salon inliyor.

Nasıl olsa bu kısmı yalancı şahitliğe girmez diye düşünerek paçamı toparlamaya çalışıyorum, "Evet. Ben de öyle dedim."

Hâkime Hanım, kafasını kürsüsünün altına doğru eğiyor ve bilgisayarına çakada çakada notlar alan sivilce kılıklı kıza soruyor, "Tam olarak ne dedi az önce?"

Kız hemen başını gömüyor bilgisayarına, "*Hâkim Bey* dedi."

Lokmamı da say emi!

Ellerimi suçlu gibi önümde kavuşturup başımı eğip özrümü dilerken devam ediyor Hâkime Hanım, "Davacı Süreyya Soylu ve davalı Haluk Vehbizade'nin ilişkilerine birebir şahit oldun mu?"

"Olmadım."

Olmadıysan ne bok yemeye buradasın? der gibi bakıyor kadın ki haklı da gerçekten niye buradayım ben?

"Var mı başka diyeceğin bir şey?"

Şahitlik kariyerim oldukça kısa süreceğe benziyor ama bana verilen vazifeyi dört dörtlük yerine getirmeden şuradan şuraya gitmem.

"Var. Aramızda her ne yaşanırsa yaşansın, Süreyya Soylu benim en yakın arkadaşımdır. Bunca yıl ayrı kaldık ama bilirim ki iyi bir kalbi vardır, sadık bir eş olmuştur. Ve iyi bir annedir. Ne zorluk yaşarsa yaşasın canı pahasına çocuğunu koruyacağına ben kefilim."

Süreyya'ya bakıyorum. Ses çıkarmadan dudaklarını oynatarak, *Teşekkürler* diyor. Önemli değil arkadaşım. Madem ki on bir yıldır, yalan bir evliliği, kimseye renk vermeden, ses etmeden sürdürmeye, evladını büyütmeye çalıştın; madem ki kalbim kırılmasın diye annelerimizin sırlarını bir yük gibi taşıdın, ben de en azından bu kadarını yapayım senin için.

"Yerine otursana evladım!"

Dalmışım. Hâkime Hanım'ın muhtemelen ikinci kez tekrar ettiği komutuyla ayılıyorum. Kürsüde biraz daha beklersem, *Otur, sıfır!* demesin diye kuzu kuzu geçiyorum tam onun kürsüsünün karşı tarafında konuşlanan şahitler kısmına. Yerime oturur oturmaz bir rahatlama geldiğinden bacak bacak üstüne atmaya teşebbüs ediyorum ki mübaşir abiden uyarı geliyor: "İndir o ayağı."

Bana ayrılan sürenin bitmesiyle, Haluk Vehbizade'nin şovu başlıyor.

Süreyya'nın kocası, dergilerde çıkan fotoğraflarının tıpkısının aynısı. Köşeli yüzünde misket gibi parlayan iki adet cam mavisi gözle sana, bana, hükümet anaya nazar üstüne nazar değdirmesi muhtemel. Ayağına krem rengi, güderi, ev terliği kılıklı pabuçlar geçirmiş. Paçası bileklerine doğru inen deve tüyü rengi kumaş pantolon ve aynı renkte, üzerine birebir kesim dikilmiş bir ceket giymiş. İçinde de uçuk mavi gömlek. Sanki Alaçatı'da gecelere akacak şerefsiz. Bir düzgün cümleler kurması, bir tane tane konuşması var ki sanırsınız *Dertli gönüllere giren, işte benim Zeki Müren.* Hıyar ağası, Zeki Müren'in tırnağı bile olmaz.

Burcunu da öğrendim, koçmuş. Böylece tanıdığım koç burcu mensubu *mükemmel* erkeklerin sayısı ikiye çıktı. Biliyorsunuz, ilki de babam.

Varlık'ın avukatı olduğunu öğrendiğim, bacak boyu benim toplam boyumu geçen manken kılıklı kadın, oturduğu yerde kafasıyla Haluk'un ağzından çıkan ota çöpe onay veriyor, her boka itiraz ediyor. Avukatına bak, Varlık'ı al. Bu avukatla, Haluk haricinde dört kocanın daha iliğini kemiğini sömürür Varlık.

Hâkime Hanım, bu sefer başlıyor Haluk'a sorular sormaya.

"Davacı Süreyya Soylu ile kaç yıldır evlisiniz?"

"On bir yıldır Hâkime Hanım."

"Neden boşanmak istiyorsunuz?"

"Şiddetli geçimsizlik Hâkime Hanım."

Dava bir an önce sonuçlansın diye böyle demek zorunda. Hâlbuki ben onun *Hayata farklı pencerelerden bakıyoruz* cevabını daha çok tutmuştum. Tam böyle bir geri zekâlıya göre cevap.

Soru kısmı devam ederken bir ara laf Haluk'un mal varlığına gelince, herif başını masum masum öne eğip, *"Karınca kararınca bir şeyler kazandım"* demiyor mu, benim ateşim fırlıyor tepeme. Ayaklanıyorum.

"Hâkime Hanım, Aşk-ı Memnu'daki ev, bu adamın

evinin yanında kümes gibi kalır! Bizzat gördüm!"

Cümlemi içimden, *Hatta evi bizzat dağıttım* diyerek tamamlarken, elini *Sen bir karışma,* dercesine sallıyor Hâkime Hanım. Çöküyorum yerime.

Haluk'u dinledikten sonra yerine oturtan Hâkime Hanım, önce Süreyya'ya, sonra da Haluk'a soruyor, *Emin misiniz, son kararınız mı?* diye. Her iki taraf da *Evet* cevabını verdikten sonra aldığı kararı açıklamaya başlıyor Hükümet Ana.

"Can Vehbizade'nin velayetinin annesi Süreyya Vehbizade'ye verilmesine..."

Şaşırdık mı? Hayır. Bu dava öncesi öyle lay lay lom geçmedi elbette. Dudağına dolgu, iki kaşının arasına botoks yaptırmakla iyi avukat olunmaz Varlık'ın avukatı! Beşlik Adalet'i örnek al kendine! Altında pantolon, üstünde düğmeleri kapanmayan ceketiyle bidon kılıklı Adalet'i ilk gördüğünde bir şeye benzetemedin, değil mi? Hâlbuki bakın, ne vaat ettiyse, yapacak şimdi. Neydi o söke söke alacağı Beşi Bir Yerde'nin ilki? Çocuğun velayeti.

"...Davacı Süreyya Vehbizade'nin dava kararı resmileşene kadar ayda yirmi bin lira yoksulluk nafakası almasına..."

Davadan önce, Adalet ve Süreyya'nın buluşma teklifini, elinin sağlam olduğunu sanarak kabul eden Haluk, sandalyesine lord gibi kurulup, "Evi mahvetmişsin Süreyya..." şeklinde bir girizgâh yapmış. Sonra da ceketinin iç cebinden üzeri deri kaplı küçük siyah bir defter ve beyaz altından bir kalem çıkararak sayfanın üzerine bir rakam yazıp defteri Adalet'e doğru itmiş, "Verebileceğim meblağ budur. Can'ın velayetini de ortak alacağız. Çocuğun ne idiği belirsiz insanlarla büyümesini istemiyorum."

Adalet bu, durur mu hiç? Varlık'la ikisinin dilli dudaklı fotoğraflarını Haluk'un burnuna yapıştırıvermiş. Mösyö Haluk fırlamış tabii yerinden, bütün o kibarlık, sakinlik gitmiş, bir anda ter basmış adamı; *Bunlar fotoşop! Olmaz böyle rezillik!*

Adam haklı, bizce de olmaz böyle rezillik.

"Davacı Süreyya Vehbizade'ye, İstanbul'daki villanın, Bodrum'daki villanın, St Tropez'deki villanın..."

Süreyya hem uzun hem de kısa mesafe Villa Şampiyona'sında altın madalyayı göğüslemeye doğru koşarken ben Hâkime Hanım'a yetişemiyorum ki, villaları sayarken kadın bile bir ara nefessiz kalıyor.

"...Fransa'daki kayak merkezi Courchevel'deki dağ evinin, Megeve'deki dağ evinin..."

Heh, şimdi kışlıklara geçtik. Az bekleyin, daha bunun *ilkbaharı, sonbaharı, cemre düşünce, kızılcıklar olunca, selelere dolunca* kısmı var.

Sıkı durun sayın seyirciler, Adalet'ten muazzam bir beşlik geliyor!

Tapular, bankadaki sıfırlar, takı kesesi de dâhil olmak üzere Adalet, ikinci, üçüncü ve dördüncü maddeleri *Villalar* başlığı altında toparladı. Helal sana! Eee Haluk Efendi, Adalet o dosyayı yüzüne fırlatıverdiğinde nasıl döndün sustalı maymuna? Nasıl dedin, *Aman bunlar basına sızmasın, tek celsede bitirelim, ne isterse vereceğim* diye? Zengin oğlanı, sen bu kızı kolay lokma mı sandın?

Hâkime Hanım'ın önündeki şişko koyu mavi dosyayı pat diye kapatmasıyla yerimde zıplıyorum.

N'oldu yahu? Ne güzel sayıyorduk. Bitti mi villalar?

Mahkeme çıkışında, Haluk ve Süreyya'nın iki medeni insan gibi el sıkışmasını birkaç adım geriden Adalet'le birlikte izlerken, Süreyya'nın eski kocasının avucunun içine bir şey bıraktığını görüyorum.

Haluk'la vedalaştıktan sonra yanımıza gelen Süreyya, bir yandan Adalet'in elini, bir yandan da benimkini minnetle tuttuğunda, boş yüzük parmağını fark ediyorum.

"Sizlere ne kadar teşekkür etsem az..." derken ikimizi de kendine doğru çekiyor. Süreyya'yla ben sarılmaya dünden razıyız da yabani Adalet'i zorla aramıza alınca kadın şok geçiriyor. Böyle bir süre tek vücut olarak kalıyoruz.

Sonunda kendini bizden kurtaran Adalet, cübbesine çeki düzen verip gözlüğünü burnunda yukarı doğru ittirirken tatlı-sert bir ses tonuyla konuşuyor, "Bundan sonra yapmak istediklerin için bahane kabul etmiyorum Süreyya. Unutma, sen çok zeki bir kızsın."

Belli belirsiz gülümseyen Süreyya, "Biliyorum" deyip bana göz kırpıyor. "Hatta bunu bana ilk kez *Güzel Feza* söylemişti."

XI. Bölüm

Cemal

"Cemal çok rahat lan bu yatak. Valla kalkasım yok."

"Oğlum kalk! Bak Feza telefon açıp özel olarak dedi, *O yatakta Kılçık yatarsa ben hayatta yatmam* diye. Yuva mı yıkmak istiyorsun?"

Evlendikten sonra Feza'yla taşınmayı planladığımız dairedeyiz Kılçık'la. Feza'nın yine bir son dakika işi çıktığı için yatak teslimine gelemedi. Ben de Kılçık'ı aldım yanıma, birkaç da ölçü alıp çıkacağız.

Feza'yla bir ay sonra evleniyoruz ve dikkat ettiyseniz hâlâ *taşınacağımız* değil, *taşınmayı planladığımız daire* diyorum. Sebebi ise, neredeyse bir aydır, Feriköy ve Kurtuluş civarında gezmediğimiz ev, girmediğimiz delik kalmamasına rağmen, Feza'nın içine sinen evi henüz bulamamış olması. Buraya da yarım ağız, *"Belllki olabilir,"* dedi ama benim artık sabrım tükendiği için bunu bir *Evet* olarak kabul edip ölçü almaya ve taşınmaya giriştim.

Kiralık ev aramak, büyük maceraymış. Önce sağdan soldan gelen, *Falancanın düşeş bir dairesi var, kombili, boya badanaya ihtiyaç yok, ışık alıyor, kuzey cephe, eşyanızı yerleştirin, oturun* laflarına kanıp boşa birkaç tur attık ama evleri görseniz, hepsi birbirinden kötüydü. Tekine üçüncü kat dediler; arka tarafa bir geçiyorsun, on üçüncü kat. Kot farkı denen nane. Binayı da yamuk yapmışlar, yıkıldı yıkılacak. Hacı, yıkılmasın diye elim duvara dayalı yaşayıp bir de üzerine para mı vereceğim? Başka bir ev için üç oda dediler, görseniz, odalara ancak yanlamasına girebiliyorsunuz, o kadar küçük. Kimi evin içinde rutubet var, kiminde hamamböceği, kimininki patlıcan kızartması kokuyor derken bayağı bir mesai harcadık. En sonunda ne internetten ne de arkadaştan ev bulmanın mümkün olmayacağını anlayıp, bizim mahallenin emlakçısı Tilki Hasan'ın kapısını çaldık. Adı üstünde *tilki*, ağzından girer burnundan çıkar, bizi bir eve sokar dedim ama işin içine Feza faktörü girince öyle kolay olmadı tabii. Huy değiştiren Feza, *Yatak odası küçük, Mutfağı eski, Balkonu açık, Birinci kata hırsız girer, En üst katta boru patlar* diye ayak bastığımız her yere kusur bulunca, Tilki Hasan fenalık geçirdi ve "*Gençler, Danimarka'dan gelecek amcaoğluma ayırdığım evimi size veriyor, ne depozito ne de komisyon istiyorum. Zaten bekâr adamın üç oda bir salon neyine?*" deyip anahtarı elimize verdi.

Kadın milletini anlamak zor iş. Hayatımda tanıdığım en istikrarlı karşı cins olan Feza'nın evlilik sürecinde sergilediği biri birini tutmaz hallerini izledikçe daha iyi anlıyorum. Hayır, bu bile böyle arıza verdiyse, diğerlerinin vay haline. Mesela Feza, *dillere destan düğün isterim* dediği için, hem de aynen bu kelimelerle, gittim Feriköy Oteli ile anlaştım. Buranın inşası geçen yıl bitti, dört yıldız ama net beş havası var. Işığına, davuluna, konfetisine kadar her bir şey ayarlandıktan sonra Feza Hanım, "Otelde evlenme fikri çok kasıyor. Biz yine en başta konuştuğumuz gibi sade nikâh planına geri dönsek?" diye sordu geçen gün. Nutkum tutuldu. Şimdi söylensem, konu dallanıp budaklanacak, bir günlük aptal eğlence yüzünden kavga çıkacak. Gittim, anneme durumu anlattım. Tabii kadın heves etmiş, dinletemedim, "Çocuk oyuncağı mı bu? Otel dediniz, her şeyi usulüne uygun yapmak istiyoruz dediniz, kıyafetler diktirdik, o kadar heyecan yaptık. Hayatta olmaz! Ananızı üzmeyin..." Sözün bittiği yer. Feza, dillere destan otel düğününe *razı olan* Kurtuluşlu ilk gelin olarak tarihe geçecek. Gelinlik deseniz ayrı dava, tutturdu kremalı pasta gibi görünmek istemiyorum, beyaz dümdüz bir elbise giyeceğim diye. Bu arada gelinlik de dikildi ha! Ben laf edecek gibi olunca, *O gelinliği üzerimde gördün, başımıza uğursuzluk gelecek* diye söylendi durdu. *Tamam,* dedim. *Tamam anasını satayım. Ne yaparsan yap, istersen BİM poşeti giy!*

Benim Feza'mın bu kafası karışık kadınlardan biri çıkacağını kırk yıl düşünsem aklıma getirmezdim. Kılçık hep bu kadınlarla dalga geçerdi, hatta, ne zaman bu konular açılsa, şu fıkrayı yapıştırırdı:

Eskimo, avdan dönerken karların arasında pirinçten bir lamba bulur. Lambayı eline alıp üzerindeki karları temizlerken birden bir cin peydah olur ve "Merhaba sahip, dile benden ne dilersen," der. Eskimo üstüne başına bakar. Kat kat giysilerine ve kalın kabanına rağmen üşüdüğü için, "Ekvator biraz kuzeye kaysın da buralar ısınsın bari," der. Cin afallar, "Sahip sana ne dilersen dile dedik de abarttın yani. Ekvatoru kuzeye kaydırmak için dünyanın eksenini biraz daha eğmem gerek. Bu sefer ağırlık merkezi yörünge düzleminden şaşacak. Bunu dengelemek için de yörüngeyle oynamam gerekir ki bu da güneş sistemini tamamen değiştirir. Dolayısıyla, saman yolundaki kütle çekim dinamiklerini de tamamen yeniden dizayn etmem gerekir. Yani daha makul bir şey dilesen?" Eskimo hayal kırıklığına uğrar ama ikinci dileğini söylemekten de geri durmaz, "Kadınlar ne ister, ne demek ister, bunu göster bana." Cin birden masmavi olur ve konuşur, "Sahip be... Demin tam şey edemedim ben, ekvatoru kaç kilometre kaydıralım dediydin?"

"Şimdi ne olacak?"

Kafam Feza'daki önlenemez değişimle meşgul olduğundan, yatak odasından mutfağa geçerken ensemin dibinde konuşan Kılçık'ın sorusunu duymazlıktan geliyorum. Kılçık mutfağa girince, elimdeki metreyle boydan boya ölçüsünü aldığım tezgâhın üzerine zıplayıp bacaklarını aça aça oturuyor ve tekrarlıyor sorusunu, "Şimdi ne olacak diyorum!"

Kaçış yok. Bu sefer de anlamazlıktan gelip dümdüz cevap veriyorum, "Ne olacak? Fırınla bulaşık makinesi şuraya girecek işte..."

Kılçık tek hamlede tezgâhtan atlayıp sözümü kesiyor, "Oğlum, başlatma bulaşığından, Süreyya dün boşanmış!"

Hiç istifimi bozmadan ölçümü almaya devam ediyorum, "Hayırlısı olsun Süreyya için."

Benim hizama eğiliyor Kılçık, "Arayacak mısın?"

Bu sefer ben dikiliyorum, "Bizim ilçe dâhilinde başka boşanan varsa söyle, onlarla da ilgileneyim. Bana ne oğlum, boşandıysa kendine boşandı."

Kılçık, yerinde doğrulup iç sıkıntısıyla tezgâha dayanıyor, "Ulan kötü televizyon dizileri gibisiniz anasını satayım. Bölüm uzasın diye uzun, bön bön bakışmalar, bitmeyen müzikler, iç düşünceler felan... O kadar şey yaşandı, şöyle karşılıklı oturup konuşmayacak mısınız?"

Bunun susacağı yok. Elimdeki metreyi tezgâha bırakıp kollarımı önümde kavuşturuyorum, "Ne konuşacağız abi? Olanla ölene çare yok. Ben Feza'yla evleniyorum. Tutup da ne diyeyim Süreyya'ya?"

Derin bir nefes alıyor bizimki, "Ben anlarım. Sen hâlâ Süreyya'ya âşıksın."

Bir kahkaha atıyorum, "Hah! Sen ne anlarsın lan aşktan!"

Kılçık'ın yüzü düşüyor, tozlu parkenin üzerine ayağıyla yarım daire falan çiziyor ki bunlar hiç onluk hareketler değil.

"Bana bak... Yoksa âşık mısın oğlum sen?"

Ya ne alakası var falan demesi gerekirken herif sus pus. Bu gerçekten âşık galiba!

Kılçık hayatında bir kez âşık oldu. Hani Filiz diye bir kızla aramı yapmaya çalıştı demiştim ya, işte o Filiz'in ablası Cemre'ye vurgunmuş meğerse. O yüzden beni Filiz ile baş göz etmeye çalışıyormuş şerefsiz. O zamanlar, malum sebeplerle, biz Filiz'le ayrıldık ama Kılçık'ın dilinden *Cemre* düşmedi. "Olmazsınız siz, bence zorlama," dediğimdeyse, bana çıkıştı, "Biz Cemre'yle birbirimize dengiz, o kız benim için yaratıldı!" Bakın, layık görmediğimden değil, ben istemez miyim kankam şöyle on numara biriyle çıksın? Ama Kılçık daha böbreğinin nerde olduğunu bilmiyorken kız tıp okuyordu, tıp! Elli kere söyledim, "Madem seviyorsun, bir iş bul, bak kızlar önem verir böyle şeylere," ama bir kulağından girdi diğerinden çıktı ve "Aşk her şeyin üstesinden gelir," diyerek bodoslama evlilik teklifi etti Cemre'ye. Sonuç; Ali Desidero; *Kız anlıyor ki dünyalar ayrı, Ali'ye kibarca bir bay bay!*

Romantik havalara giren Kılçık'ın ensesine vuruyorum, "Kime halleniyorsun oğlum? Tanıdık biriyse söyle, elimizden geleni ardımıza koymayız. Hem belki çifte düğün yaparız." Bizimki, "Tanıdık sayılır..." diye ağzında gevelerken bende jeton düşüyor. Geçen Gülfem Anne'nin hastane odasında Naz'la yan yana oturuyorlardı. Kıza melül melül bakışını bir an için yakalayıp içimden düşünmüştüm, *Bu neden Naz'ın dibine sokulmuş?* diye. Bizim Çilli Naz ha! Kız kardeşim gibi severim. Naz'dan daha iyisini bulamaz da Naz bundan daha iyisini kesin bulur. Ama madem ki ateş bacayı sardı, Kılçık'ın kaportayı en acilinden toparlamamız gerek.

"Şerefsiz... Biliyorum kim olduğunu!" diyerek gülümsediğimde bu şaşırıyor, "Hakkat mi?"

Evet anlamında başımı sallıyorum, "Konu bende, merak etme. Ama sana bir iş bulacağız, tamam mı?"

Bunu dememle çocuk gibi boynuma atlayan Kılçık'ı ittirmeye çalışırken konuşmuyor, adeta türkü söylüyor, "Nasıl anladın ya? Büyük adamsın be! Adamların kralısın! Canım arkadaşım. Hemen bulalım bana iş, hemen! Ve hemen gelip isteyeyim!"

Osman: "Bir baktım Türkan ay parçası gibi. Nutkum tutuldu böyle. Hani heykel gibi olmuşum heykel. Ev eşyası gibi kalmışım..."

Sadri Baba'nın oynadığı gönlü zengin taksi şoförü Osman, zengin kızı Türkan'a olan aşkını böyle anlatır *Sana Layık Değilim* isimli filmde. Aksi gibi Türkan da, Osman'ın ciğeri beş para etmez kardeşi Ekrem'e vurgundur. Ekrem ise Türkan'ı oyuna getirerek paraları cukkalayıp şarkıcı sevgilisiyle birlikte şehir dışına kaçma planları yapmaktadır. Ekrem bir gün, Türkan'a kumpas kurar. Amacı, genç kadını öldürüp kaza süsü vermektir. Araba kazası geçiren Türkan ölmez ama kör kalır. Osman kızı sahiplenir, bakımını üstlenir, kalbi kırılmasın diye, *"Ekrem gelecek, seni seviyor,"* der. Ta ki Türkan'ın gözleri açılana kadar bu böyle sürer gider. Ve en sonunda bombayı patlatır:

Osman: "Beni olduğum gibi bu çocuk ruhumla, seni, yalnız seni seven kalbimle ve cebimdeki şoför ehliyetimle kabul ediyor musun?"

Türkan: "Senin sevgini anlamayan bir kıza bu şerefi layık görürsen, evet."

Feza'yla *taşınmayı planladığımız* evden çıkınca Kılçık'la ayrılıyoruz. Bizim eve doğru ilerlerken, içime bir sıkıntı çöküyor; elimle göğüs kafesimi ovuşturmaya başlıyorum. İki gündür sırf karşılaşmayalım diye eve hırsız gibi girip çıkıyorum ama eninde sonunda, tek taraflı da olsa, Gülfem Anne'yle konuşacağım. *Ben sana ne ettim de Süreyya'yla beni ayırdın?* sorusunu sorduğumda, ne cevap verirdi aklı yerinde olsaydı? *Kızıma layık değildin Cemal...* Evet, muhtemelen böyle diyecekti. Peki haksız mı? Aşkımdan gözüme perde indiği zamanlar, etim neydi budum neydi? Bir tamirci parçası bir prensesle evlenmek istiyor, prensesin annesi de kızına bir prens arıyor. Kızını bana vermesi büyük kumar, iyi de çıkabilirim, bozuk da. Kılçık'a laf edip duruyorum da acaba gerçekten layık mıydım Süreyya'ya?

Hem evet, hem hayır.

Bu yüzden kaç gündür aklımda dönüp duruyor, küçükken bir milyon kere seyrettiğim, Sadri Baba'nın *Sana Layık Değilim* filmi. Kaç gecedir Türkan, Osman ve Ekrem'i görüyorum rüyamda,

Ekrem: "Bana bak. Sen kimsin o kim? Babasının yanında yirmi tane Osman çalışıyor. Kapısında on kişi nöbette."

Osman: "Ben de on birinci olup kapısında nöbete yatarım."

Hastaneden sonra, Feza beni karşısına alıp konuştuğundan beri Gülfem Anne'yle ilgili durumu kafamda oturtmaya çalışıyorum da halen tam anlamıyla kabullenebilmiş değilim. Feza'nın ise teller yanmış halde, feci sinirli ve yerden göğe kadar haklı. Hele ki annesine yapılan; yenilir yutulur, affedilir şey değil; fakat... Kimse kusura bakmasın da madem Süreyya'nın babası, Feza'nın annesini böylesine seviyordu, neden peşine düşmedi? Var mı böylesine kolay vazgeçmek? Süreyya'yla beraberliğimiz süresince belki bin kere ayrılıp barışmışızdır, bin kere kapısının önüne paspas olmuşumdur, içip içip arabayı balkonlarının altına çekip müziği köklediğimde bin kova su dökmüştür kafamdan aşağı komşular. Süreyya bana, *Çık hayatımdan* diyecekti; ben de, *Tabii aşkım, şu an hemen çıkıyorum, sağlıcakla kal* diyerek ceketimi alıp toz olacaktım. Haluk zibidisinin arabasına binip de bu mahalleyi terk edene kadar bir dakika bile vazgeçmedim ben Süreyya'dan. Ne zaman temelli gitti ve evlendi, o zaman bitti. Zaten öyle başkasıyla evlenip bu muhitte falan oturması söz konusu değildi. Yani diyeceğim şu ki, keşke daha fazla savaşsaymış aşkı için Mehmet Amca. Resmen boynunu büküp kaderine razı olmuş. İnsan hayatının aşkıyla ayrılıp, başka başka insanlarla evlenip, dip dibe aynı mahallede oturur mu? Oturursa durum aynen böyle olur işte; iki vefat, bir bunama.

İçimden, *Nerden düştü aklıma yine bu Süreyya?* diye söylenirken bizim eve yaklaşıyorum. Apartman kapısının önünde dimdik duran, arkası dönük kadını fark ediyorum. Derken yanındaki küçük erkek çocuğu arkasına geçip bacaklarına sarılıyor ve kadın benden yana dönüyor.

Süreyya bu. Ne işi var burada? Al, adını kırk kere andın, o da geldi.

Olduğum yere çivileniyorum. Hali hazırda sıkışmış olan göğsüm iyice yumruk halini alıyor. İlerlemekle ilerlememek arasında bir yerlerdeyim.

Uzaktan göz göze geliyoruz sanki. Oğlunun elini tutuyor sıkıca. Benden bir adım, bir işaret beklerken bir tuhaflık oluyor ve sanki on beş yaşımıza ışınlanıyoruz ikimiz de bir anda.

Üzerinde okul forması, beyaz diz altı çorapları, tek omzuna geçirdiği sırt çantasıyla gülümsüyor Süreyya bizim eski apartmanın kapısının önünde. Tek elini tarakmış gibi sırma saçlarının arasından geçirirken utangaç gözleriyle, *Gel gel* yapıyor bana. Kendime bakıyorum, benim üzerimde de okul forması var. Bakışını ikiletmeden büyük ve sık adımlarla ona doğru yürüyüp yanına varıyorum.

"Annenler evde mi?" diye soruyor gözlerini kısarak.

"Yok," diyorum konunun nereye varacağını merak ederek.

"Size çıkalım mı?"

Mahalle delikanlısı Cemal'den eser yok şimdi. Ellerim terliyor. Kalbim küt küt atıyor. Ağzım dilim birbirine yapışıyor, "Ne-neden?"

Yine gözleriyle *Apartmanın kapısını aç* diye işaret ettiğinde tek kelime etmeden komutunu yerine getiriyor ve anahtarı kilide sokarak açıyorum kapıyı. Önden o giriyor apartmana. Arkasından girmeden önce sağa sola bakınıp kimselerin bizi görmediğine iyice emin oluyorum.

Demir kapıyı kapatmamla birlikte çantasını omzundan kaydırıp yere bırakıyor. Öylece, burun buruna bekleşiyoruz karanlığın içinde bir süre. Tek hamlede içime çekesim var kızı, yanaklarım yanıyor. O zamana kadar bir tek elini tutmuşum, saçını okşamışım, e dudaklarını tadacağım günün hayalini de az kurmadım. Evet, onu öpmeyi deli gibi bekledim ama Süreyya benim için öylesine dokunulmaz, öylesine kutsal ki, hazır hissedip kendiliğinden bana bir sinyal çakmasını istedim.

Gözlerini sımsıkı kapayarak sinyalin babasını çakıyor şimdi. Saçlarını dikkatli bir şekilde omzunun arkasına yerleştiririrken, o kırılacakmış gibi duran saydam boynunda gezdiriyorum parmaklarımı. Dokunduğum noktaya sakin bir öpücük kondurduktan sonra, iki elimle biçimli çenesini kavrıyor ve avuçlarımın içinde duran bu kusursuz güzelliği hayranlıkla seyrediyorum. *Bu kusursuzluk bir ömür boyu senin* diye geçiriyorum aklımdan, *Sakın acele etme. Onun gururunu incitecek bir şey yapma. Her şeyin bir vakti var.* Dudaklarımı dudaklarına değdirdiğimde ayak parmağımdan beynimin tepesine doğru bir şimşek çakıyor. Ellerini benimkilerin üzerine yerleştirdiğinde fark ediyorum, onun da titrediğini. Bir şey diyeyim mi size, sevişmek gibisi yok ama âşık olduğunuz kadınla öpüşmek bambaşka, tarif edilemez bir duygu. Bıraksalar o apartmanın içinde, o karanlıkta, o pozisyonda, üç yıl kadar kalırdım Süreyya'yla. Gerçek bir aşkın ilk ve en güzel adımı olan öpüşmenin hakkını vererek öpüşüyoruz. Dudaklarımız kenetlendikçe hayatlarımızın kenetlendiğini hissediyorum. Mümkün değil, böyle bir şey yaşadıktan sonra asla ayrılamayız biz. Çünkü başkalarıyla asla bu şekilde olmayacak, böyle hissetmeyeceğiz. Gerçek aşk, bir kez gelir insanın başına.

Süreyya'nın "Cemal?" seslenişiyle kendime geliyorum. Elini kaldırıyor onu görebilmem için. Sanki onu fark etmemem mümkünmüş gibi.

Sersemlemiş bir halde başımı sallıyorum, kafamın içindeki hayalden kurtulabilmek için. Toparlan Cemal. Acilen toparlan.

Ona doğru yürümeye başladığımda, önce üzerindeki üniforması yok oluyor, sonra sırtındaki çantası, ardından saçları toplanıyor kendiliğinden. Ve oğlu görüş hizama giriyor tekrar.

Yanına vardığımda, oğlana bakmamaya çalışarak, becerebildiğimce ifadesiz bir halde konuşuyorum, "Hayırdır Süreyya?"

Güzel başını önüne eğiyor, "Annenler evde mi?"

Hık diye kalıyorum, "Anlamadım?"

"Kusura bakma, böyle habersiz oldu ama... Annemi almak için geldim. Size de yük ettim bunca gün. Annenlere rahatsızlık vermezsem gelip toparlasam benimkini."

Ne demem gerektiğini bir türlü kestiremeyip careyi sessizce apartman kapısını açmakta buluyorum. Önden oğluyla Süreyya giriyor, arkalarından da ben giriyorum içeri. Kapı arkamızdan kapanır kapanmaz karanlıkta kalıyoruz, birbirimizi öptüğümüz o ilk günkü gibi. *Bir ömür benim sanmıştım, yanılmışım.* Nerede bu ışık?

Elim ayağıma karışmış şekilde apartman ışığını ararken kısacık bir çarpışıyoruz ve anında uzaklaşıyoruz birbirimizden. Elimi kolumu nereye koyacağımı bilemiyorum. Bunca yıldan, bunca yaşanan şeyden sonra Süreyya'nın yanında kendimi hâlâ küçük bir velet gibi hissediyorum... Akıl almaz bir durum.

Benim oturduğum apartmanın ışığını Süreyya buluyor sonunda. Kesin numara yaptığımı düşünüyor, hangi salak evinin ışığını bulamaz. Fotoselli bir de... Yanmayacağı tuttu. Hay ben bu ışığı buraya takanın... Cemal, dağılma sakın aslanım...

Allahtan evde kimse yok. Doğru ya, annemle Zülal, Feriköy Oteli'ne gidip kaporamızı bırakacaktı. "Hem bir çay içer, hem de kadın gözüyle düğün salonuna bakarız," demişlerdi.

Sabah sabah annem, *Gülfem hakkında söylenenler doğru mu Cemal?* diye sordu. Hiç ses etmedim. Sonra Zülal ağzımı aradı. Gene cevap vermedim. Artık annem dayanamayıp tekrar sorunca, ben de kapıyı çekip çıktım. Belli ki konuşmak istemiyorum, neden insanı zorlar bu kadın milleti? Şimdi bir de Süreyya'yla karşılaşsalar geçmiş deşilecek falan, hiç gerek yok.

Süreyya içerideki odada annesini toparlarken, biz de

üç yaşındaki oğlanla baş başa kalıyoruz salonda. Hani birinin sizi izlediğini hissedersiniz ya, aynen o hesap, ufaklığın tüm dikkati bende. Bense daha ne kadar süreyle gözlerimi tavana dikebileceğimi bilmiyorum.

Dakikalar sonunda pes edip karşımdaki tekli koltukta oturan oğlana soruyorum, "İsmin ne senin?"

Bal gibi biliyorum, ismi Can. Daha ilk gün söylemişti Kılçık. Sevimli de velet, cin gibi bakıyor. Şimdi nasıl olacak babasıyla durumları? Sormayacak mı, *Babam nerede* diye? Gerçi çocuğu ikinci görüşüm, daha ağzından tek kelime çıktığını duymadım da elbet çıkacak bir gün. Üç yaşındaki çocuğa neyi, nasıl anlatacak Süreyya? *Baban şerefsizin tekiydi, beni aldattı* diyecek hali yok. Belki uzunca bir süre annesini suçlayacak çocuk. Babasını evden annesinin gönderdiğini düşünecek. Kaç yaşında aklı başına gelir, gerçeklerin farkına varabilir acaba? Ohoo... O götle bir ömür görüşmek zorunda kalacak Süreyya. Ve evladına sanki hiçbir şey olmamış gibi numara yapacak. Allah'ım ne zor iş! Gerçi numara yapmak konusunda Süreyya'dan iyisi de yoktur ya... Baksanıza on bir yıl boyunca kimseye renk vermeden kendi yazmış, kendi oynamış.

İsmini söylemiyor ama koltuktan inip yanıma geliyor velet. Askılı pantolonunun arka cebinden plastik bir kamyonet çıkartıp dizime koyuyor ve bir adım geri çekiliyor tepkimi anlamak için. Bir Süreyya'nın oğluyla araba oynamadığım kalmıştı...

El kadar bebeyle inatlaşamayacağımdan arabayı dizimin üzerinde bir ileri iki geri sürüp, *Tamam mı? Oldu mu istediğin?* bakışı atıyorum. Gülüyor. Bende bir umut ışığı yakaladığından olsa gerek, ilişkimizi bir sonraki adıma taşımaya niyet edip dizime kondurduğu arabayı alıp yere oturuyor ve eliyle parkeyi gösteriyor, *Sen de otur dostum* gibisinden.

Koltuktan kalkıp iki büklüm halde oturuyorum yere, tam karşısına. Madem ki ciddiyiz, o zaman tanışalım. Sesim istemsizce kalın ve sert çıkıyor, "Benim adım Cemal. Seninki ne?"

Ne benim ismim, ne de kendi ismi umurunda değil, varsa yoksa araba. Neşeyle bana doğru yolluyor arabasını. *Süreyya hâlâ içerde mi?* diye koridora bir bakış attıktan sonra ben de gerisin geri ona yolluyorum arabayı. İki erkek takılmaya başlıyoruz. Derken, annesi kolunda Süreyya salona giriyor.

"Biz hazırız..."

Oğlanla beni parkenin üzerinde bulunca şaşırıyor. Dudağının ucunda tek taraflı bir gülüş, "Araba oyunu mu gene?" diyor.

Ben apar topar ayağa kalkarken, en ufacık harekette yorulan Gülfem Anne ikili kanepeye bırakıverince kendini, Süreyya'yla birbirimize bakıyoruz, *Biraz bekleyelim bari* gibisinden. Gülfem Anne... Bunca yıl sonra, ne ben sana soru sorabilirim, ne de sen bana aradığım cevapları verebilirsin. Geçmiş geçmişte kalmalı... mı? Açık konuşmak gerekirse, cevabını merak ettiğim tek bir şey var:

Can.

Evet, Süreyya'nın çocuk istememesinin arkasındaki sebebi merak ediyorum. Çünkü belli ki çocuğu değil, beni baba olarak istemiyormuş. Gülfem Anne bunu da zorla yaptırmış, zorla söyletmiş olabilir miydi? Ne hallere düştük? Kırk yıllık Gülfem Anne'den her şeyi bekler olduk.

Süreyya'yla ikimiz anlamsızca ayakta dikilirken oturduğu yerden boşluğa bakıyor Gülfem Anne. Muhtemelen nerede olduğunun bile farkında değil.

"Seninle bir alakası yoktu Cemal."

Oğlan arabasıyla yerde kendi kendine oynarken neredeyse fısıltıyla konuşan Süreyya'ya dönüyorum. Onun gözleri ise oğlunun hareketlerini takip ediyor. Neyin benimle bir alakası yoktu?

"...Çok uzun bir tedavi sonucu doğdu Can."

Beynimin ön tarafına sıkı bir şekilde giren kramp konuşmamı engelliyor. Süreyya'nın kuvvetli hisleri var derken, işte tam olarak bundan söz ediyordum.

Ağzımı açmaya yeltenmemle apartman kapı zilinin çalması bir oluyor. Tam sırasıydı. Bizimkiler mükemmel zamanlama yaptı.

Normalde hiç huyum değildir; ama birkaç adımda salondan hole geçip diyafona yaklaşıyor ve düğmeye basıyorum, "Kim o?"

Diyafondan gelen "FEZA!" haykırışıyla irkiliyorum. Kendine gel Cemal, karısı tarafından basılmış adam triplerine girmene lüzum yok. Süreyya, oğluyla birlikte annesini almaya geldi, şimdi de çıkıyor.

Feza hız kesmeden devam ediyor, "Annenler bugün otele kapora mı bırakmaya gitti? Safiye Teyze söyledi. Aç kapıyı da konuşalım. Neden bu kadar acele ettiler Cemal?"

Bunları Süreyya'nın yanında konuşmak bir hayli

garip kaçtığından kapıyı açmak için elimi düğmeye götürüyorum ki Süreyya tutuyor kolumu. Çıt çıkarmadan, dudaklarıyla konuşuyor, "Sen aşağı in. Konuşacaklarınız var. Biz apartmanda bekleyip çıkarız sonra. Şimdi kalabalık yaratmayalım."

Fısıltıyla, "Olur mu canım öyle, hırsız gibi?" dediğimde, anlayışlı bir tebessümle *Olur* anlamında başını sallıyor.

Bakışıyoruz. Kısa bir sessizlikten sonra, yeniden diyafona basıp, "İniyorum," diyorum Feza'ya.

Hep beraber daire kapısının önüne çıkıyoruz. Nerede olduğundan, ne yaptığından bihaber haldeki Gülfem Anne'ye içim burkularak bakarken bana elini uzatıyor Süreyya, "Görüşürüz."

Bir cevap vermeden elimi uzatıyorum ve yanlarından ayrılıyorum. Merdivenlerden hızlıca inerken, üç yaşındaki bir oğlan çocuğunun sesi yankılanıyor apartmanda.

"CAN!"

Bir an için duraklıyorum basamakta. Tırabzana yaklaşıp başımı yukarıya kaldırdığımda, aşağı doğru bana bakan Can'la göz göze geliyoruz.

Gülümsüyorum oğlana. Ve sanki üzerimden tarifi olmayan bir yük kalkıyor.

Kılçık dayanamadı, yemedi, içmedi ve benim *Kızı isteriz* dememden üç gün sonra tutturdu, *Abi isteme işi ne olacak? Hadi yapalım artık* diye. Ortada hâlâ iş güç yok ama mecbur, *Tamam* dedim. Feza'ya haber verdim, Feza, Naz'a haber verdi, Naz ailesine haber verdi ve sonuç olarak bu akşam, Kılçık'a Naz'ı istiyoruz.

En yakın arkadaş kontenjanından ben ve Naz'ın ablası kontenjanından Feza da katılıyor akşama. Ne diyorum yahu? Zaten Feza benim nişanlım ve müstakbel eşim olduğundan beraber gitmemiz gerekir.

Üç gündür Kılçık'ın başına ekşiyorum, *aman kız istemede* şunlara dikkat et diye:

Takım elbise giy, kravat tak.

Kıza getirdiğin çikolatayı/turşuyu açıp yemeye kalkma.

Kıza getirdiğin çiçeği çiçekçiden al, sokaktan koparma.

Kız isteme esnasında online bahis oynama.

Sen sus, ananla baban konuşsun.

Feza da giyindi, hazır nazır bize geldi. Annem, babam ve Zülal'le salonda oturuyorlar. Az sonra bizden çıkıp Nazlara gideceğiz.

Ben odamda, takım elbisemi giydim, parfümümü sürerken bir anda salondan gelmeye başlayan seslere kulak kabartıyorum. Derken volüm yükseliyor.

N'oluyor yahu? Bir sakin.

Odamdan çıkıyor ve salona geliyorum ki ne göreyim? Elinde çiçeği ve çikolatasıyla Kılçık duruyor karşımda. Hemen arkasındaysa annesiyle babası. İçeride çıt çıkmıyor. Feza dudaklarını kemirmekte, annemle babam alı al, moru mor halde. Herkes halıya bakıyor.

Kılçık'a dönüyorum, "Nazlarda buluşuruz dedik ya oğlum?"

Ondan ses gelmeyince babam gözlerini halıdan kaldırıp sert bir üslupla bozuyor sessizliği, "Mustafa kızı istemeye hazırmış."

Boş boş bakıyorum babama. Evet, biliyoruz, gideceğiz işte.

Kaldığı yerden devam ediyor babam, "...Yalnız Naz'ı değil, bizim Zülal'i isteyecekmiş."

"Aggghhh!"

"Yahu bir dur, kıpırdatma şu elini!"

Tamir etmek için benim Oto Bom'un önüne çektiğim 1960 model kırmızı Chevrolet Cabrio'nun ön koltuğundayız Feza'yla. Üstü açık arabadan kafamı yukarıya kaldırdığımda yüzlerce yıldız sanki bana bakıyor ve sanki hepsi aynı şeyi söylüyor, *Oğlum Cemal, Kılçık'la Zülal bunca zaman büyük uyutmuş seni!*

Kılçık ve ailesinin benim Zülal'i istemeye geldiklerini öğrendikten takriben üç buçuk dakika sonra, yumruğumu (sözde) arkadaşımın suratının ortasında patlattım. Burnu kırıldı muhtemelen. Asla geri vurmadı. Hele bir vursaydı... Vursaydı da kafasını patlatsaydım keşke, hazır elim değmişken.

Gözlerimi Zülal'e çevirdim. Öfkeyle kalkan zararla oturur Cemal. Tek kelime etmeden çıktım gittim tamirciye. Feza da peşimden geldi. Kanayan elimi dezenfekte ettikten sonra gazlı bezle sarmaya çalışıyor an itibariyle.

"Sen git o Kılçık şerefsizinin burnunu sar!"

Ya sen benim en yakın arkadaşımsın, öbürü de kız

kardeşim, hatta kız kardeşimiz! Zülal lan Zülal! Kardeşimle bunca zamandır benden habersiz nasıl görüşürsün? Adam iyi olsun, mutlu olsun diye elimizden geleni ardımıza koymadık, pezevengin bize yaptığına bak!

Feza'nın beyaz sargı bezini doladığı elimi havaya kaldırıp sokak lambasının ışığında görmeye çalışırken devam ediyorum, "Cümle âleme ibret olsun diye kafasını kırmam gerekirdi... Şu elim toparlasın..." Sinirden zor nefes alıyorum.

Elimi sarıp kucağıma bıraktıktan sonra, oturduğu yerde aşağıya doğru kaykılıyor Feza, "Yani... Bak haklısın... Kılçık'tan hazzetmediğimi herhâlde tüm Kurtuluş bilir. Tembellik desen onda, ipte kazıkta durmaz, kimseye bağlanmaz. Adam zaten yay burcu. Adı üstünde, tel beyinli. Tesadüf değil yani. Ama gel gör ki seviyorlarmış birbirlerini... Biri kız kardeşin, biri en yakın arkadaşın. Canın kadar sevdiğin iki insan. Biraz düşürsen mi tansiyonu? Hem ortada yay şansı diye bir gerçek var. Bunlar eninde sonunda dört ayak üzerine düşer hep."

"İşsiz güçsüz adam gelmiş benim prenses gibi kız kardeşimi istemeye kalkıyor!"

Kafamı onay bekleyerek Feza'ya döndürüyorum. Nerdeeee? Basbayağı bakışlarıyla ayıplıyor beni. "Sen de tamircide çırakken Süreyya'yı istemedin mi?"

Sargılı elimin acısına bakmadan iki elimle kavrıyorum hareketsiz arabanın direksiyonunu, sanki gaza basıp gidecekmişiz gibi. Keşke defolup gitsek şu anda.

"Bana bak Feza, sen biliyor muydun yoksa Zülal'le..."

Omzuma vuruyor sertçe, "Çüş artık! Naz'ın ana babasına ben bizzat haber verdim be akşama isteme var diye. Ama Naz kesin biliyordu da korkusundan ses edemedi."

"Aklım almıyor. Zülal nasıl söylemez?"

Feza gözlerini şaşkınlıkla açıp hafif bir gülümsemeyle bana bakıyor, "Cemal, sen ne diyorsun Allah aşkına? Zülal babasından çok senden korkuyor. Bunca yıl hiç abi-kardeş gibi oturup bu konularda sohbet ettiniz mi? Zülal kanlı canlı bir kadın, olamaz mıydı onun da hoşlandıkları, flörtleri falan?.."

Başladı gene benimki feminist konuşmalarına, durdur durdurabilirsen. "Belki akıl verseydin, arkadaş olabilseydin kız kardeşinle, aranızda sırlar olmazdı, hatta Kılçık gibi bir salağa da âşık olmazdı!"

Haydaaaa bu da mı benim suçum?

"Feza, zaten sinirlerim tepemde, bir de sen başlama!"

Kısa bir sessizliği takiben, "Seni geren başka bir şey yoktur inşallah?" diye soruyor.

Ellerim hâlâ direksiyonda, başımı sola çeviriyorum, "Beni Kılçık salağı dışında geren hiçbir şey yok güzelim."

İltifatıma gülümseyip gözlerini aşağı indiriyor. Ne de hoş olmuş bu akşam. Bu kıza elbise hakikaten çok yakışıyor.

Tüm bedeniyle bana doğru dönüyor, "Biliyor musun? Şu olaylar ortaya çıktığından beri Gülfem Anne'ye kızgınım ama kendi anneme daha da kızgınım aslında. Beni, babamı hiçe sayıp bir aşk uğruna hayatından vazgeçti. İnsan isteyerek ölür mü hiç? Bence isteyerek öldü annem. Değdi mi yani o aşk için beni anasız bırakmasına?"

Feza'nın yuvarlak hatlı yüzüne bakıyorum. Kocaman gözleri tek bir sokak lambasıyla ışıl ışıl. Değmedi bence Feza'm. Bence sahip olmak istediklerimize değil, sahip olduklarımıza sıkı sıkı tutunmalıyız.

Sargısız elimi koltukta kaydırıp Feza'nın elinin üstüne koyduğumda elinin sıcaklığı bana geçiyor. Oturduğu yerde sola doğru kayıp yanıma sokuluyor, başını omzuma yaslıyor ve Gülfem Anne'nin hikâyelerinden birini anlatmaya başlıyor.

Ailesiyle çölde yaşayan bir çöl kızıymış Ayşa. Bir gün, çöle seyyar bir çiçekçi gelmiş. O zamana kadar hayatında hiç çiçek görmeyen Ayşa, hayretler içinde incelemeye başlamış çiçekleri. Çiçekçi adam, ona temin edebileceği diğer çiçeklerin resimlerini gösterince, orada gördüğü devedikenine vurulmuş Ayşa. Fakat, 'Hangisini beğendin?' diye soran adama çiçeğin tuhaf ismini söylemekten utandığı için gördüğü resmi tarif etmeye başlamış. "Anladım seni," demiş adam. Ve bir hafta sonra, kızın siparişiyle tekrar gelmiş. Ayşa bir de bakmış, çiçekçinin elinde çiçeğe benzer bir şey var ama asla onun devedikeni değil. Yine de ses etmeden almış, çadırına götürüp suya koymuş çiçeğini. Onu gören annesi, "Kızım bu enginarı nereden buldun? Niçin suya koydun?" deyince Ayşa durumu gözyaşları içinde anlatmış. Bunun üzerine annesi demiş ki, "Konuşmaktan, ne istediğini, neler hissettiğini tam olarak söylemekten hiçbir zaman çekinme. Yoksa sen bir çiçek hayal ederken bir enginar buluverirsin elinde."

Hikâyeyi bitirdiğinde başını omzumdan kaldırıp bana bakıyor. Biraz neşemizi bulalım istiyorum, "Eee, neden anlattın şimdi bunu? Sana çiçek almam için mesaj mı veriyorsun?"

Gözlerini deviriyor, "Bana enginar alman için mesaj veriyorum."

Gülüyoruz ikimiz de. Sonra tekrar başımızı koltuğa yaslayıp yıldızlara bakıyoruz.

"Cemal," diyor durduğu yerden Feza, "Bana karşı hep net ol tamam mı? Ne istiyorsan, ne hissediyorsan söylemekten çekinme."

Sağlam elimle Feza'nın yanağına dokunuyorum, "Kaç gündür ortalarda yoktun Feza, bir oturup konuşamadık. Şimdi sen söyle bakayım, düğün işi neden bu kadar geriyor seni? Bir öyle istiyorsun, bir böyle..."

Alt dudağını kemirmeye başlıyor bizimki, "Ya ne bileyim..."

Çenesini hafifçe kavrayıp yüzünü benden yana çeviriyorum, "Feza'm, güzelim, nişanlım... Biliyorsun, bu düğün-müğün aileleri mutlu etmek için gerekli, onlar için yapıyoruz. Şunu bir atlatalım, evlendikten sonra kimse bize karışmayacak. Kendi yağımızla kavrulacağız, bana güven tamam mı?"

Tamam anlamında uslu uslu başını sallıyor Feza. Onun bu utangaç hallerine hiç alışık değilim. Feminist Feza, dobra Feza, lafın altında kalmayan Feza bildiğimiz versiyonları. Ama mahcup Feza'yı bunca yıllık arkadaşlığımda görmemiştim. Hoşuma gitmediğini söylersem yalan olur.

"Düğünü geçelim de en önemli konuya gelelim.

Söyle bakayım, balayına nereye gitmek istersin?"

Gözleri parlıyor hemen, birden oturduğu yerde dikleşiyor.

"Sen nereyi istersin?"

"İki-üç günlüğüne Bayburt'a kaçarız diye düşündüm ben."

Bizimkinin yüzü düşer gibi oluyor ama pek renk vermiyor da.

"Evet... Güzel bir ilimiz tabii..."

İçim gidiyor haline. Yanağından bir makas alıyorum, "Söz Feza'm, sana dünyayı gezdireceğim!"

Feza sevinçle "Hastasınım Cemal!" diye boynuma atladığı anda, birinin arabanın kaportasına sertçe vurmasıyla ayrılıyoruz. Önümüze bir bakıyoruz ki iki elini kaportaya dayamış, dili de yandan dışarı fırlamış haldeki tombalak Furki neredeyse son nefesini vermek üzere.

"Elimde kalacak bu çocuk," diyerek sağlam elimi havada yumruk yapıp arabanın kapısını bile açmadan üstünden atlıyorum. Feza bile bu sefer sinirli, hışımla iniyor arabadan. İkimiz de Furkan'ın karşısına dikildiğimizde, üzerine atlamayalım diye kollarını horon tepecekmiş gibi öne doğru kaldırıyor Furkan.

"Feza Yenge..."

Feza'nın ipler kopuyor, "Yenge mi?! Ben sana ne demiştim? *Hele bir daha bana yenge de* demiştim... N'apacaktım?!"

Feza, Furki'nin yakasına yapışıyor. Ne yalan söyleyeyim, onların bu hallerine çok güldüğümden, kendi sinirimi unutup sesimi çıkarmadan izlemeyi tercih ediyorum. Fakat ani müdahaleler için yine de yakın durmakta fayda var.

Zar zor nefes alan Furkan konuşuyor nihayet, "Senin kuaförün önünde büyük kavga var. Şeyle şey birbirine girmiş..."

Çocuğun yakasını daha da sıkı kavrıyor Feza, "Neyle ney?"

"Şey işte...

"Ney işte? Elimde kalacaksın çocuk! Düzgün konuşsana!"

"Süreyya Abla'yla Varlık Abla."

İkimiz de ayaklanıp hareket etmek üzereyken Furkan kanımızı donduran bir bilgi daha paylaşıyor.

"Bir el de silah sesi duyulmuş."

XII. Bölüm

Sürreya

Biri isim takmıştı şu bıkmadan usanmadan etrafına akıl verenlere, neydi?

Hah, *herbokolog.*

Her *herbokolog*'un arkasında mutlaka bir sosyolog, psikolog, astrolog, doktor, aşçı veya mühendis yatar. Çünkü *herbokologlar*, isimleri üstünde, her şeyi bilirler. Üzümlü kek tarifinizi ağzınıza tıkarlar, baş ağrınızın sebebini şıp diye bulurlar. Kocanızla ilişkinizi ısıtmanın, arkadaşınıza ayar çekmenin gizli formülleri falan hep onlardadır. Siz nasıl davranırsanız, daha iyi bir hayata sahip olacağınızdan o kadar emindirler ki, adeta *Sen hayatını yaşar gibi yap, ben arkandan sufle vereceğim* derler.

Olayın derinine indiğiniz zaman, aslında yol göstermekten ziyade, *Senin aklın yetmez, en iyisi benim dediğimdir* mesajını verir *herbokologlar.* Birinin iyiliğini istemekle, işine burnunu sokmak arasındaki ince kırmızı çizgide gidip gelirler. Onların size, bize, tüm insanlığa yetecek kadar aklı vardır, ki zaten feleğin çemberinden üç kez geçmişlerdir. İnsan kendinden aşağıda gördüğüne akıl verir diyeceğim de, bizi küçümsemelerinden çok, mutsuz oldukları için bunu yaptıklarını düşünüyorum artık. Böyle diyorum çünkü şu dünyadaki en iddialı akıl verenle, yani Varlık'la bizzat tanıştım ben. Ve en sonunda, içinde yaşattığı tamir ve telafi edilemez mutsuzluk yüzünden bunları yaptığını anladım.

Önüne bir çanak yeşil biber koyun, hangisinin acı, hangisinin tatlı olduğunu biberleri daha ağzına atmadan anlardı Varlık. Bence kendisi Meksika biberi olduğu için konuda uzmanlığı var. Varlık'cığım biber sarrafı olduğu kadar insan sarrafıydı da. Bense, mevcut tabloda gördüğümüz üzere, ne biberden ne de insandan anlıyorum. Bu yaşa kadar yaşamam bile mucize.

Hiçbir zaman arkadaş canlısı bir tip olmadım ben. Otuz yıllık ömrümde yakın arkadaş kategorisinde sayabileceğim bir Feza vardı, bir de Varlık. Zaten Varlık da bizim mahalleden olmasaydı mümkün değil bu kadar samimi olamazdık, bu kadar güvenemezdim. Bir de hani diyorlar ya, *Belli bir yaştan sonra insan yeni birini tanımak istemiyor* diye, bakın o da doğru. Hatta bir yaştan sonra insan yeni hiçbir şey istemiyor. O yaşa kadar kendine çizdiği konfor alanının dışına çıkmak zor geliyor. O yüzden sürüp gidiyor tüm bu çıkmaza girmiş evlilikler. Sırf içinde kendimizi güvende hissettiğimiz cam fanusumuz kırılmasın diye.

Tecrübe, her maskenin altında duranı, daha o

maske inmeden tanımaktır demişti bir keresinde Varlık. Ya da birinin lafını bana satmıştı. Huyudur; pek de usturuplu yapar, inanırsınız. Punduna getirirse, üçüncü köprüyü bile satabilir size. Ben kalpten inanıyorum maskelerini indirmeye gerek kalmadan insanların ciğerini okuyabildiğine. Fakat bunun sebebi ne yeterli tecrübeye sahip olması, ne de altıncı hissi. Bunun tek sebebi, aklından sadece hinlik geçen biri olması. Var böyleleri; kafasında bin bir tilki döner, karşıdan gelen hiçbir saflığa, iyi niyete inanmaz ve ekseriyetle *Bundan bana nasıl bir fenalık gelir?* diye düşünür. Çünkü içi kötüdür; herkesi de kendi gibi, yani kötü bilir.

Zordur *gerçek bir kötü* olmak. Tamam, iyi insan olmak da kolay değil ama dürüst olalım, iyi olmak için Einstein olmaya gerek yok. Kötülük ise, beraberinde çok keskin bir zekâ gerektirir. Ve en büyük kötülüğün ne olduğunu da söyleyeyim size; öldürücü darbenin bir anda değil, zamana yayılarak, adım adım planlanarak yapılması.

Bunca yıl hep Varlık'ın önerilerini dinledim, onun ağzından çıkan kelimelere göre hareket ettim. Aslında ne büyük bir eziklik ama yaşarken eziklikten ziyade kolaylık gibi geldi açıkçası. Hakkında hiçbir fikrim olmayan bir adama ve bir hayata düşe kalka adapte olmaya çalışacağıma, Varlık aracılığıyla uyum sağlamayı seçtim. Bu seçimim, her konuda üzerimde kontrol sağlaması için olanak verdi. Eh, sen tutup da bu tarz bir kadının hayatını yönetmesine ses çıkarmazsan, o da senin hayatını elinden alıverir.

Annem hep *Evlendiğin zaman en yakın kız arkadaşını bile evine çok sokma* derdi. O, bunu her söylediğinde Feza'yı koruma duygusuyla hiddetlenirdim, "Feza demek, ben demek. Öyle şey yapmaz o!" Tabii kadın meğer kendinden bahsediyormuş. İnsan kendi nasılsa herkesi öyle bilirmiş dedim ya. Bugün bile, Feza'nın Cemal'le evlenecek olmasına rağmen, bu lafımın arkasındayım. Hatta bir şey diyeyim mi? Gayet masumlar, çünkü onların tarafından bakınca, herkesi yüzüstü bırakıp giden, yıllardır gelmeyen, aramayan, sormayan kişiydim. Evet, benim de kendime göre haklı sebeplerim vardı ama kimin yok ki? Şu küçücük dünyada herkes kendince haklı değil mi?

Mutlu evlilik diye bir şey var mı bilmiyorum ama eğer varsa, Cemal ve Feza'nın başaracağına eminim. Belki evlilikte aşk sadece filmlerde mümkün ve bir ömür aynı yastığa baş koyabilmek için başka özellikler aranmalı; dostluk gibi, güven gibi, iyi niyet gibi. İşte Cemal ve Feza bunlara önem vererek birbirlerini seçtiler. Onları kıskanıyorum zannediyorsanız, yanılıyorsunuz. Kimisi sokakta birbirine sımsıkı sarılan, öpüşen bir çift görse kıskanır, ben onlardan değilim. Söz konusu Cemal ve Feza olsa da değilim. Dünya üzerinde bir çiftin bile mutlu olması, hâlâ umut olduğunu gösterir.

Ben aşk evliliği yapmadım ama Feza ve Cemal gibi doğru seçimler de yapmadım. Söylemekten artık utanmıyorum, ben parayı seçtim. Süreyya hayatının o döneminde annesinden, mahallesinden kurtulmak istedi ve aslında kolay sandığı en zor yolu seçti.

Ben Süreyya'nın ilk versiyonunu suçlamıyorum ama Süreyya'nın ikinci versiyonu da şayet akıllanmazsa, işte o zaman ciddi bir sorunumuz var demektir.

Varlık'ın aksine, Feza gerçekten de dürüst, insanı asla sırtından bıçaklamayan bir dosttu. Ne zaman ona özel bir şeyimi anlatsam, beni gıkını çıkarmadan dinler ve *En doğrusunu sen bilirsin Süreyya* derdi. Şimdi anlıyorum, demek ki esas dostluk; sana akıl satmadan, yaptığın paylaşımın kucaklanmasıymış.

Evlendiğin zaman eve sokulmayacak en yakın kız arkadaş tipinin, annemin yanı sıra Varlık olduğu konusunda hepimiz hemfikiriz sanırım. Varlık, cemiyet hayatına girerken bir yol göstericisi olmadığından ciddi anlamda güçlükler yaşamış, başlarda çok itilmiş kakılmış. Aynı şeyleri ben yaşamayayım diye elinden gelen yardımı esirgemediğini düşünürdüm hep ama jeton düştü; meğerse bir kukla arayışındaymış kendisi. Kadındaki özgüveni görüyorsunuz, *Bu kız güzel, ya Haluk'u elimden alırsa?* falan asla demiyor. O kadar emin kendinden. Eee çünkü Haluk da kuklası. Gene de on bir yıl ve bir çocuktan sonra, istediği cevabı alamayabilirdi Haluk'tan. Aksine, Varlık ailecek çıktıkları tatilde kocasından para sıkıntısı çektiklerini ve Suudi Arabistan'a taşınacaklarını duyunca, Haluk'a mesajı yazıyor: *Artık dayanamıyorum, boşanacağım ve kendimi sana adayacağım.* Haluk ise işten döner dönmez bana bombayı patlatıyor, bir gece yatıp üzerine düşünmüyor bile. Aşka bak!

Bir ömür için söz verdiğim adam, pencereleri bahane edip beni bırakıyor ve metresini tercih ediyor.

Nasıl etmesin, böyle metres görülmemiştir. Haluk'u da beni de etkisi altına alıp istediğini yaptıran bir *varlık*tan söz ediyorum. Korkumdan onun sözünden hiç çıkmıyordum. Belli ki Haluk da aynı durumdaymış; ben kurtuldum, onun ise ipleri hâlâ Varlık'ın pırıl pırıl manikürlü ellerinde. Varlık verdiği öğütlerde o kadar acımasız olabiliyordu ki, kırılmamak için onunla aynı hamurdan olmak gerekirdi. En çok da Can doğduktan sonra zorlandım.

"Tamam, yeni doğum yaptın, ama acilen eski kilona dönüp üstüne başına dikkat etmen lazım. Karnın bir an önce insin istiyorsan emzireceksin. Unutma ki sen bir Vehbizade'sin..."

Hiç de sosyal medyada gördüğüm yeni doğum yapan anneler gibi olamadım ben. Çocuğu doğurur doğurmaz o topuklu ayakkabıları giyip Haluk'la davetten davete koşamadım. Bitiktim, bitik! Bırakın kocama çekici görünmeyi, onu baştan çıkarmayı, aylarca tipimden, vücudumdan nefret ettim. Sonra da şu hayatta en çok istediğim canlıya kavuşmama rağmen, kendime karşı böylesine nefret duymamdan tiksindim. Başkaları bu kadar fit ve mutluyken ben neden depresyondaydım? Bu çocuk sözde hayatımın içine güneş gibi doğacakken, tam anlamıyla hayatımın içine etmişti!

"Çocuğuma kendim bakacağım triplerine girersen, banyo bile yapamayacak hale gelirsin. Tut Filipinli bakıcını, hem çocukla hem de eşinle kaliteli vakit geçir..."

Daha önce de söylediğim gibi, annelik iç güdüsü deyin, delilik deyin, ne derseniz deyin, Can'ı kimseye bırakamadım. Bu uğurda banyo bile yapmamayı göze aldım. Bakıcıdan yardım alanları eleştirmiyorum; ama benim hayatımda yaptığım elle tutulur hiçbir iş yoktu; ne okuyordum, ne çalışıyordum, ne de gezip tozmaktan gerçek bir sosyal sorumluluk projesinde aktif olarak rol alabiliyordum. Sonra anne oldum ve bari bunu doğru düzgün yapayım dedim. Bir seneyi atlattıktan sonra, o delirme, akıl noksanlığı ve beceriksizlik dönemi de geçti. Can ile aramızda bir uyum oldu, birbirimizi tanıdık, birbirimize ısındık diyelim. Ondan sonra zaten bakıcı fikri iyice uzak geldi. Aslında çıkış noktam, *Can'ı kendim yetiştireyim* değildi, *Can'ı babasıyla beraber yetiştirelim*di. Bunca yıl çocuk yapamamamı başıma kakan Haluk, üç yıl boyunca oğlunu kaç kere sitenin parkına götürdü ve ilgilendi dersiniz? Hemen söyleyeyim, üç kere. Adeta her yıl oğluna verdiği doğum günü hediyesi gibi. Kaç kere yemek saatine yetişip beraber masa başında onunla yemek yedi? Hiç!

"Çocuğu sallamayacaksın, kucağında uyutmayacaksın, rafine şeker asla vermeyeceksin, sen konuşurken sözünü kesmemesi gerektiğini öğreteceksin, hemen İngilizce derslerine başlatacaksın..."

Belki ben çocuğumu emzirirken ağzından salyalar akarak uyuyakalan, onunla beraber Nutella yiyen ve *Yes dear* diye İngilizce konuşmayan bir anneyim? Belki ben bu çocuğu, *Aman yalnız kalmayayım/Bizimkiler ölmeden torun görsün/Mutlu aile tablomuz tamamlansın/Instagram annesi olayım* diye yapmadım. Hangi anne zorlanmadığını söyleyebilir? Mümkün değil. Herkes kendine göre bir çocuk yetiştirme yöntemi bulup bata çıka ilerliyor. Uzun bir maraton bu, eleştirmek niye? Moral bozmak niye?

Baby shower'da yoklama verirken, hastaneye süslenip püslenip gelirken, bir aya küçülecek Dolce & Gabbana marka bebek kıyafetleri hediye ederken iyiydi ama Can doğduktan sonra, yani en ihtiyacım olduğu zamanda nereye kayboldu Varlık ve diğerleri? Bir gün de dedi mi, *Süreyya hadi Can'a ben bakayım yarım saat, sen git bir kahve iç* diye? Sen bunu demediysen, benim çocuğumun kaşıktaki yemeğine niçin karışıyorsun?

Tüm bu olaylar kopmadan önce tutturmuştu Varlık, *Bebek'te müthiş bir çocuk berberi açıldı, Can'ı götürüp saçlarını kestirelim* diye. İç işlerine müdahalede son nokta! Kendi saçımı geçtim, oğlumun bir türlü kıyıp da kestirmediğim bukleleri kalmıştı müdahale etmedikleri. Yine o leyla halimle ses etmemiştim. Şu an durduğum noktadan bakınca, neyi fark ettiğimi söyleyeyim; Varlık'ın Can'a karşı bilendiğini. Neden? Çünkü onun iki lafından biri, *Ah şu üç kızın yanına keşke bir de erkek yapsam*dı. Delilik! Ha kız, ha erkek, ikisi de evlat sonuçta. Hayal meyal hatırlıyorum, ben doğum odasında yarı baygın uzanırken küçücük yatağında yatan Can'a bakışını. Aslında o bakıştaki negatif enerjiyi hissetmiştim ama insan görmek istemediklerini hasır altı ediyor. Kondurmadım Varlık'a ve Can'ı hep sevdiğini düşündüm.

Yeteneklerin neler? diye sorduklarında, *Şarkı söylerim, piyano çalarım, voleybol oynarım* diye sıralarlar ya, ben sahip olduğum tek yeteneği ömrüm boyunca ne kabullendim ne de sahiplendim. Ve aslında böyle yaparak bana verilen bir armağanı elimin tersiyle itmiş oldum. Yeteneğimse, bu saydıklarımdan hiçbiri değildi. Benim yeteneğim, hislerimdi.

Altı yaşındayken Feza'yla krepon kâğıdından kedi merdiveni yapacağız diye babamın eski çalışma masasının çekmecelerinde makas ararken, sol taraftaki çekmecenin dibine kadar elimi daldırdığımda, hemen az ileride bir şeylere dokundu parmaklarım. Uzanıyorum, uzanıyorum ama yok, bir türlü ulaşamıyorum. O aklımla mutfağa gidip annemin köfte kızarttığı maşasını kaptığımı ve geri gelip çekmecenin dibine kadar soktuğumu hatırlıyorum. Maşayı sakince kendime doğru çektiğimde, siyah-beyaz bir fotoğraf getirdi bana. Babam, Feza'nın annesiyle el eleydi. Fotoğrafa uzun süre baktım, yüzlerini inceledim, mutluluklarını hissettim. En tuhafı zerre kadar şaşırmamış olmamdı. Çünkü biliyordum. Hiç unutmam, bir gün babamla otobüs durağında bekliyoruz, otobüs geldi, kapı açıldı ve içeriden Feza'nın annesi göründü. İnmek için merdivene adımını attığı sırada bizi fark etti. Bir an için ne yapacağını bilemedi, allak bullak oldu. Ardından bana kısa ama sıcak bir gülümseme ile baktı, babama ise kafasını çevirmedi bile. O inip biz binerken tarif edemediğim bir duygu sıkıştı kaldı içimde. Böyledir ilk önceleri, hisler insanın kafasını karıştırıp ürkütebilir, yol gösterici olup küçük işaretler de verebilir. Onlarla ne denli haşır neşir olduğuna, onları nasıl okuduğuna bağlıdır her şey. Hisleri en kuvvetli olanlarsa havyanlar ve çocuklardır. Bunu söylerken bile kendimi garip hissediyorum ama belki Can'ın da konuşmama nedeni, Varlık ve Haluk'u bir şekilde görmesi veya bir konuşmalarına şahit olmasıdır. Düşünüyorum, Varlık ne zaman Can'ın saçını okşamaya kalksa, bizimki kafasını çekerdi. Ya da ne bileyim, Varlık ne zaman bizim eve gelse, eğer Haluk evdeyse, Can babasının yanından bir dakika dahi ayrılmazdı; Haluk evde değilse, bu sefer de Can odasından dışarı çıkmazdı. Kıskançlık, utangaçlık, içe dönüklük, babasına düşkünlük gibi sebepler aklıma gelirdi hep. Şimdi ise taşlar yerine oturuyor...

Hislerim diyordum... Hiç üzerlerine gitmedim, onları geliştirmeye çalışmadım. Hele ki evlendikten sonra, kendilerini tamamen rafa kaldırdım. Belki bilinçaltım Haluk ve Varlık arasındaki gizli ilişkinin çok önceden farkındaydı ama onun sesini duymazlıktan geldim.

İşte buradayız Varlık. Sen ve ben, *Süreyya Kuaför Salonu*'nun önünde karşılıklı durmaktayız. Pardon, *SüreYa*. Malum, on bir yıl önce Kurtuluş'un nüfusundan çıkartıldım ben. E sen de kendini buralardan saymıyorsun. Fakat işin özüne baktığımızda *oralı* da değiliz.

Dost değiliz, arkadaş hiç değiliz.

Peki neyiz biz Varlık?

Varlık'ın gözlerinde bir pişmanlık, bir özür, akmaya hazır bir damla yaş arıyorum ama nafile. Nefretle bakıyor bana. Belki bunca zamandır hep böyle bakıyordu da, hislerimin üzerine kalınca bir perde çektiğimden, ben ayırdına varamadım.

İki insan birbirini en çok ayrılmak üzereyken tanır cümlesi, Haluk'la boşanırken aklıma gelmişti, Varlık'la birlikte cuk oturdu. Haluk'la yaşadığım en nihayetinde bir evlilikti ve evlilikler bitebilir, bitiyor, bitti. Bu hayatın gerçeği. En medenîsi bile can acıtıyor, yaşamayan anlayamaz. Peki ya arkadaşınızla ayrılma süreciniz nasıl olmalı? Örneğin, en yakın arkadaşınızla aranızda fikir ayrılığı oldu veya hayat tarzınız farklılaştı veya gitti kocanızla yattı. Burada koro halinde bir *Yuh!* duymak istiyorum. Neyse sonuç olarak, arkadaşlığınızı bitirmeye karar verdiniz. Duruma göre, *sana hayatta başarılar*, *hakkımı helal ediyorum*, *mutlu olman dileğiyle* gibi bir şeyler söylenebilir ve suçlu tarafın özür dilemesi gerekir. Varlık ise acı biberli zeytinyağı sosu gibi üste çıkıyor. Yine bir *Yuh!*

Saat akşamın onu olmuş. Sokakta in yok cin yok. Bunca yaşanan şeyden sonra, ona tokadı yapıştırmam gerekmez mi? Yüzsüz! Yıllardır, *Bunu bir gün kesin kullanırım umuduyla* elinin altında tuttuğu adam, artık tamamen kendisine ait ve kadın sevineceğine bu saatte mahalleye gelip, *Kuaförün önünde buluşalım Süreyya* diye mesaj atarak benimle kozlarını paylaşmaya kalkıyor. Konu başlığımız ise muhtemelen Haluk'un bana kaptırdığı villalar.

Gece gibi simsiyah saçlarıyla kontrast oluşturan çingene pembesi ipek bir tulum var üzerinde. Neredeyse bir ev parasına kocasına satın aldırdığı siyah krokodil derisi çantası kolunda. Ayağındaysa klasik kısa topuk *Chanel* ayakkabıları. Annemde kalanlardan giydiğim eski bir tişört, pantolon ve spor ayakkabı üçlüsüne bakıyor tiksinerek. Altyazısı belli, *Bunca yıl giyim zevki aşılamaya çalıştım ama nafile. Altın semer vursan da eşek yine eşektir.*

Tane tane konuşuyor, "Süreyya'cığım, sen de az dişli çıkmadın. Varmış seni sevmemin bir nedeni."

"Eh, kimin öğrencisiyim Varlık ABLA."

Dudağının kenarında bir sinir gülümsemesi beliriveriyor, "Bak kuzum, inan ki Haluk'la aramda duygusal bir şey yok. Tamamen stratejik. Senle ben, bizim gibi yokluktan gelip bulundukları noktaya tırnaklarıyla çıkmış insanlar, biz birbirimizi anlarız."

Bir adım yaklaştığımda yüz hatları daha da belirginleşiyor. Bu kadar güzel bir insanın nasıl böylesine bir nefretle dolup taşabileceğini aklım almıyor.

"Senle ben diye bir şey yok. Biz ayrı dünyaların insanlarıyız. Ve benim dünyamdan defolup gitmeni istiyorum!"

Eli yavaşça krokodil çantasının içine giriyor. Bu hayvanın ölüsünü çanta diye takandan her şey beklenir. Derken çantanın içinde derinlere dalan eli dışarı çıkıyor. Ve bir silah sesi yankılanıyor sokakta. Kaldırımın üzerindeyim şimdi. Boylu boyunca yattığım yerden yukarıdaki tabelayı okuyorum, *SüreYa Kuaför Salonu.* İsmimin ikinci *Y*'sine sahip çıkamamamın sızısı doluyor içime. Hayır, Cemal'in değil, benim sorumluluğumdaydı; ismim, benliğim, kaderim. Vücudum ağırlaşıyor. Kalbim acıyor. Keşke her şey için, en baştan bir şansım daha olsaydı.

Gözlerim sımsıkı mühürlenmek üzereyken, Cemal'i görüyorum belli belirsiz. Neyse, en azından son nefesimi verirken benim için çok değerli olan birinin hatırasıyla gideceğim.

"...Hiç kimsenin baskısı ve etkisi altında kalmadan Cemal Yaman'ı eş olarak kabul ediyor musunuz?"

Evet de. Seni çok mutlu edecek. Hastalıkta ve sağlıkta elini asla bırakmayacak. Adım gibi eminim. Hadi, *Evet* de lütfen.

Öldüm, cennete gittim, şu anda da Cemal'le benim nikâhım kıyılıyor demek isterdim ama yok, Feza ve Cemal'in düğünündeyim. Salondaki en arka masada oturuyoruz Can'la birlikte. Çiftimiz içeri girdiği anda herkes ayağa dikildi ve nikâh masasının önüne doğru ilerledi. Bense şu anda ne Feza'yı ne de Cemal'i görebiliyorum, ancak mikrofondan seslerini duyuyorum. Nikâhtan sonra zaten buralarda kalmayacağım, sadece bu mutlu günlerinde arkadaşlarımın yanında olmak istedim.

Bundan iki hafta önce, Varlık'ın krokodil çantasının içinden çıkardığı cep telefonunu, hem benim hem de o esnada duvarın arkasından sessizce bizi izleyen Alçakdam Ebru'nun silah zannetmesi kaç puan? Ebru yıllar yılı Cemal'e saplantı derecesinde âşık olduğundan beni hiç sevmezdi, açıkçası zengin kızı diye ben de onu. Fakat harbi kızmış, bizi fark ettiği anda ne olur ne olmaz diye arkamda pusuya yatmış ve Varlık daha elini çantasından çıkaramadan tabancasıyla havaya kurusıkı ateş etmiş. Varlık panikle kaçmaya başlayınca da peşinden koşup yakalamış. Benim yerime tokadı çakarken ağzından şu cümlelerin çıktığını duymuşlar: "Bir daha mahallemde görmeyeyim seni!" Ohhh...

O esnada gelen Feza ve Cemal, Alçakdam'ın bana yardım etmesine şaşırınca, ikisine dik dik bakıp, "Ben bilirim aldatılmanın ne demek olduğunu!" diye söylenmiş ve yalnız kovboy edasıyla çekip gitmiş.

Bense vuruldum sanırken, meğerse heyecandan bayılmışım. Neyse, bir şans daha istemiştim, en azından onu aldım diyebilirim.

"...Feza Kaya? Hiç kimsenin baskısı ve etkisi altında kalmadan Cemal Yaman'ı eş olarak kabul ediyor musunuz?"

Evet dedi de ben mi duymadım derken kalabalığın içinden kart bir *HAYIIIRRR!!* sesinin gelmesiyle ortalık karışıyor. Ne olduğunu anlamak için Can'ı oturtup ön tarafa doğru ilerliyorum. Safiye Teyze, torunu Alev ve Pilli Aysel'in duvar kenarına sürükledikleri Alçakdam Ebru'yu etkisiz hale getirmek için tepesine binip ağzını kapatmaya çalıştıklarını görüyorum. Kıza helal olsun, hiç vazgeçmiyor. Bir anlığına yerime dönmeye teşebbüs edip fikrimi değiştiriyorum ve sahneye yaklaşıyorum. Kafaların arasında, Feza ve Cemal'i görebiliyorum şimdi. Feza... çok ama çok güzel olmuş. Bütün güzellikler onun olsun. Cemal de aynen, *Bir gün damat olsa şöyle olurdu* diye hayal ettiğim gibi. İkisi yan yana, siyah beyaz bir kartpostala benziyor.

"...Feza Hanım? Duyuyor musunuz beni?"

Nikâh memurunun üçüncü soruşunda, Feza kafasını kaldırıyor ve önden ayakta üçüncü sırada olan bendenizle göz göze geliyor. Onu yüreklendirecek şekilde bakıyorum, *Hadi, evet de.*

"Evet."

Oh... Bir alkış kopuyor.

Cemal de *Evet* diyor. Bir alkış daha. *Evet* diyen şahitlere de birer alkış.

Ardından memur bey soruyor, İtirazı olan var mı? diye. Arka taraflara baktığımda Alçakdam'ı karga tulumba salondan çıkardıklarını fark ediyorum. Herkes durmuş gülerek onları izliyor. O sırada salonda, nereden geldiği belli olmayan bir ses yankılanıyor.

"Var!"

Kafamı çevirdiğimde, Cemal'in Feza'ya inanmaz gözlerle bakışını yakalıyorum. İtiraz eden Feza!

"Ne diyorsun Feza?" diye soruyor Cemal. Yüzü bembeyaz olmuş.

Fezanın başı eğik, "Yapamayacağım Cemal..." Ardından hüzünlü gözlerle kafasını Cemal'e çeviriyor, "İkimiz de gerçekten âşık olduğumuz insanlarla evlenmeyi hak ediyoruz. Biz dostuz, belki evlensek yürütürdük ama gerçekten mutlu olur muyduk? Bak anneme? Bak Mehmet Amca'ya? Gülfem Anne bile mutlu olabildi mi?" Göz ucuyla bana bakıyor ama bir şey demiyor. *Süreyya da mutluluğu yakalayamadı.* Bir damla yaş süzülüyor kirpiklerimin arasından. Feza, Cemal'in elini sımsıkı tutuyor şimdi. "Dostluğumuz ölene dek sürecek. Ama lütfen, birbirimizin mutsuzluğu olmayalım!"

Tüm salon buz kesmiş halde, Cemal ise şokta.

Gerisin geriye dönüp Can'a doğru ilerliyorum. Bir yandan da yanağıma ip gibi akan yaşları siliyorum elimin tersiyle.

Can'ı kapmamla birlikte arka taraftan sessizce ilerleyerek çıkış kapısına ulaşıyorum. Nikâhın kıyıldığı ya da kıyılamadığı tarafta karınca yuvası misali biriken insan kümesine son bir bakış atarken annemin anlattığı bir masal geliyor aklıma:

Vakti zamanında, Romanya'nın en bereketli ovasında, pek sevdiği kraliçesiyle birlikte Kral Manol yaşarmış. Kralın en büyük isteği, ölmeden önce tüm komşu kralların kıskanacağı güzellikte bir saray yapmakmış. Hayalindeki görkemli sarayı dünyanın dört bir tarafından getirttiği ustalar, sanatçılar inşa ediyormuş etmesine de, ertesi sabah saray kendi kendine yıkılıyormuş. Bir gün rüyasında, yanına buruşuk yüzlü bir büyücünün geldiğini görmüş. Kadın aynen şunu demiş, 'Seni canından çok seven kraliçeni öldür ve parçalarını sarayın kumuna kat. Gör bak, saray asla yıkılmayacak.' Kan ter içinde uyanmış kral. Sarayı tekrar tekrar yapılıp yıkılırken, rüyasının üzerinden günler, haftalar, aylar geçmiş. En sonunda bir gece kral hırsına yenik düşmüş ve kra-

liçesini öldürtmüş. Parçalarını da o dillere destan sarayının kumlarına katmış. Duvarın harcında gerçek bir aşkın kırıntıları olduğundan, bir daha asla yıkılmamış saray.

Cemal ve Feza'nın beraber inşa edecekleri saray, hırslardan uzak bir gönül sarayı olacaktı. Bunu fazlasıyla hak etmişlerdi. Eğer Feza'nın verdiği cevapta benim en ufak bir etkim varsa, bununla yaşayamam.

Ben, parçalara bölünüp sahte bir sarayın kumuna, bile isteye kattım kendimi bunca yıl. Kapandı artık o sayfa. Verilecek hesaplar verildi, kesilecek hesaplar kesildi.

O yüzden belki de temelli gitmenin şu an tam zamanı.

XIII. Bölüm

Feza

"Çok güzel bir gelin olmuşsun Süreyya."

Arkadaşımın vücudunu bir deniz kızına dönüştüren dar ve uzun kuyruklu gelinliğe hayranlıkla bakıyorum. İlk evliliğinde söyleyememiştim, içimde kalmıştı, şimdiye kısmetmiş çok güzel bir gelin olduğunu söylemek.

Alçıdan bir büstü andıran başına gerçek papatyalardan kondurduğu tacı aynanın karşısında düzeltip uzun saçlarını geriye atıyor ve içten bir gülümsemeyle bana doğru dönüyor.

"Teşekkürler Feza."

Birkaç adımda yanına yaklaştığımda ben de aynada kendi siluetimi görüyorum. Herkes üzerime giydiğim askılı, uzun, hafif kabarık yeşil elbisenin çok hoş durduğunu söyledi ama elbisenin kumaşı şantuktan. Onlar beni Belgin Doruk'a benzettiler ama bence dolmalık bibere benzedim. Kabul edelim, abiye herkese yakışmıyor.

Süreyya'ya, "Bende sana ait bir şey var" dediğimde merakla bakıyor. Avucunu açıp kaç yıldır evimde, kaç saattir de elimde tuttuğum buruşuk kâğıt parçasını onun ellerine bırakıyorum. Nihayet kurtuldum şu emanetten.

Kâğıdı iki tarafından tutup havaya kaldırarak yüksek sesle okuyor.

"Allah'ım lütfen Süreyya ile evleneyim. Büyüyünce değil, şimdi."

Bu nedir gibisinden bir bakış attığında, "Biz küçükken Cemal'in annesi vermişti bunu bana. Cemal'in Hıdırellez dileği. Kaybettim sanmıştım, Cemal'le evleneceğim sabah çekmecemde tesadüfen buldum. O seni dilemişti, hep seni sevmişti Süreyya," dememle kâğıdı bana doğru sallıyor arkadaşım.

"Sen de bu nottan yola çıkarak Cemal'le düğününü bozdun ve onu benim kollarıma attın. Bize sormadan, sen karar verdin yani bunun en doğrusu olduğuna?"

Süreyya'nın bu tuhaf çıkışı karşısında hafiften bozuluyor ama kızın bugün Cemal'le nikâhı olduğundan çok da şey etmek istemiyorum.

"Yani oradan bakınca öyle duruyor olabilir de..."

"Nereden bakarsan bak, aynı duruyor Feza. Kader diyemezsin, sen kendin ettin!"

Kulağımın içinde çınlayan mesaj sesiyle uyukladığım yerde zıplıyor ve az önce gördüklerimin rüya olup olmadığını tespit etmek için sol kolumu sertçe cimciriyorum.

"Aggghhh!"

Rüyaymış. Peki nerede uyuklamışım ben? Ha, benim kuaförde.

Camdan dışarı bakınıp ustaların halen dükkânın dışında çalışmakta olduklarının sağlamasını yaptıktan sonra, bana mesaj atan münasebetsizi tespit etmek üzere telefonumu elime alıyorum. Eveeet... Söz konusu şahıs, Pilli Aysel'miş.

"Galiba *WhatsApp*'ta sıkıntı var, attığın mesajlar gelmiyor Feza" şeklinde bir serzenişte bulunmuş.

Hemen cevap yazıyorum, "Atmıyorum ki gelsin."

Yalnızca Pilli değil, tüm mahalleli neyin peşinde olduğum konusunda bir süredir meraklar içinde. Cemal'i nikâh masasında terk etmemi takiben, hepsi olayın perde arkasını öğrenmeye, ağzımdan laf almaya çalışıyor ama yemezler. O bir kereydi, bu sefer kimselerden etkilenmemek için tamamen içime kapandım.

Elbette ki nikâhımı seneler sonra çekmecemde bulduğum kıytırık bir not için sabote etmedim. Bunu yapmakta son derece haklı sebeplerim vardı.

Saklamadım, saklamayacağım; çocukluğumun o Hıdırellez günü, kısa bir süre de olsa Cemal'in beni beğendiğini düşünmek... ve bu yaşımda gene Cemal'in beni istediğini sanmak müthiş bir histi. Kim Cemal gibi bir adam tarafından sevilmek istemez ki? Bunca yıllık dostluk ve arkadaşlıktan sonra, Cemal'e âşık olabileceğime, mutlu olabileceğimize inandım. Eminim o da aynı şekilde hissetti. Benimle oynadığını asla düşünmüyorum. İkimiz birden bu işe inandık. Ama hisler... Hisler her şeymiş meğerse.

Bakın, hayatın zor olduğunu, küçük yaşımda annemi kaybettiğim zaman, mutfak lavabosunun dibinde kalan artıkları elimle toplamaya başladığımda anladım ben. Babamın tek görevi evdeki oksijeni tüketmek olduğundan, her şey için bir başıma mücadele verdim. Ve nikâh sabahımda, elimi kalbimin üzerine koyup kendim için gerçekten ne istediğimi sorduğum zaman bana sadece şunu söyledi: *Seni seçeni seç.*

Aralarında ne geçmiş olursa olsun, Süreyya ve Cemal bir efsaneydi, öyle de kalacak. Süreyya'yı canım kadar seviyor olmam, onun yedeği olabileceğim anlamına gelmiyor. Bu sebeple, bu aşk üçgeninin ortasından çekilmeye karar verdim. Ben, tek başıma, onlara sormadan karar verdim. Kader diyemem, ben kendim ettim sevgili Süreyya, tamam mı? Tövbe tövbe...

Saati öğrenmek üzere cep telefonumu tekrar elime aldığımda Süreyya ile buluşup Fıttır Hıdır'ın fotoğraf sergisine gideceğimizi hatırlayıp biraz daha çabuk olmaları için ustalarla konuşmak üzere çıkıyorum. Bugün dükkân için sipariş ettiğim yeni tabelayı taktırıyorum. Hatta asılmış bile, şöyle bir alıcı gözüyle bakıyorum.

SÜREYYA KUAFÖR SALONU

Kollarımı önümde kavuşturuyorum, "Olmuş ustam. Gayet de güzel olmuş."

Fıttır Hıdır'ın sergisinin olduğu Madam Despina'ya varıyorum. "Sen etrafa bakmaya başla, ben biraz geç kalacağım" diye mesaj atmış Süreyya. Eh, bakınalım bakalım...

Dolanıyorum tanıdık yüzlerin arasında. Fıttır da tam tekmil çekmiş mahallelinin fotoğrafını. Haydaa... Kılçık Mustafa bile var. Tipe bakın, ayağında donu yok, fesleğen takar başına. Ya o bakışlar? Temiz, berrak ve bomboş. Şu bakışlara sahip olan hiç kimsenin kafasının çalıştığına ömrüm boyunca şahit olmadım, nitekim Kılçık'ın kafa da çalışmıyor. Kendisi hep der, *İnsan belli bir yaştan sonra hayattan zevk almıyor* diye. Belli bir yaş dediği de üç. O yaştan beri bomboş yaşarsan hayattan zevk alabilir misin? Bir de Kılçık'ın hemen yanında asılı duran Zülal'e bakın. Güzelim kız, bunda ne buldu, para desen yok, tip desen yok, akıl desen boş kavanoz... İnanın hayretler içindeyim. Kılçık'la yıldızımız katiyetle barışmamıştır ama yatsın kalksın bana dua etsin, Zülal'le beraber olabilmeleri için Cemal'i ben ikna ettim. Hatta kendi öz evladına bile yardım eli uzatmayan babam, artık nasıl olduysa, Kılçık'ı bir şekilde zabıtaya soktu. Eh, zabıta birliğinin çöküşünü hep beraberce izleriz artık. Pazarcılara ve esnafa iyi şanslar diliyorum.

Aha! Sinekli Safiye ve biricik torunu Şehvetengiz Alev'i ölümsüzleştiren bir kare. Fıttır'a bak sen, makro çalışıp Sinekli'nin kafasında uçuşan küçücük sinekleri bile yakalamış. Çerçevenin yanındaki duvarda bir şey yazıyor, *Alev: 0532 344....* Pes. Kız burayı bile boş geçmemiş. Hayatımda bunun kadar kuduruk birini görmediğimi söylemiştim size. Hele ki boşanma davası sonuçlandığından beri antenleri iyice açtı. Yakın zamanda bir düğün daha bekliyorum ondan. Umuyorum ki bu sefer kocasının en azından yarım kilo domates alabilecek parası olur.

Pilli Aysel, evlendiği ikinci kocişine hazırladığı pizza sunumuyla Fıttır'ın sergisindeki yerini almış. Büyükçene bir tahtanın üzerine yerleştirip etrafına yeşil biberlerle *CEMALETTİN* yazdığı pizza, kalp şeklinde. Hatta pizzanın üzerindeki salam, sucuk, sosis bile kalp şeklinde kesilmiş. Aşırı minnoş, kusacağım şimdi.

Beşi Bir Yerde Adalet, sırtında cüppesiyle, kendi makamında poz vermiş. Vallahi kadına hayranlığım tavan yaptı ama Allah düşürmesin tabii. Duyduğum kadarıyla Baro Başkanlığı'na aday olacakmış. Bence Fenerbahçe'nin bile başına geçebilir, Beşlik'e güvenim o kadar tam!

A aa? Babamı da çekmiş Fıttır. Sadece üye olanların girebildiği Kurtuluş Kıraathanesi'nde, Ruhsuz İsmail'le birlikte poz vermişler. İsmail'in ruhu bedeninde olmadığından fotoğrafta varla yok arası gözüküyor. Dünyaları kurtarıyorlar sanırsınız da kabızlıktan kurtulmanın yollarını masaya yatırmıştır bunlar. Ya size bir şey söylemek istiyorum. Bu Gülfem Anne olayı ayyuka çıktığından beri babama bakışım değişti diyeceğim, siz de *Yapma Feza!* diyeceksiniz ama dinleyin: Birkaç kez ağzını yokladım geçmişte olan bitenden haberi var mı diye; vallahi de billahi de yok. Üzerine basılmamış kar kadar temiz kafası. Bunu öğrenince de beni aldı mı bir hüzün. Adam ne evlenmeyi, ne beni istemiş ve kendini istemediği her şeyin tam ortasında bulmuş. Yaşlandım galiba, babamı anlamaya çalıştığıma göre... Kendimi onun yerine koyuyorum ve istediğim hayatı yaşayabildiğim için ne kadar şanslı olduğumu görüyorum. Tabii bana bu imkânı veren de, seçimlerime karışmayan da *baba olamayan babam*. İşe bak! Yine de bu, babama karşı yelkenleri indirdiğim manasına asla gelmesin. Halil'le mücadeleye devam! Bir gün yakacağım o enine çizgili tişörtü!

Çilli Naz'la Furki'ye bakın siz... Kâğıt helva yerken yan yana romantik pozlar falan... Furkan manyağı, Naz'ı Kılçık'ın isteyeceğini duyduğu akşam kendi üzerine benzin döküp yakmaya kalkmış, ama çakmağı unutmuş. Öylece sırılsıklam, leş gibi benzin koka koka milletten çakmak istemeye kalkınca bizim kasap farkına varmış olayın. Bakmış ki karşısındaki cisim tehlikeli, bir yere kıpırdamasın diye elini ayağını kalınca bir iple bağlayıp ağzına da kırmızı bir karanfil iliştirip vitrine yerleştirmiş bunu kuzu misali. Etkisiz hale getirilen Furki sabaha kadar da kasabın vitrininde uyumuş. Tabii, sabahleyin bunu gören biri fotosunu çekip sosyal medyada paylaşınca, bizimki *Twitter*'da *tt* falan olmuş. Gerçi bu şekilde olmasaymış hayrınaymış ama şöhretin iyisi kötüsü olmaz diyenlerin bir bildiği olmalı, zira Naz'a ulaşmayı başardı.

Üç yaşındaki Can'ın fotoğrafının ardı sıra Cemal, Süreyya ve benim yan yana durduğumuz fotoğrafın önüne geliyorum. Hayır, biz olduğumuz için demiyorum, üçümüzün gözünde de çocukluğumuzdaki ifade var. Cemal'in kaşları hafif çatık, Süreyya'nın bakışları masum, bense fotoğraf çekilecek diye zar zor susmuşum, birazdan konuşmaya hazırım yani.

Tam tüylerim diken diken olduğu sırada omzuma dokunan bir el, beni kendime getiriyor. Arkamı dönüyorum.

"Nerede kaldım kızım, ben gezdim bile sergiyi."

Lacivert dar kesim kotunun üzerine giydiği uçuk mavi gömleğiyle uyumlu lacivert çantasından bir şey çıkarmaya yelteniyor ki spor ayakkabısının bağcığının açıldığını fark edip aşağı eğiliyor. Bunu yaparken de konuşmayı ihmal etmiyor.

"Can'ı Adalet'e bıraktım."

"Bence tüm çocukları Adalet'e teslim etmeliyiz, hepsini muma çevirir de... şaşırdım açıkçası, Adalet kimseyle kanka olmaz." dediğimde dinamik bir şekilde ayağa kalkıyor, "Onun da oğlu var, benzer yollardan geçmişiz. Bir de bence, yokmuş öyle, *Bu dünyaya böyle geldim, eğilmem, bükülmem* demek Feza'cığım. Hepimiz değişiyoruz."

Doğru anlamında kafamı sallayıp az buçuk huysuzlanıyorum, "E Can dursaydı be yanımızda. Bir haftadır ana-oğul Bodrum'da tatildesiniz. Özlemiştim."

"Gitmeden görürsün zaten."

Yüzümü buruşturuyorum, "Yine mi tatile gidiyorsun?"

Hınzırca gülümsüyor Süreyya, "Yok, ben değil. Sen gidiyorsun."

Ben, dediğinin tek bir kelimesini anlamazken, o çantasını açıp beyaz bir zarf çıkarıyor ve elime tutuşturuyor.

Sesimi çıkarmadan zarfı yırttığımda içinden bir uçak bileti çıkıyor. Hareket saati... Bu gece.

Nasıl yani? dercesine yüzüne bakıyorum Süreyya'nın. Kolumu okşuyor, "Bunca yıl anneme baktın, kuaförü çekip çevirdin. Benden sana bir hediye arkadaşım. Bu bile az bile kalır ya aslında... Hep hayalindi, dünyayı gezmek. Gönlünce gez şimdi. Neden bu kadar aceleye getirdiğimi merak ediyorsan? Hem vazgeçmenden korktum hem de mahallede haberi yayılmadan kaç istedim."

Gözlerime inanamıyorum. Gerçek mi bu bilet? Süreyya hınzır hınzır gülüyor. Şimdi ben bayağı bildiğimiz dünya seyahatine mi çıkacağım? Ah, peki ya dükkân ne olacak?

Sağ olsun, arkadaşım onu da düşünmüş, "Naz'la da konuştum. Sen hiç merak etme, dükkâna o sahip çıkar, ben denetlerim. İçin rahat olsun."

Ne diyeceğim konusunda şaşkın olduğumdan ağzımdan tek bir kelime çıkmıyor. Süreyya'ya sımsıkı sarıldığımda kapının orada bizi izleyen Cemal'i fark ediyorum. İkisi buraya beraber geldiyse... Demek ki aralarındaki buzlar eridi ve bir daha hiç ayrılmamaya karar verdiler. Eh benim dünya seyahatine gidip uzun bir süre mahallede olmayacağımdan da haberi vardır Cemal'in. Üzgün gibi de durmuyor...

Böyle olmasını ben istedim...

Bana düşen tek şey onlara bir ömür boyu mutluluk dilemektir.

Süreyya

Feza ve Cemal'in gerçekleşmeyen nikâhından beri düşünüyorum nasıl biri olduğumu, neyi sevip neyden hoşlanmadığımı. Birçok insanın kendisine küçük yaşta çizdiği yolu bugün, otuz yaşımda hem de yanımda oğlumla birlikte yeni baştan çizmem gerek. İyi ki karşıma Adalet gibi bir kadın çıktı ve yolumu aydınlattı.

Şu son bir haftadır Bodrum'da etraflıca düşündüm ve üniversiteye gitmek konusunda son kararımı verdim. İnsanlar istediğinde ne imkânsızlıkların üstesinden geliyor, ben de başaracağıma eminim. Bölümümü bile seçtim, pedagoji. Bu dünyada çocuklar kadar masum varlıklarla uğraşmaktan güzel ne var?

Hem konuşmak hem de oğlunu görmesi için Haluk'u Bodrum'a çağırdığımda ikiletmeden geldi. Eh, elimde bir dosya kanıt olduğundan bundan sonra bize iyi davranacağını düşünüyorum. Kırk yıl düşünsem şantaj yapmaktan hoşlanacağım aklıma gelmezdi.

Daha otele adım atar atmaz ilk sorduğu şey, "Villaları ne yapacaksın?" oldu. "Bunlar bana fazla, yarısını yine sana geri versem?" dediğimdeyse inandı şapşal. Bu adam kesinlikle sandığım kadar zeki değilmiş. İnanın bana, insanları gözümüzde büyüterek, hak ettikleriden çok daha fazla değer vererek zamanımızı boşa harcıyoruz.

Henüz Haluk'a söylemedim ama başımızı sokacağımız bir ev ve oğlumun geleceği için bir miktar parayı ayırıp, geri kalanı bir devlet hastanesinin tüp bebek kliniğine bağışlamayı kafaya koydum. Evlat sahibi olmak isteyip de olamayan o kadar çok kadın var ki, belki ufak da olsa bir destek sağlarım onlara. Bense sıfırdan, bileğimin hakkıyla bir hayat kurmak istiyorum. Oğlum benimle gurur duysun istiyorum. Olacak, hepsi olacak inşallah.

Eski sevgili her zaman sevgilidir demişti Haluk'un zibidi arkadaşlarından birisi. Doğruluk payını tam kestiremiyorum ama emin olduğum tek bir şey varsa, o da Cemal'le ikimizin bunu sonuna kadar hak ettiğimizdir.

Demek istediğim, bu sabahki yüzleşmeyi.

Bodrum'dan döner dönmez Cemal'le buluşmayı kafaya koymuştum, öyle de yaptım zaten.

Can'ı Adalet'in güvenli ellerine teslim ettikten sonra, Bomonti'de, gözlerden uzak bir kafede Cemal'le buluştuk bu sabah. Bir sürelik sessizliğin ardından gözlerimizi kaçırmadan birbirimize baktık. Sanki ikimiz de hislerimizi sorguladık karşılıklı. İçim cız etti.

İnanmazsınız ama ben, uzun uzun konuştum. Cemal de inanamadı zaten. Neden gittiğimi, neler yaşadığımı, neden döndüğümü, şu anki hislerimi o bana tek bir soru sormadan çağlayan gibi anlattım. Pişmanlığımı dile getirdim, özür diledim. Biliyor musunuz, o da özür diledi, bazı şeyleri benim de çocukluğuma ver dedi.

Bugün, o masadan, Cemal gibi bir adamı tanıdığım için şanslı olduğumu düşünerek ve aramızda hiçbir zaman bir ilişki olamayacağına emin olarak kalktım. Kalkarken de istemeye istemeye tek bir şey sordum.

"Benimle arkadaş kalır mısın?"

Hiç inanmam, bu eski sevgiliyle arkadaş olma meselesine. Çünkü işte o zibidinin dediği gibi, eski sevgili hep sevgilidir. Ama söz konusu Cemal'di. Dünyaya gözümü açtığım andan beri yanımda olan Cemal. Aşkımızdan vazgeçmiştim, fakat dostluğumuzdan... Bakın ondan vazgeçemezdim işte.

O mağrur gülümsemesiyle konuştu Cemal, "Dün rüya, yarın hayaldir. Dünü mutlu, yarını umutlu yapan bugündür. Onun için bugüne iyi bak, gülümse arkadaşım. Ne zaman, neye ihtiyacın olursa yanındayım Süreyya."

Bir zamanlar âşık olduğum adama, saygım, sevgim daha da arttı ve gelecek planlarımla birlikte, Feza için hazırladığım sürprizi de anlattım. Önce Feza uzaklaşacağı için bir düştü sanki yüzü ama hemen toparladı, "İyi düşünmüşsün. Feza, güzellikleri hepimizden çok hak etti," dedi.

Bir de dayanamayıp, "Peki siz ne olacaksınız?" diye sorduğumda tek kaşı hemen havaya kalktı.

"İki kişi arasında yaşanan iki kişiye özeldir. Bunu başka kimse anlayamaz. Konuşacağız Feza'yla."

Feza ile buluşacağımızı söylediğimde Cemal de gelmek istedi. Hem Feza'ya hem de Cemal'e diyeceğimi dedim. Artık onları baş başa bırakmamın vakti geldi...

Bana sıkıca sarılan Feza'nın, kapıda duran Cemal'i gördüğünü anlıyorum ve arkadaşımın kollarından zarifçe kurtuluyorum.

"Hadi bakalım... Can'ı almam gerek. Siz ikinizin de eminim ki konuşacağı çok şey var."

Şaşkın gözlerle bana bakan Feza'nın yanağını okşayıp, Cemal'e anlamlı bir gülümseme göndererek Despina'dan çıkıyorum.

Cemal

On bir yıl sonra Süreyya'yla oturup baş başa konuşmak bir yandan sistemimi allak bullak etti, bir yandan da içimde garip bir huzur var. Kapanmamış dava böyle huzursuz ediyormuş meğerse adamı. Sevindim aradığına ve konuştuğumuza.

Hayatta dört şey geri gelmez; atılan ok, söylenen söz, geçen zaman, kaçırılan fırsat. Sırf bu sebepten beni nikâh masasında bir başıma bırakıp da cümle âlemin önünde rezil eden Feza ile konuşmaya geldim. Son bir haftadır ona çok kızgındım ama bugün Süreyya sağ olsun, aklımı başıma getirdi ve farkında olmadan da olsa bir fırsatı daha kaçırmamı engelledi.

Süreyya'nın gidişinin ardından, elinde zarfla, dut yemiş bülbül gibi duran Feza'nın yanına geliyorum. Aslında hâlâ sinirliydim ama bir yandan onun adına düşünüp hak vermiyor da değilim. Aynı durumda ben olsam saykoya bağlamıştım.

"Sen bu aralar iyi alıştın beni bırakıp gitmeye," dediğimde yanakları kızarıyor.

Boynunu büküp, "Biliyorsun yani gideceğimi?" diye sorduğunda, *Evet* anlamında başımı sallıyorum. Hiç dolandırmadan direkt konuya girmem lazım, "Neden terk edildiğimi bilmek istiyorum Feza."

"Ben..." diye başlıyor cümleye, "Süreyya ve senin mutlu olmanızı istiyorum. Hep hak ettiğiniz gibi."

"Bizim adımıza, bize sormadan karar verdin yani?"

"Ayh, artık ne manyak bir rüyaysa bu..." gibisinden bir şeyler mırıldanıyor, hiçbir şey anlamıyorum. İyice sinirlendiğimi fark edip normal konuşmaya başlıyor, "Yani... Çok da öyle demek istemem ama tam olarak öyle yaptım. Ben yapmasam ohooo, bir on bir yıl daha sürünüp giderdiniz siz."

"Gelip neden bana sormadın ne istediğimi?" dediğimde alnını ovalamaya başlıyor. Bizim kız köşeye sıkıştı.

"Bunun dışında ne isteyebilirdin ki?"

Bir adım daha yaklaşıyorum, "Feza'm... Süreyya'yla birbirimizi çok sevdik, evet. Ama o duygular o yaşta, o şartlar altında yaşandı. Belki bunca yıl sonra karşılaştığımızda ikimiz de etkilendik ama bu hâlâ birbirimize âşık olduğumuzu göstermez. O defter bir daha açılmamak üzere kapandı," deyip kısa bir nefesten sonra devam ediyorum, "On sekizindeki Cemal, Süreyya'dan *Ben mi üniversite mi diye* bir seçim yapmasını istemişti. Şimdiki Cemal ise olgunlaştı, büyüdü ve sana şunu söylüyor..."

Haydi söyle dercesine gözlerini merakla açıyor Feza, "Git, dünyayı dolaş, hayalini gerçekleştir. Döndüğünde burada, seni bekliyor olacağım."

Parlıyor Feza'nın gözleri. Ellerini yanaklarıma koyuyor. İlk defa, bu kadar isteyerek dokunuyor bana. İçim yanmaya başlıyor sanki. Bir ömür böyle, bu halde kalalım istiyorum.

Ellerimi Feza'nın kaymak yanaklarına yerleştiriyorum ve küçük Feza'mı kendime doğru çekerken, ben de bir parça eğiliyorum. Dudaklarımız buluşuyor. Ama ne buluşma...

Her şey çok güzel olacak Feza'm. İnan ki her şey çok güzel olacak.